三国志

十二の巻 霹靂の星

新装版

北方謙三

時代小説文庫

JN138720

角川春樹事務所

目次

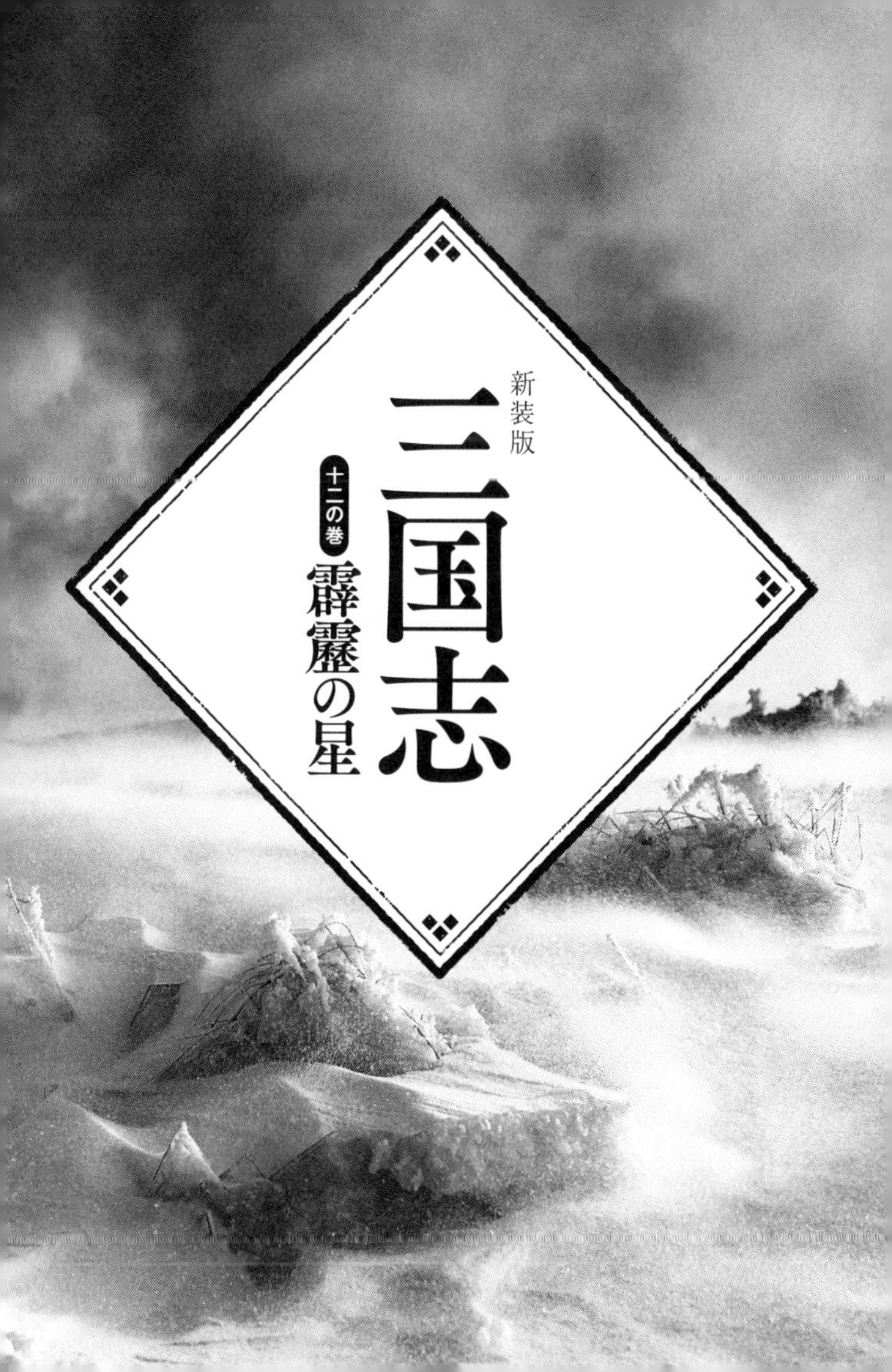

新装版

三国志

十二の巻

霹靂の星

＊編集注　本文中の距離に関する記述は、中国史における単位に従い、一里を約四〇〇メートルとしています。

南中の獅子

1

趙雲《ちょううん》が鍛えていた二万の兵が、ようやく精鋭《せいえい》と呼べるほどに育ってきた。新兵の徴集《ちょうしゅう》は続けていて、さらに一万の部隊も編成されている。

民政は整っていたが、徴税《ちょうぜい》は厳しく、民は疲弊《ひへい》していた。一時的なことだと、看《かん》過《か》できないほどのものである。このままでは、農民が流亡《りゅうぼう》しかねない、と李恢《りかい》や将琬《しょうえん》は本気で危惧《きぐ》していた。

軍が再び強力になってきたので、叛乱《はんらん》の気配はない。その軍を維持する兵糧《ひょうろう》の蓄《たくわ》えも、かなりのものになった。

劉備《りゅうび》が死んで、一年が経《た》とうとしていた。

丞相《じょうしょう》としてなすべきことの、すべてをなしてきたという思いが、孔明《こうめい》にはあった。

しかし、劉備《りゅうび》の志《こころざし》を継いでいる、とはまだ言えない。国力を回復させただけのことだ。

漢《かん》王室の再興。それが、この国力でなし得るのか。いまは、ようやく魏《ぎ》や呉《ご》に攻められないだけの力を持った、という段階に過ぎない。

この一年、乱世は束《つか》の間《ま》の平穏の中にあった。それは、さらに大きな動乱の予兆《よちょう》を孕《はら》んだ静けさなのだった。魏、呉、蜀《しょく》と、国土は三つに分かれたままだ。その中で蜀が生き残れるか、ということなど孔明《こうめい》は考えていなかった。魏と呉を併呑《へいどん》し、国土をひとつに統一する。そして、漢王室の帝《みかど》を立てる。それが、劉備とともに抱《いだ》いた志だった。

蜀はまだ、三国の中では最小、最弱と言うしかない。

しかし、道は残されている。国土が二分ではなく、三分であるからだ。最強の魏も、呉と蜀の二国を相手にすれば、決して安泰というわけではない。

昨年の秋から、呉との同盟について、秘《ひそ》かな交渉をはじめていた。呉と同盟せよというのは、劉備の遺言《ゆいごん》でもあった。死を前にして、劉備は透徹《とうてつ》した眼《め》を取り戻し、蜀のとるべき道をしっかりと見定めたのだ。

同盟の下交渉は、鄧芝《とうし》という文官が当たっている。呉側の担当官は、孔明の兄でもある諸葛瑾《しょかつきん》で、鄧芝は孔明が驚くほどのしたたかさを発揮し、ついに呉の正使が成都《せいと》を訪問するというところまで話を進展させていた。死んだ人間も多いが、各方面で育ってきている者もまたいるのだ。

軍は充実を取り戻しつつあるが、将軍だけは別だった。趙雲《ちょううん》以外は、みんなまだ小粒なのだ。実戦を重ねていけば、大きく育つというものでもなかった。無理なことを望んでいる、という気持が孔明の底にはあった。なにしろ、較《くら》べている将軍が、関羽《かんう》、張飛《ちょうひ》、馬超《ばちょう》という、どのひとりをとってもこの乱世で屹立《きつりつ》していた英傑《えいけつ》なのだ。

趙雲が残っていることが、救いだった。若い将軍たちは、英傑の大きさにまだ接することはできる。

孔明は、丞相府《じょうしょうふ》の奥にある居室に、ひとりで籠《こも》ることが多くなった。実務は、ある程度文官たちに任せても、心配はなくなったからである。

ひとりで考えるのは、蜀がいつ北進できるのか、ということばかりだった。そのために、どれほどの条件を整えなければならないのか。天険に恵まれた蜀を守ることだけなら、たやすいことである。民政を充実させ、無理のない規模の精強《せいきょう》な軍を擁《よう》していれば、魏や呉が攻めこんできたとしても、間違いなく打ち払える。

しかしそれでは、蜀漢《しょくかん》として国を建てた意味がなくなるのだ。漢王室再興の志。国家のありようとはどんなものか、という考えに基づいた志だった。それがあればこそ、戦《いくさ》をして、兵を死なせ、民を苦しめることも許される。

劉備《りゅうび》を頂点に戴《いただ》いて、その志を果すことができなかったという、痛恨の思いはある。できるはずだったのだ。関羽《かんう》の北進と、蜀軍の雍《よう》州進攻。それで、この国の情勢は一変するはずだった。孔明《こうめい》には、はっきりとそれが見えていた。

それが潰《つい》えたのは、やはり関羽の孤立である。つまり、有能な軍師がいなかった。龐統《ほうとう》さえいれば、関羽は荊《けい》州の問題をひとりで背負うこともなかった。呉《ご》への対策も、魏《ぎ》領進攻の作戦も、関羽はもっと楽にできるはずだった。龐統の命を奪った一本の矢が、孔明の見通しを大きく狂わせたのだ。

戦では、なにが起きるかわからない。絶対有利な攻城戦で、龐統は命を落としている。

これからまた北進するとして、かつてのように、雍、涼《りょう》二州は、蜀に靡《なび》いてくるという空気はあるのか。涼州に寡兵《かへい》で派遣された張既《ちょうき》が、意外なほど見事に涼州を抑《おさ》えきっている。寡兵であったことが、涼州の豪族たちの反撥《はんぱつ》を買わなかったのだ。実に巧妙な統治作戦で、雍州の叛乱分子も孤立しつつあった。雍州の叛乱が大きくなれば、必ず涼州も加わってくる、とは言えなくなっている。

しかし孔明は、ひとりで籠っている時、あれこれと細かいことを考えはしなかった。自分自身を見つめている時の方が、多いと言っていいだろう。隆中《りゅうちゅう》で、劉備に三度会ったこと。そこで交わした言葉。ともに抱けると思った志。

そして、これまでの戦のひとつひとつを、ふり返った。どこかで、急ぎ過ぎていなかったか。特に、曹操《そうそう》自ら率《ひき》いる五十万の軍を漢中《かんちゅう》から打ち払ったあと、急ぎ過ぎはしなかったか。それが関羽を死なせ、やがて張飛《ちょうひ》すら死なせ、劉備を大敗させた。ひとつひとつ丁寧《ていねい》な戦をやろうとせず、全体の情勢を動かそうとした。それこそが戦略だと、自分で思いこんでいたところがある。

関羽の荊州北部への進攻だけは、誤りではなかった。同時に漢中から雍州へ進攻すれば、間違いなく雍、涼二州を加えることができた。しかし、呉に対する対策は、なにひとつ関羽に助言しようとはしなかったのだ。

関羽は誇りの人だった。書簡《しょかん》での助言など、不快にさせるだけだとわかっていた。しかし、自分は一度しか、関羽と話し合っていない。もっと多くを、語るべきだった。

胸の中を駈《か》け回る悔悟《かいご》は、原野を駈けるけものさながらで、捕えて追い出すということは難しかった。

悔悟は、駈けたいだけ駈けさせておけばいい。それに苛《さいな》まれながら生きていくのが、自分が招き寄せた宿運《しゅくうん》なのだ。

志だけは、死んでいない。

丞相府《じょうしょうふ》の奥の居室には、地図も書類も置かれていなかった。寝台がひとつあるだけである。居室にいる間、孔明《こうめい》は寝台に座り、ほとんど瞑目《めいもく》していた。

頭の中で組み立てたものを、崩《くず》す。また組み立て、崩す。どこをどう組み立てても、魏《ぎ》、呉《ご》を破り、国土を統一し、漢《かん》王室を再興するのは至難だった。しかし、不可能ではない。あるかなきかでも、孔明には細い道すじが見えていた。

居室を一歩出ると、即座に孔明を包みこむのは、いま起きている出来事だった。

呉との、同盟の交渉が煮つまりつつある。その交渉を進行させながら、孫権《そんけん》は巧妙に南中《なんちゅう》にも手をのばしていた。無論、呉軍を侵入させるようなことはしていない。間者《かんじゃ》を送りこんで、叛乱《はんらん》を煽《あお》っているだけだ。

そういう呉のやり方に、不信感を募《つの》らせる者は多かった。孔明は、南中の叛乱については、もうしばらく静観すると決めている。それによって、叛乱の核がはっきり見えてくるはずだ。その時、核を叩《たた》けばいい。強力に、蜀《しょく》の支配が及んでいる、という土地ではなかった。わからないことは、まだ多くある。

「戦機を測っておられるのですね。丞相は」

馬謖《ばしょく》は、孔明の心中をよく察しているようだった。

戦機は来る。呉との同盟が成立したら、すぐにそれが来る。魏と呉の同盟関係は、かたちだけとはいえ、まだ続いている。呉蜀の同盟が成立すれば、その時は、呉が魏を裏切ったということになるのだ。孫権《そんけん》も、いつまでも臣従するという言い逃れはできない。ほんとうの臣従を迫られれば、蜀と組んで魏と対峙《たいじ》するしか方法はないのだ。

「それにしても、呉は薄汚い真似《まね》をするものです。交《こう》州から、南中の叛乱を煽ると は」

その一方で、同盟の交渉も進める。そういうところが、孫権のしたたかさだった。

「馬謖、新兵の一万はなんとかなりそうか?」

「あと、数カ月もあれば」

馬謖の軍事的な資質は、やはり若い校尉《こうい》（将校）の中ではずば抜けていた。人望は馬忠《ばちゅう》があるが、作戦の立案などでは遠く及ばない。

「今年じゅうに、力をつけさせておけ。せめて、精鋭として育ちつつある二万と、同等に行軍に耐《た》えられる程度にだ」

成都《せいと》近郊で、三万の徴兵をした。閬中《ろうちゅう》や江《こう》州などを中心として、全国から二万を徴兵しているので、蜀《しょく》軍の新兵は五万ということになる。劉備《りゅうび》の敗北で失った兵力を、徐々に取り戻しつつあった。しかしまだ、装備は充分ではない。馬も足りない。

「鄧芝《とうし》殿の見通しでは、呉《ご》との同盟は夏には成立するだろうということです。すると、秋には魏《ぎ》軍は動くのではないでしょうか？」

それなら、来年の春が最も動きやすい。いかに魏が強大といえども、続けざまに大軍を出す負担は大きい。つまり、南征《なんせい》にむかっている時に、魏に攻められる危険はないということだ。

馬謖《ばしょく》は、そのあたりのこともよく心得ていた。眼から鼻に抜けるようなところも、趙雲《ちょううん》のもとで鍛えられているうちに、いつの間にか消えてきている。

馬謖には、自分が知っているかぎりのことを教えよう、と孔明《こうめい》は思っていた。若い校尉の中で将軍に昇格させるなら、まず馬謖である。それについては、誰《だれ》にも異存はないだろう。あとは、実戦の経験を積むだけだ。そうやっているうちに、やがて蜀軍の中心に育ってくる、と孔明は思っていた。

死んだ兄の馬良《ばりょう》より、軍事の才能はあるかもしれない。馬良は、修めている軍学こそすぐれていたが、正攻法を選ぶというところに人間の性質が現われていた。馬謖は、すべての点で機転が利《き》いた。ひとつ教えれば、十を理解するというところもある。

「兵糧を、少しずつ江陽《こうよう》に運びこむ許可をいただきたいのですが、丞相《じょうしょう》」

南征の兵站《へいたん》基地は、江陽になる。なにも言わなくても、馬謖はそれを読んでいるようだ。

「少しずつだ。輜重《しちょう》と船の両方で運べ」

「手配いたします」

馬謖の眼は、輝いていた。

南征には、馬謖は伴《ともな》わない。孔明はそれを決めていたが、まだ馬謖に伝えてはいなかった。

「ところで、魏の賈詡《かく》が死んだ、という情報が入っておりますが」

その情報は、孔明も二日前に摑《つか》んでいた。馬謖の情報は、いくらか遅れている。そういうところが甘い、と言おうとした言葉を孔明は呑《の》みこんだ。

老齢の賈詡など、蜀では誰も気にしていない。曹丕《そうひ》の謀略《ちょうりゃく》の一部を担《にな》っている、と考えていたのは孔明ぐらいのものだろう。そして、馬謖もいくらかは気にしていたということだ。

「魏《ぎ》には、謀臣《ぼうしん》が多かった。荀彧《じゅんいく》、荀攸《じゅんゆう》は別として、かつては郭嘉《かくか》という男がいたらしいし、程昱《ていいく》、劉曄《りゅうよう》などもいた。曹操《そうそう》のころの謀臣で、残っていたのが賈詡《かく》だった。死んだとなると、世代は代るな。司馬懿《しばい》あたりが、謀略では手強《てごわ》そうだ」

「自分の能力を、隠そうとする男のように思えます」

「だから手強いのだ。誰もが、能力以上の評価を受けたがる。しかし司馬懿は、いまだに五千の兵を率いる、下位の将軍に甘んじている。曹真《そうしん》などより、ずっと能力はある男に違いないのだが」

魏軍の頂点には、曹真がいた。曹丕《そうひ》の信任が厚いのだという。しかし、曹真と同じように曹丕のそばにいながら、司馬懿は冷遇と言ってもいい扱いを受けていた。

外から魏を眺めていると、それは異様なことのように見える。

魏の民政は整っていて、特に河北《かほく》四州は穀倉とも呼ぶべき富を生み出している。広大な領土と、それを守る軍を養うことに、魏が困窮《こんきゅう》するということは、まず考えられない。しかし曹丕は、曹操と較べると明らかにその軍事の才能は劣っていた。

しばしば、親征を試みる。戦が下手《へた》だという評価を、いくらか気にしてもいるのかもしれない。軍の機構を見るかぎり、曹操のころよりも整備されていて、戦への即応力はずっとあがっているのだ。そういう点でも曹丕には能力があり、唯一実戦の指揮だけで父親に大きく劣ると思えた。それは、有能な実戦指揮官がいれば、解決することである。

丞相府《じょうしょうふ》の山積《さんせき》した仕事を片付けると、孔明はよく成都《せいと》郊外まで調練《ちょうれん》の視察に出かけた。自宅へ戻ることは、ほとんどなくなっている。永安《えいあん》にいて、決して成都へ戻ろうとせず、ついに逝《い》った劉備《りゅうび》の心中を思うと、たとえすぐそばでも、家族の中に帰ることは自分には許されない、と孔明は思っていた。

調練は、一万の新兵に対してのものだった。

ここで鍛えあげた二万は、馬忠《ばちゅう》、張嶷《ちょうぎ》がそれぞれ一万ずつ率い、いま益《えき》州の中を駈け回っている。

「丞相は、兵の調練を御覧になるのが、お好きなのか。それとも、ほかになにか気掛りでもおありか？」

本営に行くと、趙雲《ちょううん》が苦笑しながら言った。

張飛《ちょうひ》が死に、劉備が負けてからというもの、趙雲の兵の調練は容赦がなくなった。自分が鍛えるしかない、と思い定めたのだろう。

「丞相が精鋭を必要としておられることぐらい、私にはわかっているつもりだ」

いずれ、魏《ぎ》の大軍とむかい合う。兵数で遠く及ばないところは、戦術と兵の質で補うしかない。それを見据《みす》えて兵を鍛えているのだ、と趙雲《ちょううん》は言っているのだった。

「南中《なんちゅう》へむかうことになりそうです、趙雲将軍」

「いよいよか。御自身で行かれる、と孔明《こうめい》殿は言われていたな」

「それは、変りません」

「なるほど。選兵の段階に入りましたか」

「馬忠《ばちゅう》と張嶷《ちょうぎ》、それに李恢《りかい》を伴おうと思うのですが」

「馬謖《ばしょく》は、あえて伴われませんか」

「鋭《するど》い戦をするだろう、とは思います。南征にかぎっては、強すぎる戦も、鋭すぎる戦も必要はないのですよ」

李恢を伴うのは、南中建寧《けんねい》郡の出身だからである。李恢の名を聞いただけで、どういう戦を孔明がするつもりか、趙雲には理解できたようだった。李恢は、もともと文官として力を発揮している男だった。

「丞相《じょうしょう》が、しばしば調練を御覧になっていた意味が、よくわかった」

「馬忠、張嶷で、趙雲将軍はなにか御懸念《ごけねん》をお持ちですか？」

「いや、なにも。特に丞相が行かれるのだ。私はなにも心配しておりません。南中は未知の土地であるがゆえに、かえって馬忠のような明るさがあった方がいい、とも思えます」

南中の情勢については、定期的に応真《おうしん》から報告が送られてきて、それは厖大《ぼうだい》な量に達している。地形も、ほぼわかっていた。益州《えき》の北から来た、岩塩を売る商人として、応真は南中を歩き回っている。

応真の報告のすべては、しっかりと孔明の頭の中に入っていた。南征軍の規模を二万としたのも、それで充分であると判断したからだった。その気になれば、五万は出せる。

「魏延《ぎえん》殿が漢中《かんちゅう》にいます。それに馬岱《ばたい》、廖化《りょうか》。江《こう》州には、李厳《りげん》殿が息子の李豊《りほう》とともにいます。ほかには、退役させた方がいい将軍が四人ほど。南征に出られる前に、若い校尉の中から、将軍に昇格させる者を選ばれた方がよい、と私は思いますが」

「心しておきます、趙雲将軍」

孔明の頭の中では、新しい将軍の顔ぶれは決まりかけていた。馬謖、馬忠、張嶷のほかに、張翼《ちょうよく》、王平《おうへい》、それに向寵《しょうちょう》、雷銅《らいどう》という者たちである。それぞれ、孔明自身でその力量を見きわめた者たちだった。

「はじまるのだな、孔明殿。年が明ければ出陣というところか。留守は、私が守り抜く。できれば、一年で帰還していただきたいと思うが」

「必ず」

それほど長い時が必要だ、とは孔明《こうめい》は考えていなかった。

2

曹丕《そうひ》が、洛陽《らくよう》に帰還してきた。

征呉《せいご》軍三十万を編成した、親征《しんせい》だった。東部方面の軍を中心にしたので、洛陽から出陣したのは、近衛《このえ》軍も含めた五万ほどだった。それでも、三カ月に及ぶ三十万の軍事行動は、かなり大きな負担ではあった。

戦果をあげたのならそれもいいが、皆無《かいむ》だった。闘わずして、戻ってきたのだ。攻めたのは、建業《けんぎょう》の北東百八十里《やいば》（約七十二キロ）の長江沿《ちょうこうぞ》いにある、広陵《こうりょう》だった。ここを奪《と》れば、建業ののど首に刃を突きつけたも同然だった。

しかし広陵には、長江に沿って長大な城が築かれていた。そして長江上には、精強《せいきょう》を誇る呉《ご》の水軍が水面《みなも》を埋め尽していたというのだ。

曹丕はそれを見て、闘うことなく撤退《てったい》を決定していた。

報告を聞いた時から、司馬懿《しばい》はかすかな不審感を拭《ぬぐ》いきれずにいた。広陵に、それほど堅固な城が、いつ築かれたのか。孫権《そんけん》もいたというが、いまの本拠は武昌《ぶしょう》である。武昌から建業に、大軍を動かした形跡はない。

留守中の報告をしたあと、司馬懿は宮殿の曹丕の居室に呼ばれた。広大な庭と池に面し、そこだけでも小宮殿という趣《おもむ》きがあるが、出入りを許されているのは、ごく限られた人間だけだった。後宮で夜を過さない時は、曹丕はほとんどここで生活している。

「偽城《ぎじょう》だった、と言われるのですか？」

さすがに啞然《あぜん》として、司馬懿は言った。板やすだれなどを使い、城に見せかけていたが、火矢《ひや》の一本で燃えあがる代物《しろもの》だったという。水軍の大動員は、それを気づかせないためのものだったようだ。

「それを知った時、私はすでに許昌《きょしょう》まで戻ってきていた」

いかによくできた偽城であろうと、子供騙《だま》しであることには違いない。曹丕が撤退を決定する前に、幕僚《ばくりょう》はなんらかの方法で、城の防備を探ってみるべきだった。そう思ったが、司馬懿は口に出さなかった。曹丕の表情には、めずらしく口惜《くちお》しさがありありと現われていたからだ。

自分の考えで、軍を整備し直した。最も効率よく動かせる配置だったのだ。自信を持っての出陣だったのが、闘うこともなく撤退してきた。

曹操《そうそう》の戦《いくさ》の才にはほど遠い。誰《だれ》もが、そう思うはずだった。

「城が築かれている、と報告してきたのは、五錮《ごこ》の者だった」

「外から眺めただけ、ということでございますか、陛下《へいか》」

「父が使っていたころは、間違ってもそんな仕事はしなかったはずだ」

戦場での偵察《ていさつ》行動など、もともと間者《かんじゃ》の仕事ではない。諜略《ちようりやく》、内部《ないぶ》攪乱《かくらん》などに、力を発揮するのだ。五錮の者が報告してきたことを確かめるのに、斥候《せっこう》を出したり、小部隊をぶつからせたりすることなく、自分の眼《め》で見ただけで撤退を決定した曹丕《そうひ》に、最も大きな責任はある。

それに、曹操が死んでからは、五錮の者は敵の内情を探ることなどより、自国の叛乱《はんらん》の芽や、軍内部の力関係を調べるような仕事を、主にやらされていたはずだった。

「五錮の者に、なにか処置をいたしますか？」

処置をしろと謎《なぞ》をかけられているのかもしれないが、五錮の者に対しては、どう接していいのかわからなかった。

「河北《かほく》のどこかでよい。一郡の寺を打ち壊せ。理由は適当につけてよい。五錮の者には、今回の失態のために一郡の寺が壊される、と教えてよい」

五錮の者は浮屠《ふと》（仏教）の信徒だった。信仰が認められ、集会所である寺も建てられるということで、曹操と結んだのだという。五錮の者は、いわば自らを犠牲にして、信仰と寺を守ろうとしているのだ。

見合うだけの働きがなければ、浮屠に保護は与えない、という態度を曹丕ははっきり教えようというのだろう。

「浮屠の寺でございますか」

偽城の方から、司馬懿《しばい》は少しだけ話題をずらした。

「信仰というのは、厄介《やっかい》なものだ。扱いを間違えると面倒なことになる。しかし、甘やかしても駄目なのだ。こちらの庇護《ひご》の中で生きている。五錮の者にだけは、それをはっきりと教えなければならん」

「人が死ぬことについて、こわくはないということを教えている、と聞きましたが」

「それは、死んだあと、別の世界へ行けるからだ。だから、こわくない」

「死は土に還《かえ》ること。私はそう思っております」

「それも正しい。浮屠《ふと》の教えも、多分正しい。死について考えることは、すべて正しく、そしてむなしいのだと思う。私は、死について考えたくはないな」

考えたくないというのは、考えたことがあるからだ、と司馬懿《しばい》は思った。死ぬ時は死ぬ。司馬懿は、ただそう思っているだけだった。

「私がはじめて戦をしたのは、河北平定戦《かほくへいてい》の時だった。張郃《ちょうこう》がそばについていてくれた。激戦だったのかどうかは、よくわからぬ。夢中で闘い、勝っていた」

「その時のことは、張郃将軍からも聞かされております。陛下は、勇敢《ゆうかん》に闘われたということでした」

「私は、戦が下手《へた》だと思うか、司馬懿？」

曹丕《そうひ》が、じっと見つめてきた。

「親征という体面にこだわり、三十万という大軍を動かした。偽城に欺《あざむ》かれ、闘わずに撤退した。思い返すと、口惜しさで躰《からだ》がふるえる。私は、父とは較《くら》べものにならぬほど、戦が下手なのだろうか？」

曹丕が、これほど率直に心の中を語るのは、はじめてではないか、と司馬懿は思った。どんな時にも、皮肉な眼は忘れない。冷たく、意地の悪い眼も忘れない。

曹丕が、本気で答えを求めているのかどうか、司馬懿は束《つか》の間《ま》考えた。曹丕の言うことは、言葉の意味だけではないことがほとんどなのだ。

「戦は、私がいたします、陛下」

気づいた時、司馬懿はそう言ってしまっていた。曹丕はまだ、司馬懿を見つめ続けている。思っていた以上に、自分が曹丕を好きであったことに、司馬懿は不意に気づいた。好きであることと、主君であることは違う。

「戦がうまいか下手かなどということは、軍人に問うべきことです。陛下は、確かに戦を得手《えて》とされているとは思えません。しかし、それがなんでありましょうか。陛下は、先帝がなされることがなかった、国の姿を作ることを見事になされています」

「しかし、戦は父上よりも下手か」

「下手であられます。しかし戦上手《じょうず》の幕僚を、多く抱《かか》えておられるではありませんか。すでに乱世は三国にまとまり、治世《ちせい》の勝負となっている、と申してもよろしいでしょう。戦は、軍人がやればよいのです。陛下は戦には出られず、孫権《そんけん》と、そして諸葛亮《しょかつりょう》と、治世で勝負をなされませ。それこそが、王者の道であると私は思います」

「はっきり言うではないか、司馬懿」

「覚悟をして、申しあげました」

「おまえらしくないことを」

「これも、私です、陛下」

曹丕《そうひ》が、横をむいた。

しばらく、司馬懿《しばい》はなにも言わず、ただうつむいていた。

「私は、広陵《こうりょう》だけは、叩《たた》き潰《つぶ》したい。ほんとうの城が、いま築かれはじめているらしい。その城を、自分の手で叩き潰したい。偽城に欺かれた屈辱だけは、それで晴《は》らしたいのだ」

戦が下手だと言った司馬懿の言葉を、そういう言い方で曹丕は受け入れたようだった。屈辱という言葉を、曹丕が使うのを聞くのも、はじめてだった。

「次の広陵攻めは、私がお供《とも》いたします」

「それでは、意味がない。自分の力で、広陵を叩き潰した、と私は思いたいのだ」

曹丕には、戦の経験が少なすぎた。若いころから戦野を駈《か》け回っていた曹操《そうそう》とは、経験の積み重ねも違うのだ。

しばらくとりとめのない話をして、司馬懿は曹丕の居室を退出した。

河北《かほく》の、どこか一郡の寺の破壊は、すぐにやらなければならないことだった。五《ご》錮《こ》の者が、その存在をかけて働くことを、曹丕は望んでいる。その寺に集まる浮屠《ふと》の信徒たちに対する、きらんとした理由も考え出さなければならない。

「浮屠の信徒を巻きこんで、叛乱《はんらん》を起こすのですか？」

営舎《えいしゃ》に戻ると、司馬懿はすぐに尹貞《いんてい》を呼んだ。

「浮屠を潰すために、そうするのですか？」

尹貞の、顔の右側の赤痣《あかあざ》が、別の生きもののように動いた。

「違う。懲罰《ちょうばつ》のために、一郡の中にある寺を破壊する。やるのはそこまでで、信徒を潰すことはない。そんなことをすれば、ほかの信徒への影響も大きくなってしまう」

「寺の破壊だけなら、難しいことではありません。五百の兵がいればできます。浮屠の信徒は、道教《どうきょう》の信徒と較べると、ずっと大人《おとな》しいですから」

「すぐにやれ。寺の数、信徒の数が少ない郡を選ぶのだ。大事なのは、信徒が受け入れざるを得ない理由と、寺を破壊したという事実なのだ」

「叛乱では、大袈裟《おおげさ》すぎます。盗賊《とうぞく》程度がよろしいでしょうな。浮屠の信徒にも、欲で眼がくらむ者は多いと思います。その方が、後腐《あとくさ》れもないと思いますが」

「言われれば、そうだな」

「半月ほどの時を頂戴《ちょうだい》いたします。殿は、関《かか》わられない方がよろしいと思います。五錮《ごこ》の者にだけ、真意を伝えてやればいいのです」

「五錮の者が絡《から》んでいる、とやはりわかるのか、尹貞《いんてい》？」

「私には、わかりました。なにしろ、板とすだれで作った城を、見抜けなかったのですから、陛下が懲罰を加えようと考えられて、当然だと思います」

「間者《かんじゃ》として、これからも使っていきたいというお気持がおありなのだろう、と思う」

「五錮の者を束ねていた石岐《せきき》が死んでから、どこかが緩《ゆる》み、ただの間者に成《な》り下《さ》がっております。締《し》めつけるには、いい機会でございましょう」

「寺の破壊の方は、おまえに任せる」

言うと、尹貞がにやりと笑った。

洛陽《らくよう》守備の任務は、曹丕《そうひ》の帰還とともに終了していた。また、麾下《きか》の五千を率《ひき》いた、下位の将軍に戻ることになる。ただ、誰もがほんとうに下位の将軍にすぎない、とは扱わなくなっていた。

「それから、郝昭《かくしょう》を近衛軍の許褚《きょちょ》殿の下にやろうと思う」

「ほう、では代りの副官は？」

「しばらくは、おまえがやれ。一年ほどやって、これはと思う校尉《こうい》（将校）を副官に引きあげろ」

「許褚のもととは、考えられましたな」

一応近衛軍の総指揮官ということになっているが、許褚は将軍でもなんでもなかった。許褚は、ただ許褚なのである。軍の中でも、それで通っていた。

許褚は、間違いなく郝昭のような粘《ねば》り強い校尉は認める。一年後に、近衛軍の中から将軍へ昇格させる校尉を推挙させれば、必ず許褚は郝昭の名を挙げるはずだ。近衛軍の校尉や兵は若返っているので、ほかに将軍の候補者もいない。

それに許褚の推挙ならば、曹真《そうしん》はもとより、張郃《ちょうこう》や徐晃《じょこう》などという古参の将軍も、異議は挟《はさ》まない。

「郝昭も、そろそろ一軍を率いてもよいころですかな」

毛玠《もうかい》や文聘《ぶんぺい》などの、数人の将軍とも、司馬懿《しばい》は親しくしていた。意思の疎通《そつう》がよくできるという意味の親しさで、軍内の派閥《はばつ》に見られるようなことは、慎重に避《さ》けていた。

いずれ、難しい局面で、軍の指揮を任せられることがある、と司馬懿は読んでいた。そこで、曹丕は司馬懿の力量を冷徹《れいてつ》に判断しようとするだろう。軍の頂点にむかうのか、地方の将軍で終るのかの分岐《ぶんき》が、そこだった。戦は下手でも、そういう眼は父の曹操《そうそう》以上に厳しいところがあるのだ。

「曹真《そうしん》将軍は、いつまでももちますまい。特に、蜀《しょく》が北に軍をむけてくる情勢になれば」

尹貞《いんてい》が、またにやりと笑った。別の生きもののように動く顔の赤い痣《あざ》を、司馬懿は黙って見つめていた。

3

年が明けてすぐに、成都《せいと》の宮殿から、布告が発せられた。

年貢《ねんぐ》、新兵《しんぺい》の徴用《ちょうよう》とともに、減免《げんめん》するという内容である。極端に下がったわけではない。元の状態に戻った、ということである。それでも、成都の民の表情は明るくなった、と孔明《こうめい》は思った。

宮殿に、群臣を集めた。

劉禅《りゅうぜん》にはまだおどおどしたところがあるが、それでも帝《みかど》の威厳《いげん》は備えつつあった。年貢の減免を孔明が上申《じょうしん》した時、劉禅の表情は綻《ほころ》んだ。あまり言葉に出さなかったが、税の厳しさを憂《うれ》えていたことはわかった。

乱世にむいた性格ではない。しかし民政については、それなりのことをやるだろう。孔明が諮問《しもん》されるのも、ほとんどが物産の流通や、生産の状態についてだった。

劉禅が出座してきて、居並ぶ群臣は静まり返った。

「一昨年より、南中《なんちゅう》で叛乱《はんらん》が続発していて、さらに拡《ひろ》がりつつある」

孔明が、口を開いた。

当然ながら、劉禅には南征《なんせい》の必要性は説いてある。孔明自身が出陣するということに、劉禅は危惧《きぐ》を示していた。趙雲《ちょううん》が留守の守りの総指揮を執《と》り、蔣琬《しょうえん》が民政を統轄《とうかつ》するということで、いくらか安心した表情は見せはじめている。

「ようやく国が整ったいま、南中の叛乱鎮圧《ちんあつ》が、第一の急務となった。二万の兵を伴《ともな》い、私自身が鎮撫《ちんぶ》に赴《おもむ》こうと思う」

ざわめきが起きた。南征は予想していても、孔明自身が出陣すると考えていた者は、あまりいないだろう。

「決定したことである」

劉禅が言ったので、一座はまたしんとなった。

「南中は、叛乱のみでなく、民政も考えねばならぬ。それも、早急にだ。孔明の派遣は、私自身で決定した」

劉禅《りゅうぜん》にむかい、孔明《こうめい》は一度拝礼した。

群臣を前にして、劉禅はしっかりと帝らしさを失わずにいた。それは、戦場へ赴く孔明への、はなむけのつもりなのかもしれない。

やはり、あのお方の息子なのだ、と孔明は思った。そして、思いやりやさしさの方を、より多く受け継いでいる。

「孔明が留守の間、蜀《しょく》の軍権は趙雲《ちょううん》に預け、民政は蔣琬《しょうえん》が統轄する。なにかあれば、私の前で会議をして決定する」

趙雲が拝礼し、蔣琬が続き、そして全員がそれにならった。

すぐに、進発《しんぱつ》の準備がはじまった。

最も問題となる兵糧《ひょうろう》は、すでに江陽《こうよう》にまで運びこんである。準備といっても、出動の命令を出すだけだった。

二日後、南征軍は成都《せいと》を出発した。

馬忠《ばちゅう》も張嶷《ちょうぎ》も、将軍に昇格している。新年に将軍に昇格した者は、馬謖《ばしょく》も含めて七名に及んでいた。将軍の半数が、若い世代に入れ替ったということだ。

成都を十数里離れても、見送りの馬謖はまだ付いてきていた。

最初の野営は、成都から南五十里（約二十キロ）の地点だった。馬謖は、やや西にある武陽《ぶよう》へ行く用事を持っていた。翌朝の進発の時に、別れることになる。

「南中《なんちゆう》は、山また山の、制圧しにくい地域です。しかも、広大です。人は少なくても、いま蜀が支配している国土の、二倍近い広さがあります。金や銀、鉄なども多く産します」

馬謖は、南征軍に加えられなかったことについて、なんの不満も洩《も》らさなかった。この一年で、馬謖は大きく成長している。模擬《もぎ》戦などでは、堅実な作戦の中で、しばしば驚くようなひらめきの采配《さいはい》をやってのける。そういう時は、馬忠や張嶷を歯《し》牙《が》にもかけない。こういう若い指揮官が呉《ご》や魏《ぎ》にいたら、と考えるとぞっとするほどだ。

「南中を、制圧するというのは難しいことだろうと思います。完全に制圧するのは」

「それは、わかっている、馬謖」

本営の幕舎《ばくしや》も、小さなものだった。山の中の移動が多くなる。兵が運ばなければならない荷は、少なければ少ないほどいいのだ。

「丞相《じようしよう》は、これから全力を傾けて北へむかわれるのでございましょう。兵力も、ほとんど北へむかいます。そうすると、力で押さえつけたものは、弾《はじ》き返されるということになります。叛乱が起きないようにするためには、大変な兵力が必要です」

幕舎には、明りがひとつあるだけだった。その明りが、馬謖《ばしょく》の瞳《ひとみ》に映っている。先を促すように、孔明《こうめい》は黙って馬謖の眼《め》の中の炎を見つめた。

「そもそも用兵の道は、心を攻めることを上策とし、城を攻めることを下策とし、心を屈服《くっぷく》させる闘いを上策とし、武器による闘いを下策とします」

孔明は、黙っていた。馬謖は、ひとつ小さな息をついた。

「願わくば、丞相《じょうしょう》。南中《なんちゅう》の人々の心を屈服させられんことを。丞相から学んだことのすべてを生かし、私は考え抜いて申しあげております」

「馬謖」

孔明は言い、ちょっと光の方へ眼をやった。南征の意味を、馬謖はよく理解している。幕僚《ばくりょう》のほとんどが、戦《いくさ》に勝って叛乱を制圧しさえすれば、南中を支配できると考えていた。それほど、単純なものではないのだ。

「私が自ら行く意味を、おまえはわかっている、と思っていたがな」

はっとしたように、馬謖が居住《いずま》いを正した。

城を攻めず、心を攻めよ。それは間違っていないし、馬謖が考え抜いてそう進言してきたことを、認めてやってもいい。そこまで考えたことが、嬉《うれ》しくさえあった。ただ、どこかに小賢《こざか》しい感じがある。劉備《りゅうび》は、馬謖に実力以上のことを言う癖《くせ》があると言っていたが、孔明にはそれが小賢しさに感じられた。すでに、一軍を率《ひき》いる将軍となったのだ。孔明に認められようと考えるより、兵に認められようとした方がいい。

「言わなくてもいいことを、私は言ってしまったようです。丞相がそこまで考えておられるのは、当然と言えば、当然です」

「戦では、余計なことが命取りになる。しばしば、そうなるのだ。おまえは、私の胸中を推《お》し計《はか》るだけでよかった。言いたければ、成都《せいと》の軍議でそう申せ」

「はい」

「成都から、五十里も付いてきて言うことではないのだぞ。進発前に、指揮官はそんなことは決めている」

「いま、恥じております」

「よい。私が南中から戻るまでに、おまえは一軍を見事に使いこなせるようになっておけ。馬忠《ばちゅう》や張嶷《ちょうぎ》は、実戦の経験を積んで戻ってくるぞ」

「必ずや、丞相のお眼にかなう軍を」

「気負わずともよい。気負いからは、なにも生まれぬ。私は、さまざまなことを、おまえに教えてきた。いまは、頭でわかっているだけであろう。それを、躰《からだ》でわかるように努《つと》めるのだ。私が南中《なんちゅう》に行っている間は、おまえの将軍としての調練《ちょうれん》の期間だと思え」

「丞相《じょうしょう》」

一度うつむいた馬謖《ばしょく》が、顔をあげた。

「私は、なぜ南征軍に選ばれなかったのでしょうか。私は、馬忠《ばちゅう》や張嶷《ちょうぎ》と較《くら》べると、やはり未熟なのでしょうか？」

思った通り、馬謖はそれを気にしている。不満でもある。しかし、決められたことには、黙って耐《た》えるのが軍人でもあった。

「なにごとも、自分こそがと思う。そこが、おまえがあの二人に劣っている点だ。たえず、私の側近でいたがる。それも、欠点だ。あの二人は、いま兵とともに寝ている。幕舎さえも、使おうとはしない」

「私も、実戦に出かけるのならば」

「そこだ、馬謖。おまえは実戦だから、調練だからと言う。あの二人は、実戦であろうが調練であろうが、自然にそうしている。模擬《もぎ》戦でいくら勝とうと、戦場でおまえのために闘おうという兵は、あの二人よりずっと少なかろう」

「それで、私は南征の指揮官からはずされたのですか？」

馬謖が、眼に涙を浮かべていた。自尊心も傷ついたのだろう、と孔明《こうめい》は思った。

幕舎の外で、歩哨《ほしよう》が呼び交わす声が聞える。軍律《ぐんりつ》は徹底しているし、士気も低くなかった。すでに、立派な軍に育っているのだ。

「私が言ったことを、よく考えてみよ、馬謖。おまえは確かに、いくつかの点で馬忠や張嶷よりもすぐれている。そのいくつかの点だけしか自覚がないのだ。すぐれた点に自覚を持っているより、欠点を自覚している方が、これもまた上と言える」

馬謖がうつむいた。

ほとんど息子に対するような感情を、孔明は馬謖に抱《いだ》いていた。これほど非凡な才は、そうあるものではないだろう。十年にひとりの逸材と言っていいかもしれない。そしてそれは、自分が生かしてやらなければならないのだ。兄の馬良《ばりよう》は、完成された判断力を持っていた。軍事より、民政の才に瞠目《どうもく》すべきものを持っていた。

馬謖には、確かに非凡な軍事の才がある。ただ、それがまだ完成されていない。兵とはなにか、殺し合うとはなにか。それを、躰でわかる必要があるのだ。

「明日は、見送りは禁じる。全軍が進発する前に、武陽《ぶよう》へむかえ。そこでの用事が済めば、速《すみ》やかに成都《せいと》に戻り、自分に任せられた兵たちと暮すがよい」

「はい」

「わかったら、行け。私は、もう眠る」

「丞相《じょうしょう》」

「なんだ？」

「御武運《ごぶうん》を、お祈りいたします」

軽く頷《うなず》いた孔明《こうめい》に、馬謖《ばしょく》は拝礼して出ていった。

横たわると、孔明はしばらく馬謖のことを考えた。自分が凡庸《ぼんよう》であると、いつ自覚できるのか。非凡な者が、自分は凡庸だと思い定めることができたら、これはこわい。そういう人間が指揮官にひとりいるだけで、兵力は二倍になったと考えてもいいのだ。

眼を閉じると、すぐに眠りに落ちた。

翌日からの行軍《こうぐん》は、速くなった。一日八十里（約三十二キロ）ずつ進んだ。それでも、兵は疲れを見せなかった。

成都を出て十日目に、江陽《こうよう》に到着した。

江陽城の兵二千を李恢《りかい》の下に置き、南征軍に加えた。ここからは、全軍を三つに分けて進む、と孔明は決めていた。叛乱の範囲は広く、それが最も効率がいいと思えたのだ。

応真《おうしん》はすでに到着していて、夜になると城内に置いた本営の、孔明の居室に姿を見せた。

「おまえが届けた報告書については、すべて頭に入っているぞ、応真。地形などもだ」

「それで、軍を三隊に分けられますか」

「そうだ」

「平夷《へいい》から南、建寧《けんねい》郡の叛乱については、李恢殿おひとりが行かれる方がよかろう、とは思っていたのですが」

李恢は、建寧郡の出身で、知り人は多いという。成都にいる間も、郡の豪族との連絡は絶《た》やしていなかったようだ。

南中《なんちゅう》の叛乱は、一年余の間に、あるかたちにまとまりつつあった。朱褒《しゅほう》、雍闓《ようがい》、高定《こうてい》の三つの勢力である。それに孟獲《もうかく》という、南中全域で人望を集めている者がいる。孟獲は雍闓と近いようだが、必ずしも一体ではない。蜀《しょく》から与えられた官位などは、有名無実だった。

「雍闓《ようがい》と高定《こうてい》は、お互いに気に食わないというところがあるようです。放《ほう》っておいても、いずれこの二人はぶつかると思いますが」

「放っておく時間はないのだ、応真《おうしん》」

「そうですな。丞相《じょうしょう》が自ら遠征の指揮をされているのですから」

馬忠《ばちゅう》が一万の軍で東に回りこみ、朱褒《しゅほう》を叩《たた》く。李恢《りかい》は、真直《まっす》ぐに南下し、南中全域を支配しようという構えを見せている、雍闓とぶつかる。孔明《こうめい》は、張嶷《ちょうぎ》の軍を率いて、高定を討《う》つ。孟獲《もうかく》がどういう動きをするかはまだわからないが、南中で最大の兵を集めるのはこの男だろう、というのが応真の予測だった。

「広大な南中に、名が知れている男というわけか」

「人望というのは、大きな力なのですね、孔明様。大きな豪族ではあるのですが、ほかの三人ほどではありません。しかし、民の間での人気は、大変なものです」

「歳《とし》は？」

「三十歳ほどだという話です」

「ほかの三人は、それぞれ五十代か」

「若く、しかも人望のある、南中の名家ということになります」

ほかの三人より、その男をどうするかだ、と応真は言っているようだった。

「李恢には、二千の兵をつけて中路軍《ちゅうろ》としよう。まともな兵ではあるが、ほかの二万ほどの精鋭《せいえい》ではない」

「それぐらいがよいだろう、と私も思います」

馬忠が東路《とうろ》軍。孔明が西路《せいろ》軍である。その三つが昆明《こんめい》か滇池《てんち》あたりで合流することになる。孟獲をどうするかは、そこで決めればいい、と孔明は思った。

「南中はどうだ、応真？」

応真は、三年近く南中に滞留《たいりゅう》し、さまざまなことを調べあげていた。

「想像以上に、豊かです。金、銀、鉄のほか、大量の塩を産出するところもあり、私はそれを買って売るというだけで、手下には充分なものを払ってやれました。山がもたらす作物も、流通さえしっかりしていれば、大きな富になります」

「そうか。あとは、治め方をどうするかだな。成都との大きな流通路を作る。それによって、蜀《しょく》は豊かな国になり得る」

「確かに。しかし、難しい地域ではあります」

「そちらは、私に任せておけ。おまえは部下を率いて、全力で孟獲のことを調べるのだ」

「わかりました。ほかの二人と違って、孟獲はいきなり南中の民の上に突出してきたという感じなのです。私自身も、もっと調べたいと思っていました」

南中《なんちゅう》の調査の仕事は、応真《おうしん》の性格に合っていたようだった。新しいものには、いつも関心を示す男だ。そこが、父の応累《おうるい》とは違うところだった。

「ところで、孔明《こうめい》様。成都《せいと》の様子はいかがなのです？」

「非常によくなった、と言っていいであろう。年貢《ねんぐ》を減免《げんめん》したので、民の表情も明るくなった」

「陛下《へいか》は？」

「気丈に、帝であることに耐えておられる。民政については、なかなかの力量をお持ちであると私は思っている。その力量を発揮できる場を作るのも、われらの任務と言っていいであろう」

「そうですか」

「気になることでもあるのか、応真？」

「先帝（劉備《りゅうび》）と較べると、軟弱であると雍闓《ようがい》などは吹聴《ふいちょう》いたしております」

「それは、われらが叛乱の鎮圧に出ることができなかったからであろう。この三年ほどは、雍闓も思うさま暴れられたのであろう」

「叛乱の主謀者は、全員処断されるのですか？」

「見送りに来た馬謖《ばしょく》が、いいことを言った。心を攻めるのを上策とし、城を攻めるのを下策とするとな。それは、南征にむかう私の気持を、そのまま表わしたものであった」

「そうですか、馬謖殿が」

「応真は、馬謖をどう思う？」

「兄の馬良《ばりょう》様より、戦の才はお持ちでしょう。才が走りすぎると感じる者はいるでしょうが、私はあれでよいと思っております。関羽《かんう》様、張飛《ちょうひ》様、馬超《ばちょう》様のような将軍が、蜀《しょく》軍にはいなくなったのですから。剛勇《ごうゆう》の英傑《えいけつ》としては、しかしまだ趙雲《ちょううん》様がいらっしゃいます。馬謖殿の才は、いずれ諜略《ちょうりゃく》にも生きてくるものだと私は思います」

応真は、見るところは見ているようだった。間者《かんじゃ》としては、そういう眼がなにより大切になる。南中でも、若い孟獲《もうかく》が問題だというのは、多分間違いない眼を働かせているのだろう。

「明日、馬忠《ばちゅう》は出発させる。私と李恢《りかい》は三日後」

東路《とうろ》軍の馬忠が、最も長い行程を行かなければならない。ただ、南中は山ばかりだが、道がないわけではなかった。昔から、活発に交易などはしてきた地域なのだ。

道についていては、応真《おうしん》の手の者がほとんど調べあげている。

「朱褒《しゅほう》、高定《こうてい》、雍闓《ようがい》の三者が、連合するということはあるまいな？」

「三者の連合は、ありますまい。ただ、蜀《しょく》軍がその三者を討つと」

孟獲《もうかく》のもとに、南中の兵力がすべて集中するかもしれない、と応真は考えているようだ。孔明《こうめい》にとっては、それでよかった。孟獲が危機感を募《つの》らせ、南中《なんちゅう》の兵力を糾合《きゅうごう》する、という動きが欲しいのだ。

「兵数の少ない李恢《りかい》は、苦労するかもしれん。おまえの手の者が、謀略で下地を作っておいてやれ」

「それから、孟獲についての情報は、洩《も》らさず孔明様に入るようにしておきます」

「わかった。ずっと南中に潜《もぐ》りこんでいて、苦労も多かったであろう、応真。南中を鎮撫《ちんぶ》すれば、おまえにはまた北へ行って貰《もら》うことになる。まったく、気の休まる間《ま》もないな」

「孔明様の忙しさと較べると、楽なものでございます。南中は異民族も多く、それぞれに文化もあり、面白い地域でありました。ただ、湿気が多く、暑いところです。この地方だけの熱病もあります。御身体《おからだ》には、なにとぞ御留意なされますよう」

「気をつけよう」

城内では、明日出発する東路《とうろ》軍が、まだ動き回っているようだった。兵糧などは、ここで整え直していくのだ。

ようやく、守勢《しゅせい》から攻勢に入ろうとしている。しかし、劉備《りゅうび》はいない。ただ、志《こころざし》が、夢が、自分の胸の中でまた力を持ちはじめている。殿がまだ生きておられるということだ、と孔明は思った。

4

険しいが、軍の通行が困難だというほどの道ではなかった。ただ、どこもここも兵を埋伏《まいふく》させられるような地形ばかりである。

「張嶷《ちょうぎ》、ここに丸一日滞陣する。その間に、通常の三倍の斥候《せっこう》を出せ」

江陽《こうよう》から三百里（約百二十キロ）ほど進んだところで、孔明は言った。そろそろ、仕掛けてきてもいいころだった。

人が少ないというのは事実で、三百里の間に、集落は数えるほどしかなかった。どこも、略奪《りゃくだつ》の警戒はしていたが、貧しそうには見えなかった。

「反抗的ではありませんでしたが、喜んで恭順《きょうじゅん》するという態度でもありません。とにかく、いまは軍律を厳しくしておく時だと思います」

「それから、奇襲への備えだ。特に夜。兵は半数ずつ交代で眠らせろ。ただし、警戒していることを気づかれぬよう、眼醒《めざ》めている兵も伏せさせておくのだ」

夜襲《やしゅう》をかける気になれば、どこからでも可能だろう。見えるかぎり続くなだらかな山岳を、密林が覆《おお》いはじめている。木は、これからもっと多くなるはずだ。

一日そこで待ち、斥候の情報をすべて集めてから、孔明《こうめい》は進発《しんぱつ》を命じた。

雍闓《ようがい》が高定《こうてい》に殺されたという知らせを応真《おうしん》の手の者が持ってきたのは、そうやって進みはじめて四日目だった。

「仲間割れというわけでもなさそうです。二人の仲は、それほどよくはなかったそうですから。高定が、雍闓の兵力を併《あわ》せるということもなさそうです」

張嶷《ちょうぎ》は、この戦《いくさ》が思ったより簡単に終ると考えはじめているようだった。

さらに三日進んだところで、馬忠《ばちゅう》が朱褒《しゅほう》の軍を破り、順調に進撃中だという伝令が到着した。中路軍《ちゅうろ》の李恢《りかい》の方は、民とも兵ともつかぬ者たちに包囲されたりして、遅々《ちち》として進んでいないようだ。ただ、大きなぶつかり合いはしていない。話し合う方法を選び、それができる相手は応真の手の者が調べて、報告しているはずだ。

斥候から、高定の軍一万が、前方の谷に沿《そ》って展開している、という報告が入った。それは叛乱《はんらん》の民ではなく、南中《なんちゅう》の正規軍の一部だろう。装備もいいはずだ。

「ここは力で、完膚《かんぷ》なきほどに打ち砕く。できれば、高定の首も取れ」

「かしこまりました。二千は山を迂回《うかい》させ、側面を衝《つ》こうと思いますが」

「よかろう。力押しでいけ」

ありふれた作戦だった。ただ、兵の練度が違う。それに高定は、山岳戦ではなく、まともな戦を挑《いど》もうとしてきている。ここはまず、力押しをしてくる軍だと思わせることだ。

孔明の頭には、高定を討《う》ったあとのことがあった。

「高定は討ってよいが、ほかの兵をあまり殺すな。武器を捨てて逃げる、という程度にしておけ、張嶷」

馬謖《ばしょく》なら、もっと効果的な作戦を思いつくかもしれない、と孔明はふと思った。兵を埋伏させたところに敵を誘《さそ》いこむ、というぐらいのことはすぐやりそうだ。

しかしいまは、愚直《ぐちょく》な戦を見せた方がいい。孟獲《もうかく》は、南征《なんせい》軍の本隊の動きを、つまり自分の戦のやり方を、どこかでじっと見ているはずだ、と孔明は思った。谷沿いに展開しているのは、魏《ぎ》か呉《ご》かと思わせるような軍だった。つまり、まともな兵法なのだ。陣も、方陣《ほうじん》を三つ並べている。

上流の方陣に高定《こうてい》はいる、と孔明《こうめい》は読んだ。その方陣は、ほかの二つと較《くら》べてやや堅い。気も漲《みなぎ》っている。

「側面を衝《つ》く時は、あの陣だ、張嶷《ちょうぎ》」

「私も、そう思っておりました。あそこに、高定はいると思います」

厳しい戦の経験はないのだろう。ただ兵法通りに闘おうとしている。孟獲《もうかく》も、この程度のものかもしれない、と孔明は思った。だとすると、なかなか心を攻めるわけにはいかなくなる。屈しない心を持っているからこそ、心を攻めることに意味もあるのだ。

蜀軍《しょく》は、谷沿いの広い場所に出て、展開をはじめた。それに対し、高定は正面に位置することになる方陣のむきを、少しだけ変えた。それも、兵法通りである。

開戦の機は、張嶷が摑《つか》むのに任せた。

張嶷は盛んに騎馬隊で牽制《けんせい》をくり返したが、ほんとうに攻めようとはしなかった。総攻撃に移ったのは、側面攻撃の軍が山から駈《か》け降りた時である。

二つの方陣を騎馬隊で貫《つらぬ》き、側面攻撃に対応して動きはじめていた上流の方陣に襲《おそ》いかかった。歩兵も、二つの方陣は相手にせず、攻撃を払いのけるだけで駈け抜けた。

三千ちょっとの方陣に、一万が波状《はじよう》的に攻撃をかけるかたちになった。すぐに、崩《くず》れた。

「高定の首だ」

先鋒《せんぽう》の騎馬の校尉《こうい》（将校）が、槍《やり》の先に突き立てた首を翳《かざ》して、駈け回った。それで、敵は潰走《かいそう》しはじめた。

「追うな、もういい」

張嶷が、叫んでいる。鉦《かね》も打たれた。

兵はすぐにまとまり、十里（約四キロ）ほど上流の、台地に布陣した。山をひとつ背にすることになるので、その頂上に五百ほどを登らせて土塁《どるい》を築かせるところまで、すべて張嶷が指揮した。

幕舎《ばくしや》の中で、孔明はいま終ったばかりの戦を反芻《はんすう》した。

部族同士の争いは、それほど激烈《げきれつ》なものではないのだろう。鍛えあげられた兵というわけではなかった。しかし、兵法の心得はある。まともな戦で、そこそこは闘える力は持っているのだ。

「しばらく、ここに滞陣する。朱褒《しゆほう》も高定も討ち、雍闓《ようがい》は死んだ。叛乱を鎮定したと私が判断しても、おかしくない状況はある」

「営舎《えいしや》の整備をさせます。屋根があるぐらいでよろしいでしょう。兵糧《ひようろう》は、倉を建てて収《しま》いこみます」

孔明《こうめい》が、しばらく駐屯《ちゆうとん》するという状況ができる。その間に、馬忠《ばちゆう》が進軍し、李恢《りかい》もいまの状況を打破《だは》できるだろう。

「南中《なんちゆう》に、触《ふ》れを出せ。これからは、蜀《しよく》という国家の一部として扱うとな」

「帰属《きぞく》してくる豪族の扱いは、いかがいたしますか？」

「名を、記録しておくだけでいい。あとは相手にするな」

南中の豪族に、それがどう受け取られるかはわからない。異民族が多すぎるのだ。そして、漢《かん》族も少なくない。

誰《だれ》もが、漢族の名を持っていた。かつては、ここも漢王室の統治のもとにあったのだ。

半月ほど、そこに滞陣した。

孔明は、金や銀の鉱脈だけではなく、植物についてもその間に詳《くわ》しく調べた。山には、北とは較べものにならない種類の植物が、びっしりと繁茂《はんも》している。植物に詳しい者を二人伴《ともな》っていて、栽培《さいばい》すれば産業に結びつくものがいくつも見つかった。

応真《おうしん》の手の者は、毎日情報を運んでくる。

孟獲《もうかく》はすでに人心を摑んでいて、いま実際に兵が集まりはじめているという。最終的には、四万近い兵を集めるのではないか、と推測できた。高定《こうてい》、朱褒《しゅほう》、雍闓《ようがい》の兵は、ほとんど孟獲が吸収するだろう。

やがて、馬忠の進軍が速くなった。李恢も、なんとか状況を打破できたようだ。

孔明は陣払《じんばら》いを命じ、再び南へむかって進軍しはじめた。孟獲の軍が、三万ほどにふくれあがっている。それは、孔明の西路《せいろ》軍を迎撃《げいげき》する位置にいた。最初のぶつかり合いに、馬忠や李恢の軍が間に合うかどうか、微妙なところだ。

もう待つことはせず、孔明は進み続けた。

孟獲も、ただ迎撃しようというのではなく、北へむかいはじめている。馬忠や李恢の軍が到着する前に、孔明とぶつかろうと考えているようだった。骨があるのか、こちらを甘く見ているのか、それとも数を恃《たの》んでいるのか。南中の兵は、まだ次々に孟獲の軍に加わりつつあるという。

「人望という点では、確かにおまえの言う通りのようだな、応真」

何日目かの、野営地だった。孟獲の軍にはかなり近づいている。明日は、三百里（約百二十キロ）の距離になるだろう。報告にも、応真が自らやってきた。

「軍の動かし方を御覧になれば、また感心いたしますぞ」

「いや、それもわかる。もともとの孟獲《もうかく》軍は、三千ほどであろう。それが十倍以上に増えても、混乱を起こさずに進んでいる」

「すぐに、四万にも達しましょう」

「南中《なんちゆう》の全兵力が五万というところか」

「大部分が、孟獲のもとに集まろうとしています。部族の多い地域に、さらに漢《かん》族まで入りこんでいます。利害が複雑に絡《から》み合っているがゆえに、かえって日和見《ひよりみ》は許されないのです。三人の首魁《しゆかい》が討たれたことで、孟獲の人望がにわかに力を持ったというところでしょう」

朱褒《しゆほう》、高定《こうてい》、雍闓《ようがい》の中の誰かには、呉《ご》からの手ものびていたはずだ。それは、多分切ることができただろう。

「このまま混乱が続けば、いずれは孟獲が南中をひとつにまとめることになったでしょう。蜀《しよく》軍の進攻で、その時期が早くなったというところですか。もしかすると孔明《こうめい》様は、それを考えて三人の首魁を速《すみ》やかに討たれましたか？」

黙っている孔明を、応真《おうしん》はじっと見つめていた。

「そうですか。私の情報によって、孟獲を戴《いただ》いてひとつになった南中軍を、叩《たた》き潰《つぶ》そうと考えられましたか。恐ろしいお方です」

「孟獲が駄目な男なら、私の目論見《もくろみ》ははずれるということになる」

「なにを、目論んでおられるのですか？」

「気にしなくてよい」

孔明がほほえむと、応真は露骨《ろこつ》に不服そうな眼をむけてきた。

「ひとつだけ、これはお願いでございますが、孟獲を生かしてやることはできないものでしょうか？」

「孟獲次第《しだい》だな」

「降伏《こうふく》する性格ではない、という気がいたします。かつて涼州《りょう》を席巻《せっけん》していた、馬《ば》超《ちょう》様に似ているのではないかと思います」

「とにかく、あと三日でぶつかる」

斥候同士は、接触したりしていた。孟獲も、抜かりなく斥候を出しているということだ。やはり、兵法は知っている。

孔明が読んだ通り、三日目には孟獲軍と五里（約二キロ）まで接近した。

「ほう」

孟獲の陣構えを見て、孔明は思わず声をあげた。

植物の育つ土壌《どじょう》ではないらしく、小石と灰色の土の荒野だった。硫黄《いおう》の匂《にお》いも漂《ただよ》っている。孟獲《もうかく》はそこに、鶴翼《かくよく》に魚鱗《ぎょりん》を組み合わせた陣を敷いていた。両翼《りょうよく》に五千ずつ、中央の魚鱗が三万である。

「張嶷《ちょうぎ》、この陣を一万で破らなければならぬが、どうする？」

「それは」

「隙《すき》があるぞ、この陣には」

わずかな隙だった。兵の質まで考えて、ようやく見えてくるものだ。

「中央突破は、両翼から挟《はさ》みこまれることになります。右翼から攻めて、魚鱗の側面を衝《つ》くというのはどうでしょうか？」

「あの中央の魚鱗は、円陣に近い。側面からの攻撃にも、対処できる」

「ならば、私に隙は見えません」

「敵は、混成の軍であろう。孟獲の指揮にも限界はある。大して精兵ではないことも、これまでのぶつかり合いでわかっている」

「どうすれば、よいのでしょうか？」

「一千の軽騎兵《けいきへい》を、背後《はいご》に回りこませろ。残りの九千は、鶴翼に拡《ひろ》げるのだ」

「しかし」

「魚鱗は十枚。つまり一枚三千。しかも、前衛に出ているのは、一枚だけである。

つまり、九千で一万三千を攻めるということになる。わが軍の精兵は、混成で指揮も行き届いていない一万三千を、蹴散《けち》らせないのか？」

「いえ」

「敵を四万と見るから、隙が見えなくなる。一万三千と見れば、隙だらけであろう」

「確かに一万三千だけなら、楽に勝つことはできます」

「まず、それを破ればいいのだ。それで、敵の陣形は崩れる。魚鱗は、その崩れに即応することはできぬ。守りの陣形であり、大きく動かないからこそ力を発揮するものだからだ」

「ひとつ、訊《き》いてもよろしいでしょうか、丞相《じょうしょう》？」

「申してみよ」

「わが軍を前にして、孟獲はどういう陣を組めばよかったのですか？」

「魚鱗と鶴翼を組み合わせるのは、なかなか肚《はら》の据《すわ》った采配《さいはい》ではある。ならば、もっと思い切ることとだ。両翼に一万ずつ。そして魚鱗の一枚をいくらか小さく二千で十枚。そうなれば、われらは最初に二万二千とぶつかることになる。魚鱗も一枚が小さければ、小さい分だけ機動性を持たせることもできる」

「たとえあの兵でも、二万二千では手強《てごわ》いと思います。破るのにてこずるでしょう」

「孟獲《もうかく》の気持の中には、どこかで守らなければという思いが強く働いた。それがいい場合もあれば、強気に構えた方がいい場合もある。陣形というものには、指揮する者の気持が端的《たんてき》に出ているのだ。だから、生きものだと思った方がよい。孟獲は、混成の軍を感心するほどよくまとめてはいるが、どこかでもうひとつ自信を持ちきれなかったのだろう。だから、守ろうという気持が強くなった」

「実によくわかりました。丞相《じょうしょう》。自分が、まだ未熟であることも、痛いほどに」

「よし。では、あとの闘《たたか》い方はおまえに任せよう。私は、迂回《うかい》する一千の指揮だけをやることにする。すぐにはじめよ、張嶷《ちょうぎ》」

張嶷の声が響いた。さすがに、調練《ちょうれん》を重ねた兵たちの動きは、見事なものだった。この展開の速さが、まず敵に脅威《きょうい》を与える。

孔明《こうめい》は、一千を指揮する校尉に指示を与え、二百の護衛と十騎の伝令兵を連れ、後方の小高い丘に登った。

孟獲は、伝令の報告を聞き、全身に粟《あわ》を立てた。鐙《あぶみ》に立ちあがって、兵の頭越しに敵陣を見た。まさか。思わず声を出してしまう光景だった。四倍もの相手にむかい、蜀《しょく》軍は鶴翼《かくよく》に拡がろうとしている。

兵法から言えば、無謀《むぼう》なことだ。なにかの奇策なのか。しかし高定《こうてい》との戦の様子を聞くかぎり、諸葛亮《しょかつりょう》とはまともな戦法をとる男だ。名軍師とか、名将とかいう噂《うわさ》が南中《なんちゅう》にまで流れてきているのは、およそその着眼のよさからきているのだろう。

高定との戦でも、寡兵《かへい》を臆《おく》することもなく、躊躇《ちゅうちょ》もなく、三つの方陣の中で高定がいた方陣を攻めている。

自分の構えに、隙はないはずだ。鶴翼で攻める構えをとり、魚鱗《ぎょりん》で守りも固めている。魚鱗は、側面からの攻撃に備えるために、いくらか円陣に近くさえしてあるのだ。

どう攻めてこようとそれを受け、すぐに攻撃に転じられる。それは間違いのないことだ。しかし、鶴翼。なぜなのだ。奇策《きさく》でないとすれば、諸葛亮は自分の隙をどこかに見つけ出したのか。

蜀軍が到着して鶴翼に拡がるまで、大して時を要していない。こちらの陣を見て、鶴翼に兵を拡げたのは、ほとんど速断と言っていいだろう。

諸葛亮が、戦法を誤っている。孟獲はそう思った。名軍師と言われたところで、大したことはない。しかし、この胸騒ぎはなんなのか。

蜀《しょく》軍の旗が翻《ひるがえ》っている。

睨《にら》み合いは束《つか》の間《ま》だと、孟獲《もうかく》には思えた。

蜀軍が、前進してくる。兵の動き。一糸の乱れもなかった。一万には見えない。四万、五万の軍勢が押し寄せてくるような圧力を、孟獲は感じた。旗。近づいてくる。すでに蜀軍は駈《か》け足に入っているが、それでも乱れはまったく見えなかった。

「怯《ひる》むなよ、こちらの軍勢は、敵の四倍なのだ。押し包み、打ち砕いてしまうぞ」

叫んだが、自分に言い聞かせているような気分に、孟獲はとらわれた。

「構えろ。戟《げき》を突き出せ」

蜀軍は、さらに近づいてくる。孟獲は、一度舌打ちをした。なまじ主力に魚鱗《ぎょりん》を組ませているだけに、兵を動かせない。押し寄せてくる敵を、その場に留《とど》まって受けるしかないのだ。勢いに乗ってくる一万は、一万以上の圧力が当然あるだろう。しかも、動きを見ていれば、鍛え抜かれた精兵だということはいやでもわかった。

「怯むな。こちらは大軍だぞ」

それしか、孟獲は言えなくなった。鶴翼《かくよく》で押し包もうにも、敵も同じ幅の鶴翼なのだ。

負ける。ぶつかる前に、孟獲にはそのことがはっきりとわかった。

南中《なんちゅう》でしか、戦をしたことがない。同数の兵力なら、絶対に誰にも負けないという自信があった。高定《こうてい》も朱褒《しゅほう》も、万余の軍勢を抱えていても、自分とだけはぶつかろうとしてこなかったものだ。それが、いまは四倍の兵力がある。それなのに、負けるのか。

ぶつかった。

なぜ自分が負けるのか、その瞬間に孟獲には理解できた。前衛は、敵とそれほど兵力は変らない。それがぶつかり合うのだ。敵は精鋭《せいえい》で、しかも駈けて勢いをつけている。こちらは、連繋《れんけい》の調練もしたことがない、混成の軍勢なのだ。

ひとたまりもなかった。両翼があっという間に押され、潰走《かいそう》した。次の瞬間には、主力の魚鱗が左右から攻め立てられる恰好《かっこう》になっていた。魚鱗の、第二段、第三段になると、すぐにぶつかるという心構えはできていない。それがいきなり攻め立てられたのだ。算《さん》を乱している。

「鉦《かね》だ。一度撤退《てったい》し、態勢《たいせい》を立て直す」

言って、孟獲は五十騎ほどの麾下《きか》に守られ、後方に駈けた。後方だけは、あいている。

二里ほど駈けたところで、不意に二百ほどの軍が前方を遮《さえぎ》った。右へ。そう思った時は、右に二百。左。やはり、二百。舌打ちしてふり返ると、後方には四百。動きようがなかった。どう動いても、戟が待っている。

「降りろ」

指揮者らしい男が言い、周囲の者は次々に馬から引き摺《ず》り降ろされた。いつの間にか、孟獲《もうかく》も躰《からだ》を押さえこまれ、縄をかけられていた。


しっかりと、孔明《こうめい》を見据えてきた。

しかし、なにが起きているのか、まだ正確にはわかっていない。気力は失わないまま、それをどこにむければいいのか、見失ったというところだろう。

「縄を、解《と》いてやれ」

孔明が言うと、孟獲ははじめて縛《しば》られていることに気づきでもしたように、首だけ動かして左右を見た。

「私が、諸葛亮《しょかつりょう》だ。残兵を集めたところまではなかなかだったが、戦についてはなにも知らぬのだな、孟獲」

「私が、戦についてなにも知らぬだと？」

「こうして、おまえは捕えられてきた。それは、負けたからだ。それ以外のなんでもない」

「まともに、闘ってはおらん」

「では、おまえはなぜ捕えられてここにいるのだ？」

「策を弄《ろう》された。それが巧妙であったことは認めよう。しかし、まともな戦はしていない」

「おまえは、四万の大軍を擁《よう》し、兵法にかなった堅陣《けんじん》を敷いていたではないか。私は一万の兵しかなかったが、正面からぶつかっておまえを破った」

孟獲がうつむいた。肌は浅黒いが、端正《たんせい》な顔立ちをしている。勇猛《ゆうもう》なだけではないということは、兵の動かし方を見ていてもわかった。考えた末の堅陣だったのだろう。

「負けたな。間違いなく負けた。それについての言い訳は、もうよそう。自分がいやになってきた。首を刎《は》ねるなら、早くしてくれ」

「死に急ぐことはあるまい。おまえと、もうしばらく話をしていたい」

「生き恥を晒《さら》す私を見て、笑いものにしようというのか？」

「ほんとうに、恥だと思っているのか？」

「蜀《しょく》の諸葛亮《しょかつりょう》は、負けた者にそういう言い方をするのか。そうやって、笑いものにして、自分の強さを民に誇示《こじ》するのか」

「負けたのに、威勢はいいのだな」

孔明《こうめい》が笑い声をあげると、孟獲《もうかく》の端正な顔が紅潮し、歪《ゆが》んだ。

そばにいた者に声をかけ、孔明は胡床《こしょう》（折り畳みの椅子《いす》）を二つ出させた。腰を降ろし、孟獲にも胡床を勧める。孟獲は孔明を睨《にら》みつけたが、再度勧めると、黙って座った。

「戦の話を、少ししようではないか、孟獲」

「すれば、どうなる？」

「いくらかましな武将になって、死ねる」

「それはいいな」

孟獲が口もとだけで笑った。眼は、じっと孔明を見据えている。悪い眼ではなかった。南中《なんちゅう》の人心を集めている、というのがわかるような気もする。

「いささか、急いだようだな、孟獲。なぜ、腰を据えようとは思わなかった？」

「当たり前だ。他の進路から来る蜀軍と、合流されることになる。こちらは大軍といえど、敗残の兵を集めただけだ。相手が少ないうちに討とうとするのが定石《じょうせき》であろう」

「なるほど。では、鶴翼《かくよく》と魚鱗《ぎょりん》を組み合わせたわけは？」

「私が、未熟だったからだ。鶴翼だけ、もしくは魚鱗だけにすべきだった、と思う。敗残の兵であっても、あれだけの大軍なら、鶴翼に拡げるべきだった。そして、私が中央にいて、直接ぶつかるべきであった」

「そうすれば、勝てたかもしれぬ、という言い方ではないか」

「必ず、勝てた。だから、全軍で攻めのかたちを取れなかった、私の未熟なのだ」

「堅陣《けんじん》ではあったぞ、孟獲」

「しかし、蜀軍に最初にぶつかれるのは、一万ちょっとだった。つまり、大軍の利を生かせなかった。敗残の兵の集まりだ。一カ所が崩されると脆《もろ》い。それを見きわめられなかった私は、やはり未熟なのだろう」

　なにが起きたかはっきりわからぬまま、縄をかけられてしまった男が、敗戦の原因をしっかり分析《ぶんせき》していた。戦についても、非凡なものは持っている。人心だけが、この男に集まっているというわけではなさそうだった。

「陣を見て、なかなかのものだと思ったがな」

「しかし、負けた」

「鶴翼《かくよく》だけであろうが、魚鱗《ぎょりん》だけであろうが、私には勝てる道が見えたと思うぞ、孟獲《もうかく》」

「自惚《うぬぼ》れるな、諸葛亮《しょかつりょう》。おまえは、たった一度の僥倖《ぎょうこう》につけこんだだけだ。それが、戦を決めるものなのだろう。だから、私は嘆かぬ。果てる前に、戦がなにかをいやというほど学ばせて貰《もら》った」

「覚悟は、できているのか？」

「だから、こうして喋《しゃべ》っている。嗤《わら》いたいだけ、嗤うがいい」

孟獲は、孔明《こうめい》から眼をそらそうとしない。死を前にしても、若い猛々《たけだけ》しさを失っていなかった。孟獲を見つめ、孔明はまたほほえんだ。

「私は南中《なんちゅう》の叛乱を鎮撫《ちんぶ》するためにやってきた。叛乱はもうないので、いまさらおまえの首を刎《は》ねたところで、仕方がないな」

「南中の叛乱が、私が死ぬぐらいのことで、鎮《しず》まるとでも思っているのか。叛乱は続く。民は、蜀《しょく》に抵抗を続けるだろう」

「なぜ？」

「南中には、盟主《めいしゅ》がおらん。だから、蜀からなにか命令されれば従い、呉《ご》に誘われれば揺れた。民にとって、それは不幸なことだが、まとめきれる盟主はいなかったのだ。だから、これからも叛乱は続く」

「まとめきれる者が、南中にはいないか。ならば、統治する役人を派遣しなければならない」

「だから、叛乱が起きるのだ。南中では、よそからの支配者に統治されたい、と考えている者は誰もいない。蜀が統治しようと、それが呉であろうと、叛乱は同じように起きるだろう」

孟獲が言う意味は、よく理解できた。部族が複雑に絡み合った現状では、その対立を利用して、つけ入る隙はいくらでも見つかるのだ。朱褒《しゅほう》でも、高定《こうてい》でも、雍闓《ようがい》でも駄目だった。

しかし、この若者ならば、どうなのか。

人を魅《ひ》きつける、なにかは持っている。だからこそ、敗戦の兵は、蜀に投降することもなく、孟獲のもとに集まったのではないのか。戦も、下手《へた》ではない。言うことも、理屈が通っている。そして、死ぬことに対しても、覚悟が決められる。

さすがに応真《おうしん》は、これぞという男に眼をむけていた。戦になっても、孟獲だけは死なないようにしてくれ、と言ったのだ。

「もう去《い》ね、孟獲」

「おう、南中《なんちゅう》がどうであるか、話をさせてくれた。私は笑いものにされたわけではなさそうだ。いつでも、首を刎《は》ねてくれ」

「去ね、と言っているのだ。孟獲《もうかく》」

「どういうことだ？」

孟獲が、じっと孔明《こうめい》の眼を覗《のぞ》きこんでくる。孔明は、もう孟獲を見ようとしなかった。

「蜀《しょく》軍は、南中を鎮撫《ちんぶ》に来たのだ。叛乱を起こしていた三名は、死んだ。鎮撫の目的は果したのだ、すでに」

「私は、どうでもいいということか？」

「わざわざ、首を刎ねるほどの者ではあるまい。人望だけで戦はできぬ。南中には、叛乱を指揮できる者など、もうおるまい」

「私には、なんの力もないと言うのか、諸葛亮《しょかつりょう》？」

「四万もの大軍を率いたおまえと、手合わせをした。せいぜい四百人の指揮者だな。それに蜀軍には、別働隊が合流して、兵力は二倍以上になるのだぞ。南中は、すべての統治を蜀でやる」

「私を解《と》き放《はな》つだと。首を刎ねてくれるのが、負けた者に対するせめてもの礼儀であろう、諸葛亮。この上、私に生き恥をかかせようというのか？」

「殺す価値もない者を、殺しても仕方があるまい。だから、去ねと言っている」

孔明は腰をあげ、幕僚《ばくりょう》たちに指示を出した。進軍の指示である。孟獲の方は、もう見なかった。馬忠《ばちゅう》と李恢《りかい》がいつ合流できるのか、校尉のひとりが報告をはじめた。

「私を解き放つと、後悔するぞ、諸葛亮」

孟獲の叫び声が聞えた。何度もくり返されるそれが遠くなっても、孔明はそちらに眼をむけようともしなかった。

「さすがに、孔明様です。孟獲の力を認められましたな」

どこからか声が聞え、応真《おうしん》が姿を現わした。

「これからが難しいのだ、応真」

「確かに」

「余計なことは考えず、手の者に孟獲の動きを探らせろ。おまえは、余計なことを考え、期待したりする。それは、間者《かんじゃ》には不要なことだ。私が、そう言ったことを、今後は忘れるな」

「つい、口にいたしました。間者がどうあるべきか、いつも父に言われていたのですが」

「心の中のことまで、言っているのではないぞ、応真《おうしん》。また、心のない間者《かんじゃ》など、私は欲しくない。しかし、その心を抑《おさ》えるのも、間者の仕事だ。これからは、もっと心を痛める任務もあるであろう。そのたびに、おまえの憂鬱《ゆううつ》そうな顔は見たくない」

「ありがとうございました」

「なにがだ？」

「孔明《こうめい》様にお叱《しか》りを受けたのは、はじめてです。ひとり前の男として扱っていただけた、という気がいたしました」

応真の姿は、いつの間にか消えていた。

5

滇池《てんち》に滞陣し、陣営を築いた。

馬忠《ばちゆう》、李恢《りかい》の軍も合流してきて、兵力は二万を超えている。

「成都《せいと》から南へ、およそ二千里（約八百キロ）ですか。益州《えき》が、実に広いことを実感しました。滇池から東にも西にも、それぞれ千数百里、南へも八百里（約三百二十キロ）という、とてつもない広さです」

　馬忠は感心したように言ったが、李恢は当たり前だという表情をしている。この地方の出身である李恢には、充分に広さがわかっているようだった。

「この地を、力で平定《へいてい》するのは、並大抵《なみたいてい》のことではありません。兵力も十万は必要になりましょう。まして、人を送って成都から統治しようというのは、至難《しなん》です」

「わかっている、李恢。いまの蜀《しょく》は、十万はおろか、二万の軍を一年駐屯《ちゅうとん》させることさえできぬ。それでも、この地は必要なのだ」

「丞相《じょうしょう》は、なにかお考えがおありなのでしょう。一度捕《とら》えた孟獲《もうかく》を解《と》き放《はな》たれました。なぜかと、いま教えていただく必要はありません。じっと、見ております。南《なん》中《ちゅう》を出身地とする私が役に立つところでは、存分に使っていただきたいと思います」

「とりあえず、七千の軍は滇池に滞陣させる。南中の中心に位置すると言ってもよいところだ。李恢はここにいて、南中の民政のありようを調べあげよ」

「はい」

「馬忠は、一万五千の兵で、私とともに移動する」

　孟獲が、再び兵を集めはじめていた。四万は集まりそうな勢いだという。つまり、南中《なんちゅう》の豪族の誰《だれ》もが、孟獲《もうかく》を見捨ててはいない。

謀略《ちょうりやく》という方法を、孔明《こうめい》は一切とらなかった。部族の対立を利用すれば、いくらでもそれはできる。事実、秘《ひそ》かに帰順を申し入れてくる者もいたが、相手にはしていない。のちに、恨みを残すことは、避けるべきだ。

滇池《てんち》一帯には、畠《はたけ》を作らせた。暑い地域だから、短期間で作物を栽培《さいばい》することも難しくない。いくらかでも兵糧《ひょうろう》を節約するための、屯田《とんでん》と言っていい。伴《ともな》ってきた、植物に詳《くわ》しい者が力を発揮した。

孔明は、滇池から二百里（約八十キロ）ほど西に、一万五千の軍で陣を組んでいた。孟獲が、滇池を攻めないようにするための、牽制《けんせい》である。川のそばの台地で、密林に囲まれた平らな場所である。かつて、畠でもあったようだ。

馬忠《ばちゅう》が、そこで兵の調練《ちょうれん》を続けた。暑い気候である。兵を徹底的に動かして、それに馴《な》れさせるしかなかった。ひと月ほどで、兵は蒸暑《むしあつ》さに馴れてきた。

その間にも、南中各地に人をやった。商人のなりをした者がほとんどである。その者たちからの、報告が入る。応真《おうしん》の手の者からの報告も入る。

総じて、南中の人間は、北の人間と較《くら》べると陽気で、楽天的だと思えた。気候が、そうさせる。豊かな山の恵みもそうさせる。上から押さえつけられることは、嫌う人間が多いだろう。そして、孟獲のように、わかりやすい男を好む。

「馬忠、そろそろ遠征《えんせい》をしてみるか」

「孟獲は、すでに四万は集めているという話です。一度、強く叩《たた》いた方がいいのではありませんか。このままでは、孟獲の兵は減りません」

「それでいい。大軍のまま、孟獲を屈服《くっぷく》させたいのだ」

「兵の動きは、よくなっております。丞相《じょうしょう》に満足していただける、と私は思っておりますが」

「五千はここに残し、一万を動かそう」

「やはり、孟獲は討《う》たないのですか？」

「討たぬ。それから、密林の中での戦《いくさ》に備えて、兵には連弩《れんど》を持たせよ」

短い矢を、続けざまに十本射ることができる連弩は、完成していた。兵は、矢の箱を十個腰に巻く。つまり、二百本の矢を射ることができるというわけだ。

南中という土地を、孔明は面白いと感じていたが、いつまでも関《かか》わっているわけにはいかなかった。魏《ぎ》に、大軍編成の動きがある。それは呉に対するもので、再び広陵《こうりょう》を攻める気だと、孔明は読んでいた。

魏と呉《ご》の間が緊張しているうちに、南中のことは片付けなければならない。

「騎馬は五百でよい。兵装はできるかぎり身軽《みがる》で、兵糧以外の輜重《しちょう》を三つ。それには、連弩《れんど》の矢を積んでいく」

「明日までに、すべて」

孔明《こうめい》は頷《うなず》いた。はじめて、馬忠《ばちゆう》を直接使う戦になる。馬謖《ばしよく》ではなく馬忠を連れてきたのが正しいかどうか、これからわかるだろう。

戦を前にして、馬忠は喜々《きき》としていた。

蜀《しよく》軍が南下をはじめた、という情報が入りはじめた。諸葛亮《しよかつりよう》自身が出陣しているらしい。

孟獲《もうかく》は、各部族の指揮者を集めた。

蜀は、南中《なんちゆう》を完全に制圧しようとしている。誰もが、そう信じていた。孟獲はしかし、それをみんなと同じように信じることができなかった。

それでも、兵を集めた。諸葛亮に、一矢《いっし》を報《むく》いたい。その思いが、消し難くあった。解き放たれ、首を刎《は》ねる価値もないと言われたことを思い返すたびに、躰《からだ》の芯《しん》が熱くなった。このまま山中に逼塞《ひっそく》すれば、首を刎ねる価値もないという諸葛亮の言葉が、間違いではなかったことを証明するようなものだった。

孟獲の頭には、屈辱だけが残っている。それが、悪い血のように滞《とどこお》ったままなのだ。

「全軍で迎え撃つ。諸葛亮さえ討てば、蜀軍は潰滅《かいめつ》したも同然。四万を二隊に分け、南下してくる蜀軍を挟撃《きょうげき》するかたちを作りたい」

「戦の指揮は、孟獲殿に任せてある。軍議など無用だぞ。ただ命令してくれればいい」

ひとりが言った。ほかの者たちが、賛同の声をあげる。

孟獲は頷き、即座に編成を決めた。

もともと、みんなが自分に従うことはわかっていた。

九年前、交《こう》州から海賊《かいぞく》が侵入してきて、南部の宛温《えんおん》を占拠《せんきょ》した。交易の品を略奪《りゃくだつ》に来たのだ。およそ五万で、誰も打ち払えなかった。父の兵三千を受け継いだばかりだった孟獲が、自分の兵だけで海賊と対峙《たいじ》し、一年間闘った。その間に、一万五千ほどの兵が孟獲の指揮下に集まってきたのだ。そしてついに、海賊を打ち払った。

海の上では闘える者たちだったのだろうが、山の戦はうまくなかった。それに孟獲は、二万にも満たない兵力で打ち払えたのは、それが一番大きな理由だろう。それに孟獲は、父から教えられた兵法を知っていた。

あの時から、孟獲《もうかく》の名は南中《なんちゅう》に知れ渡ったのだ。小さな争いは、よく起きた。朱《しゅ》褒《ほう》や高定《こうてい》や雍闓《ようがい》のように、そういう争いの中で自分の力をのばしていく者もいた。しかし、孟獲はそれに加わらなかった。三人とも、同盟者として孟獲を誘《さそ》ったが、南中の中で争わなければならない理由が、孟獲には見つけられなかった。

孟獲が自分の兵を動かすのは、外敵が侵入した時だけだった。兵力を擁《よう》している者が南中を守るのは、義務だと思ったのだ。しかし、有力者としてのしあがった者は、外敵にはむかおうとしなかった。

外敵が侵入してくるのは、交《こう》州からか、さらに南からだった。そういう時に兵を募《つの》ると、二万近くはいつも集まってきたのだ。いまは、朱褒も高定も雍闓もいない。南中の兵は、自分のもとに集まるしかないはずなのだ。

蜀《しょく》軍が外敵なのかどうか、孟獲は判断に迷っていた。有力だった三人があっさり討たれてから、外敵だという声が南中では強くなった。そして、南中のほとんどの兵力が、孟獲のもとに集まった。

外敵かどうかを決める前に、孟獲は蜀軍と闘っていた。そしていま、また闘おうとしている。

それにしても、諸葛亮《しょかつりょう》の、あの鮮やかさはなんなのだ。こちらに四倍の兵力がありながら、あっさりと負けた。ほとんど、闘ったと言えないほどだった。首を刎《は》ねる価値もない。孟獲は、解き放たれた時の孔明《こうめい》の言葉を、また思い出した。

「蜀軍を追い返さないかぎり、われらの生きる道はない」

叫んでいた。

捕えられたが、解き放たれたとは言っていない。自力で、敵兵を打ち倒して逃げてきた、と言ってしまっていた。

「ただちに、進む。敵を挟撃して、諸葛亮の息の根を止めるまで闘うぞ」

その場の者たちが、一斉に剣を抜き、天に突き立てると、声をあげた。

戦は、下手《へた》ではない。少なくとも、南中に孟獲と対立し得る者はいなかった。朱褒も高定も雍闓も、孟獲だけは別格の扱いで、なにか問題が起きると、すぐに意向を確かめるための使者を寄越《よこ》したものだ。

外敵の侵入で、打ち破られたことは、いまだかつてなかった。だから、諸葛亮に敗《やぶ》れたことが、ほんとうのことだったのかどうか、孟獲にはまだ信じられない気分だった。

二つの道から、軍を進めた。

斥候《せっこう》は頻繁《ひんぱん》に出した。蜀軍《しょく》の一万は、ゆっくりと進んでいるようだ。全軍では、二万二、三千になる。それが、一万しか動いていない。しかも、悠然《ゆうぜん》とした進軍なのだ。馬鹿にされているのか、と孟獲《もうかく》は思った。こちらが二万であることは、とうにわかっているはずだろう。

二日進軍すると、かなり距離が縮《ちぢ》まった。明日には、挟《はさ》みこむかたちで攻撃できそうな位置だ。その夜は、全軍に戦闘態勢《せんとうたいせい》をとらせた。

翌朝、陽《ひ》が昇ったころ、斥候からの報告が飛びこんできた。蜀軍が、二つに分かれて進みはじめた、というのである。つまり、五千ずつだ。諸葛亮《しょかつりょう》は、本気で五千で二万を相手にするつもりなのか。

「それぞれを、追う。遭遇《そうぐう》したら、全軍でぶつかれ」

この地域は、街道は一本である。あとは、密林の中の間道《かんどう》ばかりだ。大軍は動きにくいと読んで、諸葛亮は密林に兵を入れたのだろう。しかし、地の利はこちらだった。密林の闘いにも、馴《な》れている。

「五里（約二キロ）前方に、敵です」

斥候の報告が入った。前衛《ぜんえい》は、約三千である。勝てる、と孟獲は思った。密林の中は、すべて接近戦である。三千がぶつかり、第二段の二千がさらに後ろから押す。

第三段の五千が、側面に回る。敵の五千のうちの千近くは討ち取って、追い払える。あとは残りの一万で、追撃をかければいいだけだ。

胸が、高鳴った。前衛の三千が、とにかく押すことだ。それで、第三段が側面に回る余裕ができる。密林を押し分けるように、強引《ごういん》に孟獲は前衛を進ませた。

ぶつかった。斥候が、そう知らせてきた。次には、総崩《そうくず》れになっているという知らせだった。前衛は、敵に届く前に矢で倒されたという。損害は一千五百ほど。逃げてくる味方で、第二段、第三段も混乱し、敗走になった。追撃に備えていた万も、方々で敗走している。密林の中だけに、状況がよく摑《つか》めないのだ。

「逃げるな、敵はわずか五千だぞ」

孟獲は叫び続けたが、一度崩れはじめた軍は容易に立ち直らなかった。

なにがあったのか。矢で、前衛が崩されたとは、どういうことなのか。密林の中では、矢は無用の長物のはずだ。

考える余裕はなかった。孟獲の周りの兵たちも浮足立ち、逃げはじめている。

「一度、退《ひ》け。退いて陣を組め。円陣だ」

孟獲が思いついたのは、それだけだった。なぜか、蜀軍はすぐに追撃にかかってはこない。円陣を組めば、また大軍の力で押し返せる。しかしその場所には、白分がいなければならない。自分がいないかぎり、兵がそこで留《とど》まることはないだろう。駈《か》けた。途中で馬を残した場所に達し、孟獲《もうかく》は跳《と》び乗って馬腹を蹴《け》った。

街道。南へ十里ほど戻れば、二万で円陣を組める草原がある。走っている兵を蹴散らすようにして、孟獲は馬を走らせ続けた。

草原。

五百騎ほどが、不意に現われた。すぐに隊列を組め。そう命令しかかって、孟獲の眼《め》は蜀《しょく》軍の旗を認めた。

まさか、と思う暇《ひま》もなかった。両脇《わき》を抱《かか》えあげられた。二頭の馬の間にぶらさげられるようにして、走った。足は、地についていない。ひとしきり駈け、騎馬隊は停止した。

草の上に座りこみ、孟獲は荒い息をついた。

「孟獲殿だな。私は蜀軍の馬忠《ばちゅう》という。さっき、一度死んだところを見逃した。今度は、首を戴《いただ》くことにする」

「くれてやる」

孟獲は言った。なにが起きたかわからないが、間違いなく負けたのだ。今度は、負けたということだけは、痛いほどよくわかった。

馬忠が、短い剣を持って近づいてきた。ひとりぐらいなら、と孟獲は思ったが、未練というものだ。戦をして負ければ、死ぬ。当たり前のことではないか。馬忠が、孟獲の左腕を摑んだ。首を取るのにおかしなことをする、と孟獲は思った。暴れるとでも思っているのか。

二の腕に、三度痛みが走った。三カ所を、浅く切りつけられている。軍袍《ぐんぽう》に、血のしみが拡《ひろ》がりはじめていた。

「孟獲殿、なかなか果敢《かかん》な戦をされるな。ただ、意味のない戦だ、と私は思う」

「なぜ、首を刎《は》ねん？」

「もう頂戴《ちょうだい》した。いまの恰好《かっこう》は、首を打たれたも同じではないか」

「馬鹿にしているのか、私を」

「まさか。戦は強い。丞相《じょうしょう》に策を授かっていなかったら、大きな犠牲を出したかもしれん。私はまだ経験のない指揮官でな。せいぜい朱褒《しゅほう》あたりが適当な相手だった」

「首を、刎ねろ、馬忠」

「丞相に刎ねて貰《もら》えよ、私は知らん」

馬忠は、孟獲の顔を見て、ちょっと笑った。心の底の方に、痛みがある。腕の浅い傷の痛みなどとは較《くら》べものにならない、どうにもならない痛みだ。

「また会おう、孟獲殿《もうかくどの》」

馬忠《ばちゆう》が、馬に乗った。騎馬隊が駈け去っていく。しばらく、孟獲は立ちあがることもできなかった。

南に、また兵が集まりはじめた。

いまのところ二万数千だが、すぐに三万を超え、四万に近づくだろう。孟獲はまだ、人望をまったく失っていない。

「夜襲《やしゆう》だ、馬忠。三千ほどで、夜明け前に夜襲をかけよ。その間に、張嶷《ちようぎ》の五千が背後《はいご》に回る。単純な攻め方がよい。敵の兵は、連弩《れんど》に怯《おび》えているであろうからな」

連弩は、よほどの急所に当たらないかぎり、命を奪《うば》うほどの力はなかった。しかし、兵の闘う力は奪う。

すぐに、夜襲がはじまった。

連弩は、闇《やみ》の中では、密林とはまた違う効果を見せるはずだ。

孔明《こうめい》は、二千を率《ひき》いて、南へ走った。すでに、夜が明けていた。二十里（約八キロ）ほど走ったところで、二千を展開させた。

馬蹄《ばてい》の響《ひび》きが聞えたのは、すでに陽《ひ》が高くなってからだ。六騎。斥候からの報告が入る。すぐに、孟獲が姿を現わした。街道に縄を張った。突っこんできた孟獲の馬が、脚《あし》を折った。孟獲が、放《ほう》り出される。立ちあがった時は、兵に戟《げき》を突きつけられていた。

「まだいたのか、孟獲」

孟獲の腕には、刃物で切った傷が三つついていた。そばにいた者に命じて、孔明は四つ目の傷をつけさせた。

「去《い》ね、孟獲」

「どこへ去ねと言うのだ、諸葛亮《しょかつりょう》？」

孟獲の声は、まだ気力を失っていなかった。

「どこでもいい。蜀《しょく》以外ならばな。おまえがいる場所は、蜀にはない」

「ここは、南中《なんちゅう》だ。私の父が、祖父が、血を流しながら拓《ひら》いた土地だ」

「その土地は、大事にしてやろう。それから民も」

「私を、どこまで辱《はずか》しめれば気が済むのだ、諸葛亮？」

「辱しめてはおらぬ。おまえは、蜀に逆《さか》らっている。だから、打ち払っているだけだ」

「打ち払うというのか、私を。この父祖の地から、打ち払うと」

「おまえは、私を打ち払うつもりだったのであろう。負ければおまえが打ち払われる。当たり前のことではないか」

孟獲《もうかく》が、孔明《こうめい》を睨《にら》みつけてきた。

まだ、牙《きば》を失ってはいない。いや、この男が牙を失うことなどないだろう。ただ、蜀《しょく》に牙を剝《む》かなければいいのだ。

「殺せ、首を刎《は》ねろ」

「去ね。南中《なんちゅう》の土になることもあるまい。それに、解き放つと私は必ず後悔する、とおまえは言った。後悔はしていないぞ」

「いま一度、一度だけ機会があれば、必ず後悔させてやる」

「よかろう。死ぬ前に、もう一度私に挑《いど》んでみるがいい」

孟獲の顔が、赤黒く変色した。はじめに捕えた時と較《くら》べると、形相《ぎょうそう》もすっかり変ってしまっている。並みの男なら、とうにどこかに逃げているはずだ。

立ちあがった孟獲が、密林の中に駈け去っていった。

また兵が集まりはじめている、という報告が入った。応真《おうしん》からだ。さすがに減って、一万をちょっと超える程度だという。

孔明は、陣を敷いて孟獲を待った。必ず、むこうから攻めてくるはずだ。

「丞相《じょうしょう》、この陣は？」

「虚仮《こけ》脅《おど》しの、鶴翼《かくよく》だ、馬忠《ばちゅう》。孟獲がむかってきたら、二つの車輪《しゃりん》になる」

「なるほど。それでいささか内側に寄っているのですか」

「奇策《きさく》に嵌《はま》るだけでなく、しっかりと陣を組んで闘いたいであろう、孟獲も」

馬忠が頷いている。どこかで、孟獲を好きになっている気配もあった。

孟獲の軍が見えたのは、三日後だった。

対峙《たいじ》すると、すぐに果敢《かかん》に突っこんできた。密集隊形である。孔明が片手をあげると、鶴翼の左右が、絵に描《か》いたように丸い円になり、回転しはじめた。

両側から、なにかに穿《うが》たれていくように、密集隊形が崩《くず》れはじめた。突き破る力はあるが、鋭い攻撃に対しては弱い隊形である。密集隊形が、次第に細くのびていった。馬忠が、中央にいた孟獲を捕えた。五つ目の傷を、腕につけたようだ。

これで終りだろう、と孔明は思ったが、孟獲はまた立ちあがり、逃げた。それに、馬忠が追い撃ちをかけた。一度追いついて、完全に包囲したようだ。六つ目の傷という報告が、馬忠から入った。

孔明は、全軍を動かした。

すでに孟獲《もうかく》軍は、二千ほどに減っている。衣を剝《は》がすように、その二千を少しずつ引き離した。一千になり、数百になり、やがて七、八名が残るだけになった。その七、八名には、武器を捨てるように孟獲は命じたようだ。

七つ目の傷を腕につけようとする馬忠《ばちゆう》を、孔明《こうめい》は止めた。孟獲は、両手両足を草の上に投げ出し、うつろな眼を空にむけている。

「首を刎《は》ねてはいただけないのか。諸葛亮《しよかつりよう》殿？」

「ならぬ。死ぬことは禁ずるぞ、孟獲」

「なぜ？」

「おまえは、この十年にわたって、南中《なんちゆう》を守ってきた男だ」

「自らの土地だからです」

「わかっている。私は、ひとつだけおまえに認めさせたかった。南中は、蜀《しよく》の一部なのだ。それを認めよ」

「認めるもなにも、諸葛亮殿の侵攻で、すでにそうなってしまっている」

「認めるのだな？」

「民がこれから搾《しぼ》り尽《つ》されるのだと思うと、心痛むものはありますが、事実は事実でしょう。私は、あなたに七度首を刎ねられた。なにか言うつもりはありません」

「言っていいのだ、孟獲。いや、おまえがいいと思うように、南中を治めてみよ」

「治める？」

孟獲は、まだ大《だい》の字に寝たままだった。孔明は、胡床《こしょう》（折り畳みの椅子《いす》）を二つ持ってこさせた。兵が二人で、孟獲を抱き起こした。

孔明は、孟獲とむき合って胡床に腰を降ろした。最初に捕えた時と、同じ恰好《かっこう》だった。孟獲の眼は、あの時と較べるとうつろだった。それに、ずいぶんと痩《や》せている。

「私は、南中が叛乱を起こしたから、兵を率いて鎮撫《ちんぶ》に来た。呉《ご》からの働きかけもあったようであるし、看過できなかったのだ」

「あなたは、勝ったのだ。なにをなす権利も、あなたにはある。すべてをなす権利が。四倍の兵力に達するほど兵が集まってくれたのに、私は負けた。なにひとつとして、やることができなかった」

「おまえの腕の傷は、首を刎《は》ねた回数だと思え、孟獲。七度死んだ気になれば、大《たい》抵《てい》のことには耐《た》えられよう」

「治める、と申されましたか、諸葛亮殿？」

「私は、叛乱の鎮撫に来た。この地に、施政官《しせいかん》を残していく気などない。おまえにどれほどの人望があるか、よくわかった。孟獲《もうかく》。蜀《しょく》の一部として、おまえがここを治めよ。蜀で決められているだけの、税は納めよ。徴兵も同じだ。それ以上でも、それ以下でもない」

「どういうことです」

「言った通りのことだ。叛乱が起これば、私はまた鎮撫に来る。考えてもみよ、孟獲。天下は三分なのだ。南中《なんちゅう》が、南中として独立していようというのは、所詮《しょせん》無理な話だ。位置から言って、蜀の一部になるか、呉の一部になるかだ」

孟獲は、膝《ひざ》に手を置き、うつむいていた。

南中の兵に、それほど大きな損害はないはずだった。密林の遭遇戦や夜襲《やしゅう》などで効果的な武器になった連弩《れんど》は、負傷はさせてもそれほど殺していないだろう。

「私は、負けたのです。諸葛亮殿。しかも、一度ではない。完膚《かんぷ》なきまでにです」

「三度倒してもたちあがってきたら、私はおまえを認めるつもりでいた。七度も倒さなければならなかったのは、はるかに私の予想を超えていた」

「七度」

孟獲が、呟《つぶや》くように言った。

「首を刎《は》ねる気ならば、はじめから刎ねている。戦の勝敗とは、そういうものだ。

測《はか》り合うような闘いだった。おまえはひたすら戦をしているつもりだっただろうが、それでも私とおまえは、別の闘いをした。それは、お互いの持っているものを、測り続けていたのだ。意識しようとしまいと、どこかでそうしていたはずだ。私は、おまえが南中を統治できるかどうか、測り続けていた」

「私は、自分が甘い男だと思います。一度負けても、心の底のどこかで、ほんとうは勝てたはずだと考えていた。二度目も、三度目も、七度にわたるまで」

「なぜ、そう思えたのか、考えよ、孟獲。南中の兵が、おまえを見限らなかったからではないのか。それは、勝っている私が、驚くほどであった」

「七度、死んだのです、私は」

「だから、私には、おまえに七度、死を禁じる権利がある。あとは、おまえの心次第だが、南中の民にとって、成都《せいと》から軍と役人が来て統治されることが幸せなのか、おまえが眼を配る方が幸せなのか、よく考えよ。私は、ひと月ほど南中に滞留《たいりゅう》する。治水《ちすい》をなせば、畠《はたけ》を拡《ひろ》げられる。山をもっと生かす。そういうものが、見えてきた。その指示だけは、していこうと思う。ひと月の間、考えていてもよいぞ」

それだけ言い、孔明《こうめい》は腰をあげた。

孟獲は、まだうつむいている。

南征《なんせい》は、ほぼこれで終りだろう。北を、どうするのか。孔明《こうめい》は、すでにそのことを考えはじめていた。

さらば原野よ

1

　長江《ちょうこう》の下流域を奪《と》る、というのが、曹丕《そうひ》の呉《ご》に対する基本的な戦略だった。

　それ自体は、悪いことではない、と司馬懿《しばい》は思っていた。ただ、呉よりも蜀《しょく》だ、という思いが心の底にはある。荊州《けい》のかなりの部分を奪って、孫権《そんけん》は満足している気配がある。いまある領土を充実させよう、というのが孫権の考えなのだ。だから、版図《はんと》の拡張《かくちょう》の動きは見せていない。

　蜀は、違っていた。北へ出てくる。これは、ほぼ間違いないことだ。天下三分と言っても、蜀は小さすぎる。少なくとも、呉と拮抗《きっこう》する力は欲しがっているはずだ。だから、北だった。呉と再び闘えば、今度こそ共倒《ともだお》れになる。そのため、劉備《りゅうび》が死ぬとすぐに、呉蜀の同盟は復活していた。

そして蜀《しょく》は、自らを守るためにも、魏《ぎ》を攻めざるを得ないのだ。緊張した状態の中で、活路《かつろ》を探るしか道はない。天下三分の情勢がこのまま安定してしまうと、最小の蜀が不利《ふり》になるのは、自明《じめい》だった。

曹丕《そうひ》は、このところ自ら調練《ちょうれん》に出ることが多くなった。二万ほどの規模の軍を、しばしば駈《か》け回らせている。

偽城《ぎじょう》に欺《あざむ》かれた広陵《こうりょう》での敗戦を、自らの経験の不足というように、曹丕は結論づけたようだ。張郃《ちょうこう》をはじめとする、老練な将軍を必ず伴《ともな》って、助言も受けているようだった。

そんな程度で戦《いくさ》がうまくなる、ということなどないのだ。戦は、持って生まれた資質《ししつ》が最後は左右することが多い。曹丕に関して言えば、ごく人並みの資質だった。曹操《そうそう》ほどの、測《はか》り難《がた》い深さも、心をふるえさせるような果敢《かかん》さも、どこにもない。

近衛《このえ》軍にいた郝昭《かくしょう》を、早々に将軍に昇格させ、一万の軍を率《ひき》いさせた。許褚《きょちょ》の推挙があったからだ。さすがに許褚は部下の資質から、魏軍全体の状態まで、しっかりと見ている。いまは、若い有能な将軍が、ひとりでも多く必要だ、とよくわかっているようだった。

諸葛亮《しょかつりょう》が、南中《なんちゅう》を制圧したという報告を、蜀に放《はな》っていた間者《かんじゃ》が運んできた。一年はかかると見ていたが、わずか数カ月だった。

司馬懿《しばい》は参内《さんだい》し、曹丕に謁見《えつけん》した。

群臣に知らせた方がいいと思った時は、司馬懿はそういう会い方をする。つまり、正式な会い方をし、群臣が居並ぶ中で報告をするのだ。密《ひそ》かに会う時は、侍中《じちゆう》（秘書官）を通すが、滅多《めつた》にそれはやったことがない。曹丕の方から呼ばれるのだ。

「蜀の諸葛亮が、南中を制圧しました。これで、領土は増え、呉蜀戦のころの国力を取り戻すだろうと思います」

まだ情報を摑《つか》んでいない者たちが、小さな声をあげた。誰《だれ》もが、南中制圧には一年以上が必要だろうと思っていたのだ。

曹丕は、当然五錮《ごこ》の者の報告を受けているだろう。河北《かほく》の一群の寺を破壊してから、五錮の者の動きは緊張に満《み》ちたものになっている。

「しかし、制圧しただけであろう、司馬懿殿。維持には、相当の兵力が要《い》る」

「それが、南中の兵を使って維持していくようです。孟獲《もうかく》と申す者を、どうやら心服《しんぷく》せしめたようなのです。南中から、一万程度の兵を出すという話まであります」

「だとして、なにをやれと言うのだ、司馬懿？」

「雍《よう》州の兵力を増やした方がよい、と考えます、陛下《へいか》」

涼州《りょう》は、張既《ちょうき》が押さえていた。戦を避《さ》け、粘《ねば》り強く話し合ったので、いまはなんとか治まっている。そこが張既の限界だろう、と司馬懿《しばい》は思っていた。

「雍州《よう》に侵攻《しんこう》を企《くわだ》てる、と司馬懿は読んでいるのか？」

「わかりません、それは。ただ、数カ月後には、攻められる状態になっているのだろう、と思います」

「私は、もしそういうことがあるとしても、四、五年後だと思います。戦ができる国力が、そうたやすくできるはずはないのです」

「誰もが、南中《なんちゅう》制圧には一年以上がかかると予想いたしました。数カ月で、諸葛《しょかつ》亮《りょう》はそれをやりおおせました。並《な》みの男の尺度《しゃくど》で、諸葛亮のやることを測《はか》らない方がいいと思います。われらは何度も、背筋《せすじ》に汗《あせ》が流れるような思いを味わわされているではありませんか」

「南中と魏《ぎ》とは違う。大違いではないか」

一度議論に火がつくと、司馬懿はあまり発言しなかった。群臣の意見がどのあたりにあるか、ただ冷静に見ている。思わず曹丕《そうひ》が採《と》ってしまうような意見が、こういう議論の中から出てきたことはない。

ただ曹丕は、誰が緊張感を持ち、誰が楽をしたがっているか、時々知っておく必要がある、と考えている。だから司馬懿は、議論に適《てき》した話題を、謁見《えっけん》して出すのだ。

侍中《じちゅう》を通しての呼び出しを受けたのは、翌々日だった。

宮殿の奥の居室へ行くと、曹真《そうしん》と陳羣《ちんぐん》がすでに来ていた。拝礼し、司馬懿は曹丕の顔を窺《うかが》ったが、機嫌《きげん》がいいのかどうか読めなかった。昔から、あまり人に表情を読ませない。

「また、陛下が出兵なされる、司馬懿殿」

曹真が言った。

広陵《こうりょう》を諦《あきら》めることを、曹丕はしないだろう。蜀《しょく》が南中を併《あわ》せたので、出兵の時期を早めたのかもしれない。ということは、蜀が急速に国力を回復すると考えているのだ。

「来年の秋までお待ちいただきたい、と私はお願いしていたところです」

陳羣が、かすかに首を振りながら言った。

「毎年数十万に達する兵を出していたのでは、いくらわが国の蓄《たくわ》えが豊かだといっても、どこかに無理が来ます。二年に一度でも、多すぎるほどです」

「陳羣殿、先帝（曹操《そうそう》）は、席の暖まる暇《ひま》がないほど、転戦《てんせん》につぐ転戦であった」

司馬懿《しばい》は、止めるべきではないと思った。ここで自信を取り戻させないかぎり、小さな負けにこだわったりすることを、曹丕《そうひ》は必ずまたやるだろう。

「司馬懿殿は、広陵《こうりょう》をまた攻めることが、それほど大事だと言われますか？」

「戦は、軍人がやる。さまざまな計算のもとにだ、陳羣《ちんぐん》殿。それが、国の財政を傾けるものであっても、やらなければならないことはあるのです。かつて荀彧《じゅんいく》殿は、先帝がどういう戦をなされようと、なにも言わずに兵糧《ひょうろう》を用意された。あのころと較《くら》べると、いまは楽なものだと思う」

「いまは、国家を作っているのです、司馬懿殿。攻めなければ生き延びられなかった昔と、同じと考えることはできますまい」

「それでも、攻めなければならない時はある。呉《ご》を大人《おとな》しくさせておくためにも、一度叩《たた》いておくべきでしょう」

陳羣が考えこみ、うつむいた。曹真《そうしん》ははなから戦と決めているのか、黙ってやり取りを聞いている。しかし、曹丕はほんとうに広陵を落とせるのか、と司馬懿は思った。

陳羣は、それ以上出兵に反対する態度は見せなかった。

「お願いがございます、陛下」

曹丕にむき直り、司馬懿は言った。

「どうか、私もお連れくださいますよう」

「それはならんぞ、司馬懿殿」

曹真が代りに答えた。

「陛下は、すでに率いる部隊を決めておられるのだ。そこに、司馬懿殿は入ってはおらぬ。私も、同じことをお願いしたのだが」

「そうですか。曹真将軍も行かれないのですか」

「広陵攻めの間も、荊《けい》州北部の兵力は割《さ》かないでいただきたい、ということは申しあげた。これは呉に対するのではなく、むしろ蜀《しょく》に対する備えだ」

曹真は非凡ではないが、しっかりとした眼配《めくば》りはできる将軍だった。蜀への備えが、長安《ちょうあん》を中心とする雍《よう》州の軍だけでは不充分だ、と見抜《みぬ》いているのだろう。雒州を攻めると同時に、荊州北部も侵攻する。諸葛亮《しょかつりょう》なら考えそうなことだ。というより、諸葛亮の戦略ははじめから、二方面からの侵攻ということなのだ。

「新城《しんじょう》郡の孟達《もうたつ》に、書簡《しょかん》を認《したた》めた」

曹丕が言った。孟達は新城郡を中心に、数郡にわたって領地を持ち、三万以上の兵力を擁《よう》している。孟達さえしっかり引きつけておけば、荊州北部は一応安全なのだ。

曹丕《そうひ》は、そういうことには周到《しゅうとう》だった。これまでも、書簡を何度も届け、時には洛陽《らくよう》に呼んで、二人きりで話をしたりしている。孟達《もうたつ》としては、信頼《しんらい》は厚いと感じているだろう。

そうやって人をそらさないところは、曹操《そうそう》以上だった。

「孟達殿がしっかりしていてくれれば、まず蜀《しょく》への備えは万全でしょう」

司馬懿《しばい》は、孟達をあまり好きではなかった。乱世では、裏切りも力だと思っているところがある。だから、なにかを見きわめたら、躊躇《ちゅうちょ》することなく裏切るはずだ。

いま、魏《ぎ》に見切りをつけることは、なにもなかった。

「しかし、今度の広陵《こうりょう》攻《ぜ》めに、私は」

「くどいぞ、司馬懿」

曹丕がほほえみながら言った。率いていく部隊の編成を聞くと、曹丕が自分の力で勝ったと言われたがっていることが、痛いほどわかった。

司馬懿は、うつむいた。数倍の大軍であろうと、ほんとうに曹丕は勝てるのか。勝てなければどうするか、その時に考えればいい。曹丕は帝《みかど》なのだ。そう考えて、曹真《そうしん》は荊《けい》州北部の守備の強化を進言したのかもしれない。

「御出陣は、いつでございますか、陛下？」

「この秋にも、と考えている」

「気候がよろしくありません。来年の春まで待たれたらいかがでございましょう」

「待っていられるのか、司馬懿。蜀は南中《なんちゅう》を併《あわ》せ、国力を回復しつつあるのであろう。遅れれば、身動きがとれなくなるかもしれぬ」

曹丕は、明らかに急いでいた。

蜀に対する危機感がそうさせていると考えると、気候だけを理由に遅らせるということもできなかった。

「おまえは、洛陽《らくよう》の守備をしっかりやれ、司馬懿。私が戻ったら、そのまま荊州へ赴《おもむ》き、指揮をせよ」

「私が、でございますか？」

「曹真と話し合って決めたことだ。いつまでも、五千の軍を指揮する将軍として、楽をさせておくわけにはいかぬ」

曹丕は、対蜀戦で司馬懿の軍事的能力を測《はか》ろうとしている。測られることに、異存はなかった。時期としても、悪くないかもしれない。荊州魏軍の総指揮となると、洛陽の軍を除けば、曹真の次に位置することになるのだ。ほかの将軍たちも、そろそろそれを認めようという気持にはなっているだろう。

「陛下は、蜀《しょく》の情勢を気にかけておられる」

三人で退出すると、曹真《そうしん》が言った。陳羣《ちんぐん》は、兵糧《ひょうろう》をどう調達するかで、頭が一杯のようだ。二十万、三十万の親征《しんせい》ということになれば、兵糧も生半可《なまはんか》な量ではない。陳羣は、また神経を磨《す》り減らすことになるのだろう。

「いま気にかけておられるというのではなく、以前からだ。孟達《もうたつ》を時々洛陽《らくよう》に呼んでおられたのも、あの男が対蜀で考えると重要な位置にいるからだ」

司馬懿《しばい》は、黙って頷《うなず》いた。

曹丕《そうひ》が、このところやさしすぎる。頑《かたく》なであると同時に、どこかやさしいのだ。それは、曹丕らしくないことだ、と司馬懿には思える。このところ、後宮に入らず、居室で寝ることも多いようだ。

「曹真将軍、陛下はお勝ちになれますか?」

「わからぬ。攻めてきた呉《ご》軍を追い返すのは、それほど難しくないという気がする。孫権《そんけん》の発想の中に、あまり攻めるということが入っていないからな。しかし呉軍は、これまでも守りには強かった」

「勝てぬ場合は、どういたしますか?」

「どうするかな。陛下が戦に出られる必要はないのだ。われらが代りに出るか、どうしても出られるというのであれば、すぐれた軍師をつけるかだ。司馬懿殿が、従軍したいと言われた気持は、私にはよくわかる」

宮殿の中には、いつもの空気が流れているだけだった。人材の登用まで含めて、魏《ぎ》の民政は確かに充実してきた。曹操《そうそう》ひとりが頂点にいた時より、ずっと国家らしくなっている。このままいけば、その豊かさで、呉や蜀を圧倒することも可能だろう。

しかし、曹丕は戦をやりたがる。戦が好きなのではなく、ただ父に劣ると言われることを気にしているのだ。

「陛下に、一度見事な勝ちを収《おさ》めていただきたい、という気持は私にはある。司馬懿殿もそうであろうが」

外に出ると、近衛《このえ》軍の一部隊が行進しているのが見えた。許褚《きょちょ》が、馬上でそれを指揮している。すでに髪も髭《ひげ》も白くなった許褚に、かつての猛々《たけだけ》しさはない。しかし、兵の統率はしっかりしていた。

「広陵《こうりょう》では、お勝ちになれるだろう、と私は思っている。そこで戦をやめていただくのが、最もよいのだが」

曹真《そうしん》の従者《じゅうしゃ》が十名ほど、馬を曳《ひ》いてきた。陳羣《ちんぐん》だけが、難しい表情を変えようとしていない。

2

秋の終りに、孔明《こうめい》は三万の軍を率《ひき》いて、成都《せいと》に帰還した。出陣の時より一万増えているのは、南中軍《なんちゅう》を組織できたからだ。孟獲《もうかく》の力に負《お》うところが大きかった。南中全域も落ち着き、孟獲が指導するという態勢もできあがった。

南中に、蜀《しょく》軍を一兵も残してきていない。江陽《こうよう》に馬忠《ばちゅう》を配しただけである。馬忠はそこで、守備的な役割しか持っていなかった周辺の軍を、精鋭に鍛え直すのだ。いままで手が回らなかった江陽、江《こう》州を立て直すことで、南から呉《ご》に圧力をかけることができる。

南中に残したのは、文官が十数名だけだった。実際に施政《しせい》をするというのではなく、南中の民政が蜀と同じ機能を果《はた》すようにするための、相談役のようなものである。その中の数名には、監視の役割も秘《ひそ》かに与えてあった。

　孔明に七度敗れても、南中での孟獲の人望は衰えていなかった。七度孟獲を助け、心服《しんぷく》させた孔明も、悪意を持たれてはいない。ほぼ思い描いた通りに、南中の平定《へいてい》は終了したのだ。

「驚きました、丞相《じょうしょう》。南中を制圧されることはわかっておりましたが、民政までもしっかりと整えてこられるとは」

　参内《さんだい》し、劉禅《りゅうぜん》に南征《なんせい》の報告をして丞相府に戻ると、馬謖《ばしょく》が待っていて言った。

「民政の機構だけでなく、治水や山の利用法、農業のやり方、鉱山の採掘まで、教えてこられたのですね。市場も各所に設けられ、物産の流通も活発にされたとか。短い間にそこまでは、いくら丞相でもと思っておりましたが、驚嘆いたしました」

　成都では、役人の数が減らされていた。

　馬謖が、蔣琬《しょうえん》を補佐《ほさ》してやったことである。孔明が見ても、無駄なものはかなり省かれていた。関羽《かんう》が死に、荊《けい》州を失った時、まず南中平定からはじめるべきだった。そんなことはわかっていたし、馬良《ばりょう》も言っていたが、劉備《りゅうび》が納得をしなかった。劉備もわかっていたはずだが、許せないものは、許せなかったのだ。

　それが劉備玄徳《げんとく》という人間で、自分が魅《ひ》かれてやまなかったのも、そういう愚直《ぐちょく》さゆえだったのだ。いまさら、ふり返っても仕方のないことだった。

「軍を編成し直すぞ、馬謖《ばしょく》。蜀《しょく》は一年以内に、かつての力を取り戻す」

「まず、南中《なんちゅう》の一万の兵を鍛え直します。それは、張嶷《ちょうぎ》と私でやります。丞相《じょうしょう》も、お休みになるというわけにはいかないでしょうが、少し考える時はお持ちになりますよう」

「わかっている」

民政の問題が山積《さんせき》しているだろうと考えていたが、ほとんどは蔣琬《しょうえん》が処理していて、孔明《こうめい》が指示しなければならないことは、いくつかしかなかった。

宮殿近くの館《やかた》には一度帰ったが、陳倫《ちんりん》はきのう出かけた夫を迎えるように、笑って子供たちを並ばせただけだった。子供たちが、いくらか大きくなったような気がする。変化は、それだけだった。

ある夜、孔明は丞相府の居室に、応真《おうしん》を呼んだ。

「南から、次には北と、慌《あわただ》しくて済まぬがな、応真。これからまた、忙しく働いて貰《もら》わねばならぬ」

「なんの。南中では、孔明様の手腕《しゅわん》には驚かされてばかりでした。孟獲《もうかく》を殺さないでくれなどと、よく言ったものです。殺すどころか、以前の二倍も三倍も、孟獲を生かされたと私は思います」

「それも、孟獲という男をしっかり見抜いた、おまえの眼《め》があったればこそだ」

「次は、北でございますか？」

「遠いぞ。河北《かほく》だ」

河北、それも烏丸《うがん》との国境あたりが不穏になる。それによって、魏《ぎ》軍の力は大きく割《さ》かれるはずだ。諜略《ちようりやく》をためらう気が、孔明にはなかった。

呉蜀《ごしよく》の同盟が成立してはいるが、孫権《そんけん》を信用してはいなかった。呉と魏の緊張関係が持続してこそ、同盟も生きてくる。魏が、再度広陵《こうりよう》に出兵しようとしている、という情報は入っていた。好機と言っていい。呉に諜略を仕掛ける機会も、多くあるということだ。

「なにをやるかは、任せよう。幽《ゆう》州は豪族も多く、必ずしも魏に心服《しんぷく》しているというわけではない。隙《すき》は、幽州に見えるな」

「成玄固《せいげんこ》殿の力を借りるということは？」

洪紀《こうき》は、劉備《りゆうび》と時を同じくして死んだという知らせが入っていたが、成玄固は胡《こ》郎《ろう》とともに、烏丸に一大勢力を作っていた。馬を売ることを生業《なりわい》にしているので、魏と対立してはいないし、烏丸族の中でも特別な位置にいるようだった。

「成玄固殿の力を借りるのは避《さ》けよ。巻きこんでもならん」

「わかりました。私も、気が進まないことです。重々《じゆうじゆう》気をつけます」

「よかろう。こちらのことは、心配するな、応真《おうしん》」

「心配などと。ただ、手の者の半分は連れていきたいのですが」

「残していった半分も、私が充分に役に立てる」

「雍《よう》州の賊徒《ぞくと》の頭目《とうもく》のひとりに、かつて五斗米道《ごとべいどう》軍を指揮していた、張衛《ちょうえい》がいるのを丞相《じょうしょう》は御存知《ごぞんじ》ですか。隻腕《せきわん》の頭目で、郡の米倉《こめぐら》を襲《おそ》ったりする叛乱《はんらん》には、必ず加わっているようです」

「知っている。しかし、賊徒にこちらから手を差しのべるつもりはない。雍州に進攻すれば、そういう者たちは勝手に集まってくるだろう。敵にさえ回らなければいい、と私は思っている。わかるか、応真？」

「雍州の賊徒は、かつては魏《ぎ》の支配に抗するというところがありましたが、いまはただの盗賊だとおっしゃるのですね、丞相。そういう者たちを組み入れれば、民の反感を買うばかりだと」

応真が、孔明《こうめい》の眼を覗《のぞ》きこんでくる。

「利用だけして棄《す》てる、という方法もあると思うのですが」

「私は好《この》まぬ、そういうやり方は」

応真が、ちょっとほほえんだ。

「なにがおかしい？」

「いや、似ておられます。恐れ多い申しあげ方になるでしょうが、先帝（劉備《りゅうび》）もそうお考えになったと思います。それから、私の父の応累《おうるい》も」

「似ているか」

孔明は、苦笑した。劉備は確かに、人を使い捨てになどできない男だった。そうしろと、孔明が進言したこともない。そしていまも、劉備がいやがることはやりたくない、と孔明は考えているのだった。

殿の夢を、劉備玄徳《げんとく》の夢を実現するために、自分は闘うのだ。と孔明は思った。諜略《ちょうりゃく》はやる。それは、あくまで兵法にのっとった諜略だ。人が人であることを否定するようなことは、決してやってはならない。だから、烏丸《うがん》を動かす時も、成玄固《せいげんこ》は決して巻きこんではならないのだ。

「甘いと思っているのか、応真？」

「逆です。天下を目指すなら、そうでなければならぬ、と私は思います。私も、間者《かんじゃ》としては恵まれています。汚れきっているはずの手が、まるで汚れていないからです。手を汚すのをいとう気はありませんが、私は蜀《しょく》の臣であってよかった、と思

「私が預かるおまえの手の者は、雍《よう》州と荆《けい》州に投入しようと思う。荆州は新城《しんじょう》郡だ」

「孟達《もうたつ》でございますね。応尚《おうしょう》を残していきますので、そちらに当てられた方がよろしいと思います」

応累《おうるい》には二人の息子がいて、応真《おうしん》の弟が応尚である。二度ほど、応真の報告を持って、孔明《こうめい》の前に現われたことがある。長身で、しっかりした骨格をしていて、眼だけが似ている弟だった。応真より二歳ほど下のはずだ。

「わかった。もう行け」

「また、長い旅になりそうです。丞相《じょうしょう》には、どうか御自愛くださいますよう」

拝礼し、応真が出ていった。

帰還した孔明の日常が、それほど多忙をきわめているわけではなかった。丞相府での仕事を済ませると、重立《おもだ》った臣をひとりずつ呼んでは、居室で話をした。趙雲《ちょううん》からは、軍全体の状態を訊《き》いた。将軍の中の、誰《だれ》に問題があるか。校尉《こうい》（将校）の中では、誰が有望か。その助言に従い、張翼《ちょうよく》、向寵《しょうちょう》、雷銅《らいどう》に会った。孔明の眼が届かない軍内部の話を、三人は詳《くわ》しく語った。そうやって語るのを聞くことで、三人の性格も改めて見えてくる。

　各地にいる将軍とは、すぐに会うというわけにはいかなかった。漢中《かんちゅう》には魏延《ぎえん》が、閬中《ろうちゅう》には馬岱《ばたい》がというように、有力な将軍は地方にいることが多い。馬忠《ばちゅう》も、江陽《こうよう》の守備に残った。

　帰還してひと月で、軍の新しい編成を終えた。ほぼ時を同じくして、魏《ぎ》の広陵《こうりょう》への進軍がはじまった。曹丕《そうひ》の親征《しんせい》であり、全軍で三十万だという。

　季節が悪い、と孔明《こうめい》は思った。三十万という大軍も、必要ではない。せいぜい十万で充分だろう。絶対に勝つという曹丕の気負いはわかったが、孔明にはそれが隙《すき》にも見えた。

　予想した通り、広陵を攻めていた魏軍が、難渋《なんじゅう》しはじめていた。相手は呉《ご》軍ではなく、寒さである。長江《ちょうこう》への水路がほとんど凍結し、兵糧《ひょうろう》の運送にも支障《ししょう》をきたしているという。そうなると、大軍の脆《もろ》さが露呈《ろてい》するはずだ。

「海べりは、かつてないほどの寒さだそうです。あのあたりの水路が凍結《とうけつ》してしまうというのは、記録にないようです」

　呉軍も、船は動かしにくい。しかし、守っている呉軍と攻めている魏軍の、どちらが不利かは明白だった。大軍も、そういう状態では重荷でしかないのだ。

「あと数日で魏《ぎ》軍は撤退《てったい》するであろう、と私は思います」

「二度攻めて落とせなければ、三度目も難しい。戦《いくさ》とはそういうものだ。曹丕《そうひ》が、親征にこだわらず、部下に任せられるかどうかなのだが」

「こだわると、私は思います。いままでの曹丕の動き方を分析《ぶんせき》すると、複雑《ふくざつ》な人格であることはわかりますが、体面にこだわるところだけは、はっきりしています」

司馬懿《しばい》という男がいる。張郃《ちょうこう》などと較《くら》べると、将軍としてはわずかな兵しか率いていないが、策士《さくし》であるという匂《にお》いは、蜀《しょく》にまで漂《ただよ》ってきているという気がした。関羽《かんう》が北進した時、呉《ご》が同盟を破るようにしむけたのも、司馬懿の動きであったと孔明《こうめい》は思っていた。

司馬懿は、負けるだけ曹丕に負けさせようとしているのかもしれない。それも、戦が下手《へた》な主人に対する、屈折した愛情である。負けるだけ負けた曹丕は、二度と戦に出ようという気を起こさないだろう。民政だけをやっていれば、曹丕の手腕は確かなものだった。

「宛《えん》県の指揮官が、交替しています。司馬懿です」

馬謖《ばしょく》が報告に来た。

つまり魏軍は、広陵《こうりょう》より荆《けい》州北部を重視しているということだろう。曹丕の考えが、そうだということだ。荊州北部の指揮官は、序列では大将軍の曹真《そうしん》の次に位置する。

「丞相《じょうしょう》が、南中《なんちゅう》からお戻りになられたからです。私は、そう思います」

荊州に司馬懿を配してきたということは、呉への対策というより、蜀への対策だった。そのあたりは、説明しなくても馬謖は理解するようになっていた。

孫権《そんけん》には、いまの版図《はんと》を拡《ひろ》げようという気は、あまりない。だから、蜀が荊州から北進してくることを警戒している配置なのだ。

「ついに、曹丕は司馬懿を前面に出してきた、という感じがいたします、丞相」

「それでいい。懐《ふところ》に呑《の》んだ刃物より、抜いてしまった剣の方が対処しやすい」

「指揮下の軍は、約五万です」

「司馬懿ならば」

孔明は、曹操《そうそう》の死後、司馬懿が青州《せい》守備に回されたころから、気になって軍の動かし方などを調べていた。十万の大軍の指揮も、無理なくやれる男だった。

司馬懿の警戒すべき点は、曹丕の弟、曹植《そうしょく》を、衣を剝《は》がすように追いつめていった、あの周到さにあった。啞然《あぜん》とするようなことを、平気でやってのけている。いままでは曹植は、名ばかりの曹丕の弟だった。

「私は、好きになれない男だと思います。たとえ司馬懿《しばい》が味方だったとしても」

「おまえが嫌う分だけ、手強《てごわ》い男でもあるのだ、馬謖《ばしょく》」

「新城《しんじょう》軍の孟達《もうたつ》に対する工作を、はじめた方がよいと思うのですが」

「まだ早い。調べるだけにしておこう」

「なぜです？」

「曹丕《そうひ》が、孟達に眼をかけている。少なくともかたちの上だけではな。孟達は、自分の裏切りの習性を自覚していて、それをどう見られているか不安に思っているはずだ」

「二人に猜疑心《さいぎしん》を抱かせることを狙《ねら》った方が、効果的だということですか、丞相《じょうしょう》。孟達に接近することで、それができると私は考えたのですが」

「こちらがそういう動きに出ることを、曹丕も孟達も予想しているだろう」

「猜疑心を抱かせるには、ここという機を狙った方がいい、ということですか？」

「寝返りの決心は、一瞬でできる。たえず工作を続けるより、むしろ機を摑《つか》むことに心を注《そそ》いだ方がよかろう」

馬謖はまだ若く、諜略《ちょうりゃく》などより、軍人としての経験を積ませた方がいい。若い将軍の中では、やはり最ものびる素材だろう。蜀《しょく》軍には、関羽《かんう》、張飛《ちょうひ》以来の、武勇を誇《ほこ》る伝統がある。軍略は中し分ないとしても、武勇という点に関しては、馬謖は大きく劣っているのだ。指揮官として戦に勝ち続ければ、それも補《おぎな》える。いまは、ひとりの武勇よりも、組織での闘いの時代だった。

魏《ぎ》軍が広陵から撤退《てったい》しはじめたという報告が、応真《おうしん》の手の者から届いたのは、それからさらにひと月後だった。

寒波との闘いに敗退したという感じで、軍のぶつかり合いは起きていないまだった。ただ、撤退中に呉《ご》軍の奇襲《きしゅう》を受け、魏の本営が相当に混乱した状態になったようだ。

致死《ちし》軍だろう、と孔明《こうめい》は思った。呉と対峙《たいじ》する場合は、致死軍の存在はいつも考《こう》慮《りょ》していなければならない。夷道《いどう》の戦線で、精強無比《せいきょうむひ》を誇る陳礼《ちんれい》の騎馬隊を奇襲で潰滅《かいめつ》させたのも、致死軍を中心とした伏兵だった。

「なに、病《やまい》であると？」

応真の手の者が、曹丕の病を報告してきた。高熱を発し、曹丕は滞陣に耐《た》えられなくなったらしい。

三国分立の底で、なにかが動きはじめている。孔明は、漠然《ばくぜん》とだがそれを感じた。動きには、きっかけというものがある。曹丕の病による、魏軍の撤退。それは、膠《こう》着《ちゃく》した情勢が流動するきっかけにならないか。

「新城《しんじょう》へ行け。孟達《もうたつ》の不安を煽《あお》れ。たとえば、洛陽《らくよう》から新城への使者が途絶《とだ》える。そのようなことでよい。孟達が、孤立したと感じるようなことであれば、なんでもいい」

応尚《おうしょう》を呼び、孔明《こうめい》は言った。応尚は、兄に較べて寡黙《かもく》である。自分の意見は差し挟《はさ》まない男のようだ。

「呉《ご》が、荊《けい》州でも動いている。孟達にも洛陽にも、そう思わせるのだ」

「御心配なく」

応尚は、短くそう言っただけだった。

孟達が、こちらに寝返るのが、蜀《しょく》にとっては最上である。しかし、とりあえず呉に寝返っても、魏《ぎ》に与える影響は大きい。とにかく、澱《よど》んだ水を掻《か》き回してみる時だった。

年が新しくなった。

丞相府《じょうしょうふ》での執務《しつむ》を終えると、孔明は自室に籠《こも》ることが多くなった。

魏、呉の戦力の分析《ぶんせき》は、たえずやっている。地形の研究も、人の調査も怠《おこた》っていない。そういうことより、孔明が沈思《ちんし》し続けたのは、国のありようについてだった。

この広い国土に、三国が分立しているのが、なぜいけないのか。このまま安定が保たれれば、民はその方が幸福ではないのか。しかし、三国の安定が、いつまでも続くものなのか。熾烈《しれつ》な軍事力の競争と諜略戦《ちょうりゃくせん》で、民は疲弊《ひへい》していくだけではないのか。

国家には、秩序《ちつじょ》の中心が必要である。いまは、それがない。もしあり得るとすれば、漢《かん》王室の血だけである。四百年続いた、ほかに代え難い血。それを再興できるのは、蜀だけである。

孔明の思考は、劉備《りゅうび》の夢の軌跡《きせき》をなぞるものでもあった。

戦人《いくさびと》は、苦悩を抱くべきである。戦を起こすことそのものが、人に対する罪でもあるのだ。しかしなお、戦をせざるを得ない時がある。その名分は、個のためであってはならない。国家の十年後、百年後を見据《みす》えたものであるべきなのだ。

心の中に、風が吹いている。迷いの風ではない。決意の風に近いが、それとも違う。

自分を責める風でもある、と孔明は思った。

3

　年が明けてひと月後に、曹丕《そうひ》は洛陽《らくよう》に帰還してきた。一度の戦《いくさ》もせず、凍死《とうし》する者を数千人出しただけの、むなしい出兵だった。

　曹丕の面貌《めんぼう》の変りようが、司馬懿《しばい》の胸を衝《つ》いた。宛《えん》県から一千騎ほどを率《ひき》いて洛陽で出迎えた司馬懿を、曹丕は毎日のように宮殿の居室に呼んだ。憑《つ》かれたように語るのは、戦についてばかりだった。日ごろの、冷静さも失っていた。早目に退出しようとすると、機嫌《きげん》が悪くなる。求められるのは軍人としての意見だけで、次の出兵のことを曹丕が考えているのは明らかだった。

「陛下《へいか》が、自ら戦に出られるのは、やめていただきたいのです。戦場では、なにが起きるかわかりません。陛下は、魏《ぎ》という国そのものなのです。それを、お忘れになってはおりませぬか？」

　司馬懿の口調《くちょう》も、いつもよりずっと強いものにならざるを得なかった。どう強く言っても、曹丕はそれで機《き》嫌《げん》が悪くなることはなかった。

「魏という国のかたちを整えられたのは、陛下です。いずれ、呉《ご》を呑《の》み、蜀《しょく》を併《あわ》せましょう。しかしそれは、臣たるわれらの仕事です。陛下は、国の姿を見失われなければ、それでよろしいではありませんか」

曹丕の微熱《びねつ》は、まだ続いていた。陣中では高熱だったというが、いまは夕方の微熱だけで、ほかに大きな病の症状はない。侍医たちの診断も、疲労によるものということだった。一戦の勝利が果せないだけで、曹丕はその生命の力さえ弱らせかけている。

できるかぎり、民政に関する話題を出すようにしたが、それについて曹丕は驚くべき鋭さで、即座に断を下す。長い話にはならないのだ。

「陛下、戦のことについて、お忘れになることはできませんか？」

「一戦でよいのだ、司馬懿。しかも、今度は負けたわけではない。おまえが言った通り、気候が悪かった。それも、例年よりずっと悪かったのだ。それは、私に運がなかったということであろう」

「次に広陵《こうりょう》を攻めたら、運に恵まれると思っておられるのですか。運とは、そういうものではございません。広陵にこだわられなくとも、呉そのものを併呑《へいどん》してしまえばよろしいではありませんか。先帝（曹操《そうそう》）も、赤壁《せきへき》で大敗された時は、それにこだわろうとはなさいませんでした。漢中《かんちゅう》へ五十万で進攻した時も、利なしと判断されたらすぐに、撤退《てったい》されました」

「父上は、数えきれぬほどの戦を積み重ねて、一生を送られた。私は、これから戦を重ねていこうとは思っておらぬ。また、その必要もあるまい。ただ、広陵《こうりょう》だけは別なのだ」

執拗《しつよう》な性格が、悪い方に出ている。司馬懿《しばい》はそう思ったが、口には出せなかった。この性格があったから、後継の争いで弟の曹植《そうしょく》に勝てた。短い間に、国のかたちをしっかり整えることができた。

要するに、広陵さえ落とせば、曹丕《そうひ》は満足し、病も癒《い》えるのだ。もう一度戦をさせてもいい、と司馬懿は思いはじめた。

「夏に、お攻めください、陛下。東部方面軍を十万ほど徐《じょ》州あたりに配置しておけば、それほど行軍の手間《てま》もかかりません。陛下は、近衛《このえ》兵だけを伴《ともな》われ、急行されればよろしいのです。これまで、大軍の弱点が出すぎています。広陵を攻めるのは、十万で充分でしょう。御親征《しんせい》にこだわられず、身軽な兵力で、広陵をひと揉《も》みにされるとよろしいと思います。曹真《そうしん》将軍や陳羣《ちんぐん》殿の説得は、私がいたします」

「まことだな、司馬懿？」

「陛下には、口さきだけのことが通じるとは思っておりません。この司馬懿、これまでずっと、気をつけて言葉を吐《は》いてきたつもりです」

「そうだな。おまえは、そうであった。おまえが口に出したことを疑ったのは、これがはじめてか」

曹丕は、また微熱が出たのか、頰《ほお》を紅潮させていた。いささか気怠《けだる》そうでもある。

「陛下、躰《からだ》が回復されないかぎり、戦場にはお出しできませんぞ。もう、お休みなされませ」

司馬懿は、従者《じゅうしゃ》を呼んだ。従者が四人で、曹丕を寝室へ連れていく。

広陵を奪《と》ることは、蜀《しょく》と対峙《たいじ》しなければならなくなったいま、戦略的にはあまり意味のないものになっている。しかし、曹丕にとって必要な戦だということは、魏《ぎ》にとって必要だということだった。

十万の軍ならば、三度目の出兵もそれほど負担にならない。まして、東部方面軍だけを使うのである。曹真や陳羣を説得する自信が、司馬懿にはあった。

ただ、いやな予感のようなものがある。それは、三度目も曹丕が負けるのではないか、という危惧《きぐ》とは少し違うところにあった。胸騒ぎのような、不吉な感じのする予感である。

気にするまい、と司馬懿は思った。

諸葛亮《しょかつりょう》が南征《なんせい》から戻ったいま、魏《ぎ》には備えなければならないことが、いくらでもある。蜀《しょく》は、さらに兵力を増強し、成都《せいと》近郊で調練《ちょうれん》をくり返しているのだ。それは、魏に対する示威《しい》にもなっていた。

館《やかた》へ戻ると、司馬懿《しばい》は蜀の新しい戦力の分析《ぶんせき》をはじめた。全軍で十四万。夷陵《いりょう》、夷道《いどう》での大敗から、よくも短期間でそこまで回復したものだった。外征《がいせい》可能な兵力は、十万に達している。ただし、まだ二、三万の調練は行き届かず、兵糧《ひょうろう》は長期戦に耐《た》えられるだけ蓄《たくわ》えられていない。

あと一年で、兵力十五万。外征に十一万は割《さ》けるようになる。しかも、南中《なんちゅう》の物産の流入を考えると、兵糧もかなりのものになるはずだった。その時点で、諸葛亮は、北進に踏み切るだろう。

こちらは、長安《ちょうあん》を中心に、十万の軍が展開している。洛陽《らくよう》郊外に駐屯《ちゅうとん》する十万は、いつでもそちらに移動させられる。宛《えん》県には、司馬懿自身の麾下《きか》にある五万。許《きょ》昌《しょう》にも五万。そうやって数えれば、三十万は対蜀戦にむけられる。しかし、呉《ご》が牽《けん》制《せい》の動きをすれば、いくらか減る。蜀軍が北進してくれば、雍《よう》州で叛乱《はんらん》が起きる可能性もあった。

二十万。それで、蜀の十一万を迎え撃つことになる。そう考えていた方がいい。

蜀には、関羽《かんう》、張飛《ちょうひ》以来の、死の調練の伝統がある。それは趙雲《ちょううん》が引き受けて、いまも生きているはずだ。成都郊外の調練も、間者《かんじゃ》の報告によれば、激烈《げきれつ》なものだった。まともにぶつかり合えば、十一万であろうと侮《あなど》れない。

どういう展開を考えても、常に見えてくるものがひとつあった。新城郡《しんじょう》の孟達《もうたつ》である。

かつては、魏興《ぎこう》、上庸《じょうよう》、新城と三郡に分かれていたが、いまはそれをひとつにまとめ、新城郡としてある。つまり三郡の兵を率い、孟達は上庸に本拠を置いていた。関羽北進の時、勝敗の鍵《かぎ》を握ったのは孟達だった。そしていま、またも同じ位置に孟達は立っている。魏と蜀がまともにぶつかった時、孟達が蜀に寝返れば、それで勝敗は決する。わずかな間に、洛陽と長安が分断されかねないのだ。

諸葛亮が、この孟達の位置を見逃すはずはなかった。すでに接触している可能性さえ、否定はできないのだ。

その夜は、館に住まわせている女を二人、並べて抱いた。緊張が高まると、情欲も抑《おさ》えきれなくなるのだ。ほんとうは、踏み潰《つぶ》されたいような気分になる。そうやって、男が女を犯すように、犯されたいと思う。自分の躰《からだ》に跨《また》がられ、顔に唾《つば》を吐きかけられながら交合する姿を想像しただけで、快感が背中を貫《つらぬ》く。

しかし、本気でそういうことができる女は、見つからなかった。いやひとりだけいたが、発作的に斬《き》り殺した。この女を失う苦しさに、もっと快感があるかもしれないと、ふと思ってしまったのだ。

情欲が小さな熾火《おきび》のようになった時、二人の女は寝台で死んだようにぐったりしていた。

司馬懿《しばい》はすぐに寝室を出て、居室に尹貞《いんてい》を呼んだ。

「孟達《もうたつ》を、消してしまいたい」

「孟達は、陛下の見舞いに来るそうではありませんか。その帰路《きろ》を狙《ねら》うという方法がありますが」

「孟達のことだ。千や二千の護衛の兵は連れてくるだろう」

「戦にはしたくない、ということでございますな」

尹貞の右頬の赤痣《あかあざ》が、かすかに動いた。尹貞は、顔を右にむけて喋《しゃべ》る癖《くせ》を持っていたが、司馬懿の前ではそれはあまり出さない。

「裏切りの事実を作りあげて、護衛ごと殲滅《せんめつ》してしまうのが、最もよいのですが」

「消すだけならばだ。魏《ぎ》はこれからも、呉《ご》や蜀《しょく》と闘《たたか》っていかねばならん。寝返った者を討《う》ったとなったら、それだけでも諜略《ちょうりゃく》はやりにくくなる」

「ならば、洛陽《らくよう》で毒殺というわけにも参《まい》りませんな」

「新城《しんじょう》郡の本拠で、病により死ぬ。そういうものが、一番好《この》もしいな」

孟達は、益《えき》州で劉璋《りゅうしょう》を裏切り、荊《けい》州で劉備《りゅうび》、関羽《かんう》を裏切った。寝返りも乱世の生き方と割り切っているところがあり、曹丕《そうひ》はよい待遇を与えることで、孟達を繋《つな》ぎとめてきた。しかし、万全《ばんぜん》ではない。孟達の人格に対しては、万全なやり方などないのだ。

だから消すのが最上の方法だが、さすがに身辺の警固《けいご》は厳重で、暗殺者《あんさつしゃ》が近づける隙《すき》はない。

「難しいことですが、やってみましょう」

尹貞は、常人では思いつかないような、汚ない諜略をやる。それが役に立つというだけではなく、尹貞を見ていると、自分の心の一部を覗《のぞ》いているような、自虐《じぎゃく》的な快感が司馬懿にはあるのだった。

荊州守備軍を指揮するようになると、下に五人の将軍がいた。その中のひとりを副官にしているので、尹貞の役割はますます参謀《さんぼう》の部分が多くなっていた。

指揮下の五人以外にも、郝昭《かくしょう》が雍《よう》州にいる。毛玠《もうかい》や文聘《ぶんぺい》という将軍もいる。顕著《けんちょ》にはしていないが、軍内での司馬懿の影響力はいつの間にか、かなりのものになっていた。

孟達《もうたつ》が、二千の兵を率いて洛陽《らくよう》に来たのは、二月も終りになってからだった。群臣の居並《いなら》ぶ中で引見《いんけん》した曹丕《そうひ》は、孟達の手をとって喜んでみせた。そのあたりは、心得たものだった。引見の翌日は、ひとりだけを居室に呼んだ。孟達は、曹丕の扱いに明らかに浮かれていた。

司馬懿《しばい》も、一度孟達と話をした。荊《けい》州守備軍の指揮官になったので、かたちの上では孟達も指揮下なのである。ただ、孟達にまでは実際の指揮権は及んでいない。荊州北部の、独立した勢力というのが本質なのだ。

前にも三度会ったことがあるが、いい印象は残っていない。

荊州守備軍の新任の指揮官で、大将軍の曹真《そうしん》の下にいる者、という立場から、司馬懿は一歩も踏み出さなかった。

「司馬懿殿は、荊州守備軍の本営を、宛《えん》に置かれたままになさるのかな？」

南糸《なんし》か、もしくは樊城《はんじょう》あたりに置く方が、孟達に対する牽制《けんせい》にはなる。しかし司馬懿は、そうする気はなかった。牽制したぐらいで、考えを変えるような男ではない。寝返ると決めたら、即座に実行するだろう。乱世を生き抜き、独立した勢力をいまだに持ち続けている太さは、確かにあった。

「対呉《ご》を考えると、宛が最も地の利を得ていると、曹真殿もお考えです」

「蜀《しょく》は、南征《なんせい》を素速くやってのけた。国力は充実しつつある。対蜀ということも、当然考えておられるだろう？」

「対蜀戦では、長安《ちょうあん》が基点になりましょう。諸葛亮《しょかつりょう》の戦略は北進で、荊州侵攻はもしあったとしても、陽動のようなものです。洛陽と長安の分断を防ぐためにも、やはり荊州守備軍は宛でありましょうな」

「洛陽と長安の分断か」

「曹真殿も、開戦となれば、洛陽と長安を繋《つな》ぐ線を守ることに、心を砕かれると思います。魏《ぎ》の弱点は、そこでありますから」

「蜀を攻めるということは、頭にないのか？」

「私は抜擢《ばってき》されましたが、つい先日までは五千の兵を率いる遊軍《ゆうぐん》にすぎませんでした。もっとも、陛下が洛陽をあけられる間の守備は、いつも私が任されておりましたが」

「五千の遊軍であろうと、軍内には力をのばされた。着実なものだったと思う。陛下も、司馬懿殿を洛陽に置いておきたいために、遊軍にされていたのであろう」

孟達は、喋《しゃべ》る時にまったく眼《め》を動かさない。なにを考えて喋っているのか、司馬懿には正確には読めなかった。寝返りの達人とは、こういうものなのだろう。時として、圧倒してくるような迫力さえある。

「ところで、陛下の御病気だが、ちょっと長引きすぎてはおらぬか？」

「それは、臣下《しんか》一同心配しているところなのですが、暖かくなれば回復されるであろう、と侍医は申しております」

「暖かくなればか」

「いまは、夕刻に微熱が出るだけです。陣中では、高熱を発しておられたのですが」

「戦に出られたのが、間違いであった。戦はお上手《じょうず》ではない。しかし、陛下の前では、私は言うことができなかった」

「そうですか。孟達《もうたつ》殿ならば、おっしゃれそうなものですが」

「負けに、こだわりすぎておられる。まあ、これも言えぬか」

孟達が、ちょっと笑ったようだった。

これまでの孟達のやり方を見ていると、なにかの取引をして寝返っているわけではなかった。まず寝返り、次にその成果を評価させる。だから、寝返りはいきなり来る。ただ、相手側の意向を確かめることだけはやっていた。

今度も、同じようなやり方で寝返るとはかぎらない。相手が、蜀《しょく》なのか呉《ご》なのかも、わからない。やはり、生かしておける男ではなかった。

「蜀の諸葛亮《しょかつりょう》を、孟達殿はどの程度評価しておられますか？」

「まずは、不世出《ふせいしゅつ》の民政官であろう。ああいう男が国家の建設を担《にな》えば、素晴《すば》らしいものができあがる。ただ、戦をしなければならない民政官だ」

「ほう、民政官ですか？」

「戦に関しては、失敗も多い。しかし民政に関しては、なにひとつ失敗していない。劉備《りゅうび》が負けてからの、蜀の統治を見てみよ。凡庸《ぼんよう》な民政官なら、国力の回復に十倍の時を要したであろう。たとえ南中《なんちゅう》を制してもだ」

「確かに」

「乱世に生まれた。そのために戦もなさねばならぬ。それが、あの男の悲劇だな」

「軍師として、大変な男だとみんな言っておりますが」

「なんの。確かに、戦略はしっかりしている。それは、国家の建設をするのにも似ていると私は思う。しかし、ひとつひとつの戦術はどうなのかな。鮮《あざ》やかなものを持っていて、確かに非凡《ひぼん》ではあるが、どこか頭で戦術を考えすぎるところがある、と私は思う」

そういうところがない、という否定はできない。兵法にも通じているだろうが、実戦の経験は少ないのだ。戦場では、頭ではないなにかが勝負を決する。

しばらく、諸葛亮《しょかつりょう》の話を続けた。

それで、荊州《けい》守備軍の指揮官としての、孟達《もうたつ》との会談は終った。

孟達が洛陽《らくよう》を去ってから、司馬懿《しばい》は曹丕《そうひ》に呼ばれた。

「おまえのことだ。孟達を抹殺《まっさつ》するために動いているのではないのか？」

さすがに、曹丕は鋭《するど》かった。司馬懿は、否定も肯定《こうてい》もしなかった。

「暗殺は禁ずる。よいな？」

「はっ」

「私は孟達を嫌いではないのだ」

曹丕の言うことには、しばしば裏の意味がある。誰《だれ》にでもそういう言い方をするわけではなく、司馬懿だけはそれがわかると思っている気配もあった。いままで、読み違えたことはない、と司馬懿は思っている。

「私は、寝返りが孟達の戦なのだと思っている。ここぞと思った時に、すべてを賭《か》ける。それで勝利を導く。思えば、小気味《こきみ》のよい勝負ではないか。そして孟達は、その勝負に勝ち続けてきた」

本気で、曹丕は孟達の暗殺を禁じていた。

実戦で勝てないということが、曹丕の心をどこかで屈折《くっせつ》させているのだろうか、と司馬懿は思った。

「魏《ぎ》が、つまり私が寝返られることを、おまえは心配するだろうが、どんなふうに寝返るのか、見てみたいという気がする。私のなにかを見限るのであろうしな」

孟達が、決して自分を裏切ることがないという自信が、曹丕にはあるのかもしれなかった。人に対しては厳しいし、見る眼も鋭いものがあるのだ。

とにかく、実戦で一度勝たせることだ、と司馬懿は思った。それによって、曹丕の感じ方はずいぶんと違ってくるだろう。

「陛下、このところ後宮でお休みになることが少ない、と耳にしておりますが」

司馬懿は、話題を変えた。

「私が、なぜか女を殺してしまうことは、知っているだろう、司馬懿。気づくと、死んでしまっているのだ。戦に勝てないから女を殺す、などと人に言われたくはない」

「陛下、それはお考えが過ぎます」

「いや、人は言う。深く気にとめるわけではないが、言われたくないと、私は思う」

側室《そくしつ》が、三人ほど死んだ。それは密《ひそ》かに処理されたはずだが、後宮ではみんな知っているだろう。媾合《まぐわ》いの中の高揚《こうよう》で、曹丕《そうひ》は相手を死に到《いた》らせてしまうらしい。まるで逆のものだったが、そういう高揚が司馬懿《しばい》にはわかった。わかるということを、曹丕は知っている。

「殺したい時は、殺されればよい、と私は思います。後宮に入るというのは、女たちにとってはそういうことだ、と私は思います」

「妻に死を与えた。あの時、私は女のなにかに負けたのだと思う。もう、この話題はやめにせよ、司馬懿」

「はい」

「荊《けい》州の任地に戻りたい、と前から願い出ていたな。許すぞ」

「では、明日にでも出立《しゅったつ》いたします」

「司馬懿、私は家臣が苦労して戦に勝たせてやらなければならないような主《あるじ》か？」

「魏《ぎ》国の帝《みかど》であられます。何度でも、お負けになればよろしいと思います。それでも微塵《みじん》も揺《ゆ》らぐことのない国家を作るのが、われら臣の役目です」

「戦は下手《へた》か、私は？」

「下手であられます」

自然な口調で、司馬懿は喋《しゃべ》っていた。帝として立派だ、と続けようとは思わなかった。そんなことは、なんの慰《なぐさ》みにもならない。

「そうか、下手か。よく言ってくれた」

曹丕は、かすかに笑ったようだった。

4

洛陽《らくよう》からの急使が宛城《えんじょう》に到着したのは、四月の終りだった。

曹丕の病が篤《あつ》く、高熱が何日もひかないのだという。司馬懿は、百騎ほどの麾下《きか》を連れ、途中で馬を替えながら、昼夜兼行で洛陽へ駈《か》けた。

陳羣《ちんぐん》が、暗い顔で迎えた。大将軍の曹真《そうしん》も、司馬懿と並んで軍内で第二の地位にいる曹休《そうきゅう》も、すでに来ていた。

「病が篤いとは、どういうことなのだ、陳羣殿。疲労と風邪《かぜ》ということだったではないか」

「それは、いまも変っておりません。ただ、高熱がひかなくなったのです」

「拝謁《はいえつ》は？」

「われわれは、しています。侍中《じちゅう》（秘書官）にすでに司馬懿《しばい》殿の到着を通してありますので、いずれお召しがあるだろうと思います」

「そうか。私は、自分の館《やかた》で待つことにする。それでよいか？」

「それがよろしいと思います。熱さえ下がれば、どこも悪くないと侍医は申しております し、それは明日かもしれません」

洛陽《らくよう》に到着したのは夕刻近かったので、司馬懿はそのまま宮殿を出て館に入った。曹真《そうしん》や曹休《そうきゅう》にも、会わなかった。

疲れきっていた。しかし、眠れなかった。

司馬懿は寝室に女を呼んだ。尹貞《いんてい》が、新しい女を捜《さが》させていたのだ。若い女だった。

「私の上に乗れ。そして、罵《ののし》ってみよ。家畜《かちく》でも罵るようにだ」

女の眼《め》が、妖《あや》しく光った。

司馬懿の裸《はだか》の胸に、いきなり爪《つめ》が立てられた。叫び声をあげそうになり、司馬懿はかろうじてこらえた。

「おまえは、狗《いぬ》だ。帝《みかど》の狗だ」

思いもかけない言葉とともに、女は司馬懿と合体してきた。腰から背中にかけて、鋭い快感が走り、司馬懿は呻《うめ》き声をあげた。

二度、精を放っただけで、司馬懿は満足していた。汗にまみれた女の眼から、妖しさが消えた。痩《や》せて、小柄な女だ。

「名は？」

「揚娥《ようが》と申します」

「寝室以外の場所では、従順でいよ。それを忘れなければ、長生きができる」

「尹貞様に、厳しく申しつかっております」

尹貞が自分の性向《せいこう》を知っていることを、司馬懿は別にいやだとは思っていなかった。こういう女を、捜させることもできる。

「下女《げじょ》を、ひとり付けてやろう。私は宛城《えんじょう》にいることが多いので、そちらに来て貰《もら》うかもしれん。贅沢《ぜいたく》は許さぬが、人並み以上の暮しはできるはずだ」

「はい」

揚娥は、従順な女になっていた。それ以上の関心を、司馬懿はもう抱《いだ》かなかった。

曹丕《そうひ》の病がどうなのか。高熱を発したというのが、前と同じ病なのか。

曹丕が死ぬということは、考えられなかった。まだ四十歳である。しかし、拭《ぬぐ》いようのない胸騒《むなさわ》ぎもある。万一の場合、魏《ぎ》はどうなるのか。きちんとまとまっていられるのか。わずかな空隙《くうげき》でさえ、蜀《しょく》の諸葛亮《しょかつりょう》は衝《つ》こうとしてこないか。

　戦《いくさ》がうまくないという以外に、曹丕《そうひ》に施政者《しせいしゃ》としての欠点はあまりなかった。民政に関しても、国の機構を整えるということでも、非凡《ひぼん》な才を見せていると言っていい。

　しかし、すべてがこれからなのだ。魏がさらに強大になり、呉《ご》や蜀を併呑《へいどん》する。それは国家の経営を誤らないかぎり、難しいことではなかった。国力では、呉蜀の二国を合わせたところで、圧倒できる。

　心は落ち着いていた。まだ曹丕に会ってもいないのだ。

　眠った。眠る時は、ひとりきりの方がいい。揚娥《ようが》は別の寝室だった。

　翌朝眼醒《めざ》めると、司馬懿《しばい》はすぐに宮殿にむかった。ちょっと待っただけで、すぐに侍中が呼びに来た。

　曹丕は、いつもいる居室に寝台を運ばせ、そこに寝ていた。高熱のためか、頰《ほお》がいくらか紅潮《こうちょう》している。

「暖かくなったら、広陵《こうりょう》へ出兵するつもりであった」

　声には、あまり力がなかった。司馬懿は、拝礼したあと、ただ立ち尽していた。

「一度ぐらいは、胸のすく戦をしてみたいものだった。この状態だと、すぐには無理なようだ」

「戦は、私がいたします、陛下《へいか》」

「乱世に生まれてきたのだ、司馬懿。軍を率《ひき》いて原野を駈けるのが、私の夢であった。不思議なものだな。父の姿を見て育ったからであろうか。国家の姿などどうでもよく、ただ戦に勝ちたかった」

「もはや、そういう時代ではありません。国の力が、戦の勝敗も左右いたします」

「わかっている。だから、夢だと言った。自分にできないことを夢見る。人には、そういうこともあるのではないかな」

曹丕は、やろうと思えば、大抵《たいてい》のことはやれる立場にいた。壮大な宮殿を造営することも、後宮に何千もの女を蓄《たくわ》えることも、気に入らない人間の首を声ひとつで落とすこともできた。

思い描いた国家を作ることを夢にすれば、実現はできる。軍を率いて原野を駈けることが夢なら、それは難しい。立場上難しくもあり、乱世を駈けた豪傑《ごうけつ》たちのような資質《ししつ》がないということもある。

人の夢とはそんなものだ、と曹丕は言っているようだった。実現できることは、夢ではない。

「私は、陛下のいい臣であったのでしょうか。長く陛下のもとにいながら、御心中を測《はか》ろうとはしてこなかった、という気がします」

「おまえほど、私の心の中を測った者はおらぬ。私がなにをしようとしているか、おまえには語る必要もなかった。ただ、私の夢までは推《お》し測ってはくれなかった」

「戦がお上手《じょうず》ではないと、はっきり申しあげてしまいました」

「そうだったな。夢までわかって貰《もら》おうと思うのは、無理なことだと思った。夢など、ひとりで抱くものだ」

「臣として、忸怩《じくじ》たるものがございます」

「おまえがいたおかげで、私は曹植《そうしょく》に押しのけられることもなく、父の後継《こうけい》となった。そして魏《ぎ》という国を作るために、やはりおまえの力を必要とした」

「非力《ひりき》でありました。それ以上に」

「よせ、司馬懿《しばい》。私は死ぬわけではない。この高熱も、それほど長くは続かぬ、と思っている」

「当然です。魏国は、まだ若すぎるほどに若いのです。陛下がおやりにならなければならないことは、これからいくらでもあります」

「夢は、実現できぬな」

曹丕が眼を閉じた。不意《ふい》に、老人のような顔になった。胸を衝《つ》かれ、司馬懿はうつむいた。曹丕の命がもたないかもしれない、とはじめてはっきりと思った。

「帝として私がなすべきことは」

曹丕が眼を開いて言った。

「呉《ご》と蜀《しょく》を併呑《へいどん》し、この国をひとつにすることだな。それだけは、なし遂《と》げたいものよ。父上は、その志の半《なか》ばで倒れられた」

「まさしく、陛下がなされるべきことは、それです。臣下一同は、そのために全身全霊で闘うつもりでおります」

「乱世を駈け回った英雄《えいゆう》の夢が、それであった。私が最後の仕あげをするということが、皮肉だという気もする」

曹丕が、また眼を閉じた。

侍医が顔を出し、面会はそれぐらいにするように合図を送ってきた。司馬懿は退出の言葉を述べ、拝礼した。

曹真《そうしん》が待っていた。

「どう思う、司馬懿殿？」

「病状は予断を許さぬ、という感じがいたしました。侍医の投薬でも、熱は下がらないようでありますし」

「いまは、まだいい。夕方になると、さらに熱があがり、ふるえたりされるのだ」

曹真《そうしん》は、沈痛な表情をしていた。陳羣《ちんぐん》や曹休《そうきゅう》もやってきたが、司馬懿《しばい》はひとりになりたいと思った。

曹丕《そうひ》が死ぬことは、ほとんど間違いないことのように思えた。四十歳で、これからという時に、死ぬこともあるのか。それを、寿命《じゅみょう》と言ってしまうのか。

曹丕の熱は、翌日も、翌々日も下がらなかった。苛立《いらだ》った曹真が侍医を怒鳴《どな》りつけていたが、侍医は小さくなるだけだった。

それから二度、司馬懿は曹丕に面会した。二度とも熱に浮かされていて、まともに話すことはできなかった。

司馬懿が、曹真、曹休、陳羣とともに曹丕に呼ばれたのは、五月十五日だった。

「私が死んでも、国を混乱させてはならぬ。葬儀は、父上と同じように簡素にいたせ、すべての権限を、おまえたち四名に分け与えてある。ゆえに国の混乱は、おまえたちの責任である。叡《えい》を守って、魏《ぎ》を立派な国にしてくれ」

曹丕の眼は、いくらか力を取り戻したように見えた。熱も、それほど高いとは思えない。ただ、皮膚《ひふ》には死の色が浮かんでいた。

「ここで死ぬのは、いかにも無念《むねん》であるが、これも天命《てんめい》であろう」

陳羣が、泣きはじめた。

「いつか、私は呉《ご》、蜀《しょく》を併《あわ》せ、この国を統一できると思っていた。その事業は、叡に託さねばならなくなった。おまえたちが補佐《ほさ》して、国を統一せよ。乱世を終らせるのだ」

「陛下、われらは誓って曹叡《そうえい》様を補佐し、国家統一の事業をなし遂げます」

曹真も、涙を流しながら言っていた。

「どうか、お心安らかに」

曹丕は、かすかに頷《うなず》いたようだった。そして、眠りはじめた。

退出しても、四人は口を利《き》かなかった。陳羣は、まだ涙を流し続けている。いつの間にか自分の頬《ほお》も濡《ぬ》れていることに、司馬懿は気づいた。

それから二日、曹丕は意識を回復することはなく、五月十七日に死んだ。

喪《も》が発せられ、二十二歳の曹叡が即位した。

司馬懿も、ほかの三名も、悲しんでいる暇《ひま》はなかった。

まず、軍を引き締《し》めた。軍権は大将軍の曹真が持ち、司馬懿と曹休は各地を回った。軍内に大きな派閥《はばつ》はなかったので、どこかが乱れるということはなく、そのまま新しい帝が受け入れられた。

北の国境付近で、烏丸《うがん》が不穏な動きを見せていたが、北部方面軍は幽《ゆう》州をしっかりとまとめていた。

ふた月ほど経《た》って、呉《ご》軍が江夏《こうか》と襄陽《じょうよう》に侵攻《しんこう》してきた。

司馬懿《しばい》は宛城《えんじょう》に戻り、南に布陣した呉軍と対峙《たいじ》した。江夏では、文聘《ぶんぺい》が城に籠《こも》って守りを固めた。さらに曹真《そうしん》が、大軍を率いて南下をはじめた。

まず江夏の呉軍が撤退《てったい》し、襄陽の呉軍も一度の衝突《しょうとつ》ですぐに退《ひ》いた。曹丕《そうひ》の死で軍が乱れているかもしれない、と孫権《そんけん》は探りを入れてきたのだろう。それで、魏《ぎ》軍はかえってまとまったという恰好《かっこう》だった。

蜀《しょく》では、大規模《だいきぼ》な調練《ちょうれん》が行われている、という情報が入った。蜀軍の整備も、最終段階に入ったのだろう、と司馬懿は思った。

洛陽《らくよう》で、重立《おもだ》った将軍を集めた、軍議が開かれた。それには、曹叡《そうえい》も臨席した。各方面軍の配置の再確認と、将軍たちが曹叡に拝謁《はいえつ》するのが目的だった。

「なに、馬が五千頭だと？」

軍議が終ると、司馬懿は曹真と曹休《そうきゅう》の三者の会議で、馬が欲しいと申し入れた。

「一時的なものでよいのです、曹真殿」

「なにゆえだ。荊《けい》州守備軍には、すでに五千頭の馬があるはずだ」

「宛城《えんじょう》から上庸《じょうよう》まで、六百五十里（約二百六十キロ）あります。一頭の馬で駈け通すのには、いささか無理がありまして」

「上庸か」

曹休が、腕組みをして言った。

「孟達《もうたつ》は、やはり寝返るかな？」

「寝返って、洛陽と長安《ちょうあん》の分断に出てきたら、これは厄介《やっかい》なことになります、曹休殿」

「孟達の意表を衝《つ》く速さで、上庸を攻めたいということだな」

「まさしく。そのために必要となる、替馬《かえうま》です」

曹真も、考えこみはじめた。五千頭を集めるのは、密《ひそ》かにはできない。かといって、大々的に集めれば、孟達に気づかれる。全軍から少しずつ集めるには、軍の頂点の同意が必要なのである。

二人が同意するかどうかは、孟達の寝返りをどの程度疑《うたが》っているかによった。もし同意しない場合は、新城《しんじょう》郡との境界線近くまで、あらかじめ兵力を移動させておく方法しかなかった。

「やっておこう」

曹真《そうしん》が言い、曹休《そうきゅう》が即座に頷いた。曹真は死んだ曹丕《そうひ》と幼いころから一緒《いっしょ》に育っていたが、血縁はない。父親が曹操《そうそう》の身代りで死んだので、引き取られ曹丕とともに育てられたのだ。曹休は曹操の甥《おい》で、曹丕の従兄《いとこ》に当たった。政事《まつりごと》にはうとく、生粋《きっすい》の軍人としてこれまでやってきている。

「五千頭の馬を隠せる場所を、作っておけ司馬懿《しばい》殿。少しずつ、そこに運びこませよう」

「必ず、孟達《もうたつ》の寝返りは、事前で阻止いたします」

「うむ。蜀《しょく》では軍が整いつつある。これまでの例から考えても、精兵に仕あがっているであろうな。曹真殿が洛陽《らくよう》におられ、私は東で呉《ご》と対する。最初の蜀軍とのぶつかり合いは、荊《けい》州になるかもしれぬからな」

「いまだ、蜀は漢《かん》王室の復興を叫んでおります、曹休殿。劉備《りゅうび》はすでに死んでいても、亡霊《ぼうれい》は残っていますな」

「その亡霊が、人を糾合《きゅうごう》しかねない。雍《よう》州に進み、そこを奪《と》るということになると、涼《りょう》州まで巻きこんで厄介《やっかい》だ。曹休殿の軍は東にいて呉に備えるとしても、遊軍《ゆうぐん》はできるかぎり西へ寄せておく。私も司馬懿殿も、動きやすいようにしておこう」

呉には、どうしても備えがいる。北の烏丸《うがん》も、不穏な気配《けはい》を漂《ただよ》わせている。烏丸には、諸葛亮《しょかつりょう》の謀略《ちょうりゃく》が入っている可能性もあった。唯一、最も危険を孕《はら》んでいるはずの涼州《りょう》だけが、張既《ちょうき》の施政《しせい》でなんとか平穏を保っていた。それも、雍州の情勢に左右されるだろう。

宛城《えんじょう》に戻ると、司馬懿はすぐに荊州守備軍を五つに分けて配置し、その一部隊一万を、新城《しんじょう》郡の国境付近に持ってきた。全体的に見ると、東を重視した構えで、誰《だれ》の眼にも呉を警戒したものとしか映らない。

「馬は、一千頭ずつ、五カ所に分けます」

牧場《まきば》の手配をしていた尹貞《いんてい》が、報告にやってきた。宛城には、騎馬隊の全軍、五千騎が駐屯《ちゅうとん》している。新城郡の付近に牧場を設けるのは、むしろ自然だった。ただ、五千頭の馬がいるとは孟達に気づかれたくない。兵糧《ひょうろう》の貯蔵所なども、十カ所ほど作った。全体に、兵站《へいたん》の地域というふうに見えるはずだ。

そこまでやり、司馬懿はようやく落ち着いた時を持った。

四十歳で死んだ曹丕のことを、しばしば思い出したが、それは死の直後ほど痛切なものではなくなっていた。

北への遠い道

1

土煙《つちけむり》が迫ってきた。

羽蓋車《うがいしゃ》（羽根《はね》で飾った帝《みかど》の馬車）から降りた劉禅《りゅうぜん》が、低く声をあげた。

「馬謖《ばしょく》の軍です。迎えるのが、張嶷《ちょうぎ》、張翼《ちょうよく》、王平《おうへい》の軍で、趙雲《ちょううん》将軍は、むかい側の丘の頂《いただき》で観戦しています」

ひとつひとつ指さし、孔明《こうめい》は説明した。劉禅が調練《ちょうれん》を見るのは、はじめてである。軍がほぼ整い、成都《せいと》郊外では最後の調練だった。

やはり、馬謖がずば抜けた指揮能力を示していた。南中《なんちゅう》で実戦を重ねた張嶷も、あっという間《ま》に押された。

馬謖のすぐれた点は、攻めで兵を動かしても、決して隙《すき》を見せないところだった。

攻めて攻めきれなければ、そのまま守りに転じ、次に来る攻めの機を狙《ねら》う。兵の損《そん》耗《もう》が少ない闘い方と言っていい。

ここ数年にわたり、孔明は知っていることを馬謖に教え続けてきた。そして、誰《だれ》に対するよりも厳しいものを、要求し続けてきたと言っていい。

才に走る、という欠点も見せなくなった。沈着冷静《ちんちゃくれいせい》で、判断は見事だった。指揮官の判断力は、騎馬隊と歩兵を組み合わせた部隊を指揮させてみると、すぐにわかる。

粘《ねば》り強さがどれほどあるかは、実戦になってみないとわからなかった。陣地《じんち》戦でかなりの粘り強さを示しはするが、実戦はまるで別のものだ。恐怖に、渇《かわ》きに、飢《う》えに、どれほど耐《た》えられるかなのだ。

関羽《かんう》や張飛《ちょうひ》や、そしていまだ健在である趙雲といった、豪傑《ごうけつ》の中の豪傑が率《ひき》いる軍ではない。その分、組織としての軍の動かし方にたけている。それでいいのだと孔明は思っていたし、趙雲もそれを認めていた。

剣や槍《やり》を執《と》って闘えば、馬謖にまさる兵はいくらでもいた。しかし、これだけ無駄なく軍を動かせる者は、若い将軍の中にはいない。時には、趙雲にさえ舌を巻かせるほどなのだ。

「あの軍は強いな、孔明《こうめい》。私はよく張飛《ちょうひ》や趙雲《ちょううん》の軍を見たが、あれとも少し違う」

「馬謖《ばしょく》は、それほど勇猛《ゆうもう》な男ではないのです、陛下《へいか》。しかし、軍の動かし方はよく心得ています。これからは、そういう者たちにも働《はたら》いて貰《もら》わねばなりません」

「そうだ。関羽《かんう》や張飛や趙雲のような者たちが、この世にそれほど多くいるわけがない」

「御意《ぎょい》。しかし蜀《しょく》には、馬岱《ばたい》、魏延《ぎえん》、廖化《りょうか》というように、経験を積んだ勇猛《ゆうもう》な将軍もいるのです。その頂点には、趙雲将軍がいます。いま軍は充実《じゅうじつ》し、兵は精強《せいきょう》に育っております。これは、蜀が秋《とき》を得はじめていることだと、私は思っております」

「父上なら、どうされるのであろう、孔明？」

「先帝ならば、迷わず北への進攻をお命じになったでしょう。しかし陛下。ここでは、陛下御自身が判断なされなければなりません。北へ進攻するのか、再び東へむかい、呉《ご》に進攻するのか。蜀漢《しょくかん》というこの国を建てた意味から、思い起こして考えなければならないことなのです」

「漢王室の再興というのが、父上の志《こころざし》であり、それに従った者たちの夢だった。私は漢王室の再興を願い、また漢王室の血に連《つら》なる者として、どの道が正道なのか、孔明に問いたいと思う」

「私が決めてよろしいと言われるのですか、陛下？」

「決めるのは、私だ。孔明に問う。趙雲にも、そして馬謖にも問おう。それから断《だん》を下《くだ》すのが、上に立つ者のつとめだと思う」

「まさしく、その通りでございます、陛下。陛下とそれほど年齢の変らない、若い将軍と語られることにも、大きな意味がある、と私は思います」

「私には、戦《いくさ》の能《のう》がない。父上にはそう言われた。すべて孔明に任せよとな。しかし、こういう軍を見ると、人並《ひとな》みに血が騒《さわ》ぐ」

「陛下は、自ら戦場に出られる必要がないだけです。時の巡《めぐ》りがそうであれば、陛下を総大将として、蜀軍が戦場にむかうこともあった、と私は思っております」

「時の巡り合わせか」

劉禅《りゅうぜん》は、かすかに笑ったようだった。暗愚《あんぐ》ではない。しかし、劉備《りゅうび》のように、誰《たれ》にも止め難い激しさもない。孔明は、そう思った。

「戦は、しなければなるまい。しかし、それによって民が苦しむのは、私には耐《た》えられぬ。わかっているな、孔明？」

「苦しみの程度によります。楽をしたいのも民。しかしそれでは、国は成り立ちません。民との折り合いをどこでつけるかだ、と私は思っております」

「南中《なんちゅう》の物産が多く入ってくるようになって、蜀《しょく》の民の暮しもいささか楽になった。私はそれを、喜ばしく思っている」

劉禅《りゅうぜん》は、民の暮しにも眼《め》をむけているようだった。それは、悪いことではない。国家は、民のためにある。それは、間違いなく真実なのだ。しかし、政事《まつりごと》をなす者がいての国家でもある。

「おう、馬謖《ばしょく》の軍はやはり強いな。それに颯爽《さっそう》としている」

「いい将軍に育ちました、馬謖も」

馬謖の軍が、張嶷《ちょうぎ》の軍を包みこみ、揉《も》みあげるようにして崩《くず》していく。それで、勝敗は決した。張嶷の敗因は、軍を動かす時に出る隙《すき》を衝《つ》かれたことである。

趙雲《ちょううん》の馬が、むかい側の丘から駈けてきた。

「陛下、御覧になった通りです。蜀軍は、精強《せいきょう》な軍として蘇《よみがえ》りました」

片膝《かたひざ》をつき、趙雲が言った。

「よく見た。苦労したであろう、趙雲」

「なんの。先帝が流浪《るろう》に流浪を重ねられ、苦難の末にようやく建てられたこの国の軍なのです。精強に鍛えあげることは、私の喜びでもあります」

「おまえがいてくれる。そして孔明が。おかげで、私は帝でいられる」

「そのようなことを、口に出されてはなりません。先帝は苦労して帝になられましたが、陛下は生まれながらに蜀漢《しょくかん》の帝なのです。堂々としていてください。そして、われらに闘えとお命じください」

「わかった。つまらぬことを言って、済まぬ。自分で闘い奪《と》るのが、乱世の掟《おきて》であったが、いまは国と国が闘う時代だ。そして私は一国の帝である。魏《ぎ》にも帝がいて、やがて呉の孫権《そんけん》も帝を称するであろう。三国を統一して、まことの帝を戴《いただ》くのが、わが蜀漢の使命であることも、私にはよくわかっている」

「そのための、軍です。民の血をふり搾《しぼ》って作りあげた軍です。この国のすべての民のために闘うことのみが、許されているのです」

劉禅と趙雲の会話には、父と子のやり取りのような温《ぬく》もりがある。劉禅にとっては、趙雲の存在は救いなのだろう、と孔明は思った。

調練は終了し、兵は隊列を整えつつあった。劉禅は、羽蓋車《うがいしゃ》に戻った。閲兵《えっぺい》をして、成都《せいと》の宮殿に帰還《きかん》することになる。

「馬謖の指揮は、さすがですな、丞相《じょうしょう》。堅実に兵を動かし、ひらめきに走るところもなくなった、と思います」

「趙雲将軍も、そう見られましたか」

「実戦でも、期待通りにやるでしょう。若い者の時代が来ている、と身をもって感じますな」

孔明《こうめい》も趙雲《ちょううん》も、成都《せいと》へ帰還する劉禅《りゅうぜん》の行列についた。

「そろそろ、秋《とき》ですかな、丞相《じょうしょう》」

「そう思っています」

「私はこれまで軍の頂点にいたが、それは蜀《しょく》軍を整備するためであった。これからの北伐《ほくばつ》では、いいように引き回していただきたい。先鋒《せんぽう》であろうが、後方の輜重隊《しちょうたい》であろうが、丞相の御命令通りに動きましょう」

「そんなことは、趙雲将軍」

「いや、そうであるべきなのだ。孔明殿はもともと、亡き殿の軍師ではないか。だから、北伐では大将であるべきだ。これは重大なことですぞ。軍権の所在をはっきりさせるのは、戦の基本と言っていい。孔明殿が、私に遠慮されることがあっては由々《ゆゆ》しきことだと思い、老婆心《ろうばしん》ながら申しあげている」

「感謝いたします、趙雲将軍。遠慮などいたしません。大いに働いていただきます」

「それでよろしいのです、孔明殿」

趙雲が、声をあげて笑った。

成都の丞相府に入るとすぐに、孔明は遠征軍の編成をはじめた。

成都の留守居は、蔣琬《しょうえん》である。蓄《たくわ》えた兵糧《ひょうろう》の大部分は、すでに漢中《かんちゅう》に運びこんである。それは決して多いとは言えなかったが、雍《よう》州に入りさえすれば、魏《ぎ》軍の兵糧を奪える。

成都から進発《しんぱつ》する遠征軍は七万。それに魏延《ぎえん》、馬岱《ばたい》、廖化《りょうか》の軍などが加わり、全軍で十一万に達する。

天下三分の情勢も、いくらか動きはじめていた。昨年の五月に、魏帝曹丕《そうひ》が四十歳の若さで急逝《きゅうせい》し、二十二歳の曹叡《そうえい》が後継として即位した。それを機に、呉《ご》が方々で探るような出兵をはじめていた。

魏の内部に大きな混乱は起きなかったが、呉との対立が本格的になっている。対呉に、かなりの兵力を割《さ》かなければならないはずだ。

応真《おうしん》の動きが効果を表わしはじめているのか、北の烏丸《うがん》族も不穏な動きを見せていた。

しかし、魏の宮殿や軍の内部に、深刻な対立はなかった。曹真《そうしん》を頂点とする魏軍の動きは、呉への対処を見るかぎり問題はなさそうだった。

ただ、新城郡《しんじょう》の孟達《もうたつ》が動揺《どうよう》しているようだ、という情報を応尚《おうしょう》が運んできた。孟達は、曹丕《そうひ》の信頼については、絶対に近い自信を持っていたという。動揺は、曹丕の死によるものなのだろう。

「われらとの戦で、前線に立たされるという危惧《きぐ》を持っているのであろうな」

「関羽《かんう》様の死の恨《うら》みは消えていない、と思っているのでしょう」

「しかし、動揺しているだけか」

応尚は、黙って頷《うなず》いた。

孔明《こうめい》は、しばらく考えていた。孟達は、実に微妙な位置にいる。もしこれを蜀《しょく》に取りこめたら、北伐《ほくばつ》はずっと楽なものになるのだ。長安《ちょうあん》を背後から衝《つ》くことができるし、洛陽《らくよう》との分断も難しくはない。

寝返るとしたら、まともに考えれば呉《ご》にだが、そう簡単にはいかないのが、孟達という男だった。孟達が、孫権《そんけん》を信頼しているとは思えない。呉への寝返りで、得るものも少ない。魏《ぎ》軍の前衛《ぜんえい》として戦をしても、やはり犠牲を出すだけで、得るものはない。

しかし、蜀に寝返れば。

孟達の身になって考えると、得るものが最も大きいのが、蜀への寝返りではないのか。蜀が雍《よう》州を奪《と》れば、涼《りょう》州は蜀に靡《なび》く。そして蜀は、中原《ちゅうげん》へ進もうとする。そうなれば、荆《けい》州北部だけでなく、予《よ》州の一部まで勢力を拡《ひろ》げられる。

領土の問題だけでなく、孟達にとって自分を最も高く売れるのが蜀だった。北伐の成否の鍵《かぎ》を握っていると言ってもいいのだ。

「孟達に書簡《しょかん》を届けたい、応尚。密《ひそ》かに届けることができるか？」

「はい、できます」

「一度では済《す》むまい。何度か届けることになるぞ」

「何度でも。上庸《じょうよう》の城には、自由に出入りできます」

応尚は、兄の応真《おうしん》と較《くら》べて、寡黙《かもく》だった。どういうふうにして自由に出入りしているかも、語ろうとしない。

孔明は、その場で書簡を認《したた》め、応尚に渡した。露骨《ろこつ》に寝返りを勧《すす》める書簡ではない。魏との戦になっても、孟達とは闘いたくないという内容である。

応尚が去ると、孔明はしばらくひとりで考え続けた。

侍中《じちゅう》（秘書官）に命じて城外の営舎《えいしゃ》に使者を出し、郭模《かくも》という校尉《こうい》（将校）を呼んだ。弓手二百《きゅうしゅ》を率いていて、北伐では先鋒に加わることになっている。一時期、孔明の従者《じゅうしゃ》をしていたことがあった。性格はよく知っている。

「二人だけの話だ、郭模《かくも》」

「なんでございましょう？」

「たとえばおまえが軍を脱走するとする。おまえに付いてくる部下は、どれほどいる？」

「五十名、というところだと思います」

「その五十を連れて、魏《ぎ》に投降してくれぬか。長安《ちょうあん》郊外にいる、申儀《しんぎ》の軍がいい。これは、孟達《もうたつ》を寝返らせるための諜略《ちょうりゃく》だ」

「申儀に投降し、孟達が蜀《しょく》に寝返ろうとしている、と言えばよろしいのですか？」

「そうだ。投降する時期は、私が改めて言う。命を失うかもしれぬ。それも、不名誉なかたちでだ。だから、断りたければ断ってもよい。命令するには忍びないことだ」

「丞相《じょうしょう》は、それを知っていてくださるのですね？」

「できれば、魏軍を出奔《しゅっぽん》して、また戻って欲しいと思っている。魏軍で名をなしていくのも、また道だ」

将来は、将軍になれる器《うつわ》だった。孔明《こうめい》の従者になる前は、関羽《かんう》のもとで弓手《きゅうしゅ》だった。荊州《けい》から、生き残って益州《えき》に入ってきた、数少ない兵のひとりなのだ。

「投降の理由は、私が考えてもよろしいのですか？」

「任せよう」

「生きているかぎり、必ず蜀《しょく》へ戻って参ります、丞相」

「待っている」

郭模は、口もとだけで笑うと、拝礼して退出していった。

こういう謀略が、孔明はあまり好きではなかった。しかし、これも戦のうちなのだ。

全土を統一し、四百年続いた漢《かん》王室を再興し、この国のあるべき姿を取り戻す。王室には、権威だけがあればいい。そして、いつまでも続けばいい。一千年で、侵《おか》し難《がた》い血になる。触れてはならない、この国の秩序の中心ができあがるのだ。

その志《こころざし》が、いま孔明を支えている。

2

兵装については、校尉《こうい》（将校）たちに点検させた。

それでも足りず、馬謖《ばしょく》は抜打《ぬきう》ちにいくつかの部隊を査察《ささつ》した。武具は揃《そろ》っている。

弓なども、毀《こわ》れているものはなかった。南中征圧戦《なんちゆうせいあつ》で効果をあげた連弩《れんど》は、今回は使わない。密林の中の遭遇戦《そうぐう》など、あまり考えられないからだ。

馬にも問題はなく、予備の武器を運ぶ輜重《しちよう》もしっかりしていた。

七万の部隊が、成都《せいと》郊外にすでに集結している。成都の南方に残っているのは、江陽《こうよう》の馬忠《ばちゆう》と江《こう》州の李豊《りほう》など、併《あわ》わせてもわずか一万ほどである。

この七万に、漢中《かんちゆう》を中心に展開している四万を合わせ、十一万の遠征《えんせい》軍になる。孔明《こうめい》がどういう戦術を採《と》るのか、まだわからなかった。このところ、丞相府《じようしようふ》の居室に籠《こも》りきりで、ほとんど外に出てこない。

馬謖《ばしよく》は、細《こま》かいことを考えるのはやめにした。軍をきちんと維持しておく。軍規を厳しくし、兵の緊張感を失わせず、躰《からだ》をなまらせたりもしない。それだけが、いま自分がなすことだと思い定めた。

軍の頂点には趙雲《ちようううん》がいたが、最後の劉禅《りゆうぜん》の御前での調練《ちようれん》を機に、並《な》みの将軍の位置に自ら下がった。軍権は孔明にあり、その下に同格の将軍が十数人いるというかたちで、趙雲らしい潔《いさぎよ》さだと言えた。

部隊編成は五千単位で、十四人の将軍が率《ひき》いていた。それが三つ、四つと集まり、ひとりの将軍が上に立つことは、戦場ではあるだろう。漢中《かんちゆう》までは、いまのままで進軍していくことになっている。

孔明が、明日進発《しんぱつ》と命じても、すぐに七万が動けるようにしておくのが、孔明の側近であった自分の仕事だ。

向寵《しょうちょう》や雷銅《らいどう》といった将軍たちは、それぞれ兵に小さな調練を課していた。ほとんどが駈《か》けるだけの調練だが、それは必要なことだった。

孔明は動かない。

一日一日が、長かった。諜略《ちょうりゃく》に手間取《てまど》っているのか。作戦を煮つめているのか。北伐《ほくばつ》についての迷いは、あるはずがない。

諸将が成都の宮殿に呼ばれたのは、二月も終りになってからだった。

群臣が参集し、孔明は黙然《もくねん》と丞相の席に控《ひか》えていた。

出撃命令が出るのだ、と馬謖は思った。それも、帝《みかど》である劉禅《りゅうぜん》が直々《じきじき》に出すのだろう。それにどれほどの意味があるのかはわからなかったが、出撃と考えただけで、馬謖の心はふるえた。

劉禅が出座した。

空気が張りつめた。誰《だれ》も、身動《みじろ》ぎひとつしなかった。

孔明が、立ちあがり、劉禅に拝礼した。それから、紙に認《したた》めたものを読みはじめた。檄文《げきぶん》だろう、と馬謖《ばしょく》は思った。孔明《こうめい》の声。低く、澄んでいて、どこかかなしみを孕《はら》んだ響きがあった。

檄文ではなかった。切々《せつせつ》として、しかし気力に満ち、時に慈愛さえ感じられた。孔明は、劉禅《りゅうぜん》に語りかけているのだった。劉禅がうつむいた。再びあげた顔が、涙で濡《ぬ》れていた。一座からも、啜《すす》り泣きが洩《も》れてきた。

膝《ひざ》に落ちた水滴で、馬謖は自分も泣いていることに気づいた。

劉備《りゅうび》が死んだ時から説《と》き起こし、いまの蜀《しょく》の状態を憂《うれ》え、臣《しん》の道を唱え、帝たる劉禅の心得を語っている。

臣が主《あるじ》に語るようでもあり、親が子に語るようでもある。一座の全員は、不思議《ふしぎ》な情動に襲《おそ》われているようだった。

これが、孔明なのだ。馬謖は、涙を流し続けながら、なんとなくそう思った。一片の嘘《うそ》もなく、微塵《みじん》の甘さもない。そのくせ、誠実さと慈愛には溢《あふ》れている。ほかの誰が、こんな言葉を語ることができるのか。

出師《すいし》の表《ひょう》。

孔明がそれを劉禅に捧《ささ》げた時が、即《すなわ》ち出撃の時でもあった。

蜀軍七万は、ただちに成都《せいと》郊外を進発し、北へむかった。馬が嘶《いなな》く。兵が駈ける。

馬謖は高揚《こうよう》していたが、それを抑《おさ》え、進軍全体に眼《め》を配っていた。負けるはずがない。魏《ぎ》がいかに大軍であろうと、この精鋭《せいえい》が負けるはずはない。

五日進軍し、野営に入ったところで、馬謖は孔明に呼ばれた。孔明の幕舎《ばくしゃ》も、小さく粗末なものである。

「進軍の状態はよさそうだな、馬謖。遅れる者の報告はない」

「一兵も、遅れておりません」

孔明と語るのは、久しぶりだという気がした。

「それはいい。調練の成果が出ているのだな。やはり、兵は調練か」

「蜀軍の、伝統とも言ってよいものになっています」

「今度の出兵について、おまえはどう思う、馬謖？」

「兵の練度は高く」

「そういうことではなく、いま蜀が外征《がいせい》するということについてだ」

文官を中心に、反対の意見は多かった。魏と呉《ご》の領土は変らず、蜀だけが南中《なんちゅう》を加えた。南中からもたらされる富が充分に蓄《たくわ》えられてから、外征をしても遅くないのではないか。そういう意見を、強硬に主張する者もいた。その間に、魏と呉が激戦を展開するようなことでもあれば、蜀の立場はもっと有利になる。

「速《すみ》やかに外征を決定されたのは、間違いではないと思います。兵糧《ひょうろう》は、半年はもつだけあり、それで充分であろうと思えます。それ以上の兵糧は、運ぶより敵地で得た方がいいのです。魏《ぎ》と呉《ご》が激戦をしてくれればという期待は、持つべきではありません。自らの力以外のものを当てにするのは、根本で大きな間違いを犯していることです。自らの血を流して得るものだけが、真の力になっていくのだと思います、この乱世では」

孔明《こうめい》が、穏やかな笑みを浮かべた。こういう笑みを見るのも、久しぶりだという気がする。

孔明の言葉が、すべてだった。その眼が見るものを自分も見たいと思ったし、その耳が聞くのと同じものを聞きたい、と願ってきた。この数年、そうやって生きてきたのだ。

「おまえには、さまざまなことを教えてきた。苦労もさせた」

「丞相《じょうしょう》、それは」

「過去をふり返っているのではない。私が教えたことのすべてが、役に立つのはこれからだ。戦《いくさ》についても、民政についても」

「胆《きも》に銘《めい》じております」

「よかろう。おまえは、漢中《かんちゅう》へ先行せよ。部下の百騎も連れていくといい。漢中で、七万の軍を迎える準備を整えよ」

「魏延《ぎえん》将軍が、それはなされておりませんか？」

「魏延には、使者を出してある。雍《よう》州への進路の入口を確保する。魏延はいま、それで手一杯のはずだ」

「わかりました。いつ発《た》てばよろしいでしょうか？」

「明日、早朝。おまえは文官ではない。軍人だ。文官のなすべき仕事をやる時も、それを忘れるな」

孔明の眼が、じっと自分を見つめてきた。出師《すいし》の表《ひょう》の一節を思い出し、馬謖《ばしょく》は涙ぐみそうになりながら、幕舎《ばくしゃ》を出た。

夜のうちに百騎の人選を済ませ、早朝、馬謖は全軍に先行して出発した。

駈け続ける。何度駈けても、益《えき》州の原野は広大だった。

乱世には、遅れて生まれてきた。夷道《いどう》の戦場で死んだ兄の馬良《ばりょう》と、しみじみとそういう話をしたことがある。しかし、劉備《りゅうび》がいた。荊《けい》州で仕官した時、劉備が覇者《はしゃ》となっていないかぎり、乱世は終っていない、と馬良は高揚《こうよう》した口調で言っていた。

やがて劉備は、益州を奪《と》り、蜀《しょく》を建国した。天下三分の形勢は、蜀の動きによって、どうにでもなるように思えた。孔明《こうめい》の北進策《ほくしんさく》は、呉《ご》の裏切りさえなければ、成功していたものだった。雍《よう》、涼《りょう》二州を奪《と》り、そして関羽《かんう》が洛陽《らくよう》に圧力をかけ、魏《ぎ》を河北《かほく》に押しこめたはずなのだ。

二度目の劉備《りゅうび》の東進《とうしん》の時も、夷道《いどう》さえ突破《とっぱ》していれば、北進が容易になり、魏と互角《ごかく》の位置に立ったはずだ。しかし、そこでは騎馬隊が暴走して全滅し、馬良《ばりょう》も死に、全軍が眼を覆《おお》いたくなるほどの潰走《かいそう》をした。蜀《しょく》が受けた損害は、国が滅びても不思議ではないほどで、劉備も、失意の中で死んでいった。

しかし、孔明の心に、志《こころざし》は受け継がれていたのだ。南中《なんちゅう》を征圧《せいあつ》し、蜀は奇蹟《きせき》のように国力を取り戻している。

今度こそ、北進はできる。二度の失敗は、信じられない裏切りと、不運としか言いようのないわずかな戦場での齟齬《そご》が原因だった。もう、そういうことはない。自分がいるのだ。孔明の非凡すぎる戦略でも、現場に自分がいるかぎり、押し通してみせる。

まだ、乱世は終っていない。むしろ、これからほんとうの覇権《はけん》を賭《か》けた戦がはじまる。

駈けながら、馬謖《ばしょく》はそう思った。

漢中《かんちゅう》に入ったのは、数日後だった。

馬謖は、定軍山《ていぐんざん》を中心として、七万に四万を加えた、十一万の大軍の展開する場所を決めた。兵糧をどこに置くかひとつをとっても、動きの無駄を省《はぶ》ける。

本営の場所を築いている時、斜谷道《やこくどう》の検分に行っていた魏延《ぎえん》が戻ってきた。

「さすがに、丞相《じょうしょう》が信頼して将軍に引きあげた男だ。駐屯《ちゅうとん》の構えにさえ、隙《すき》がないな。見事なものだ、馬謖殿」

ひと通り駐屯場所を見て回った魏延が、定軍山の麓《ふもと》の本営に来て言った。

「恐れ入ります、魏延将軍」

「本隊の到着までには、あと五日はかかるであろう。その間、営舎《えいしゃ》の建築などには、私の兵を使うとよい」

「そうさせていただければ、助かります。なにしろ、先行してきたのは百騎だけですので」

孔明は、魏延の力を認めながらも、心底から信用はしていなかった。それは、言葉の端々《はしばし》で馬謖にもわかった。

孔明が不信感を露《あらわ》にするのは、めずらしいことだ。それだけ、魏延という男には問題があるのだろう、と馬謖は思っていた。だから受け答えも、通り一遍《いっぺん》にしかしない。心の底には、警戒心を持つことも忘れない。

「本営はここだとしても、南鄭《なんてい》の館《やかた》も丞相《じょうしょう》に使っていただけるようにしてある。その方が、御不自由はないと思うのだが」

「丞相は、漢中《かんちゅう》に住まわれるわけではありません。何日滞陣されようと、雍《よう》州への途上なのです。だから、戦時です。館より、兵とともにいる幕舎《ばくしゃ》を選ばれる、と私は思います」

「そうか。そうだな。雍州への進攻がいつになるか、わからぬしな」

「魏延《ぎえん》将軍。馬岱《ばたい》殿や廖化《りょうか》殿とともに、陽平関《ようへいかん》に拠《よ》っていただきたいのですが？」

「わかった。われらの軍の兵糧の手当てなどは、本隊と同じように受ければいいのか？」

「それで、結構です。陽平関には、三万人分の兵糧が運びこまれているはずです」

「切れ者だな、馬謖《ばしょく》殿は」

魏延が、ちょっと笑った。わずかに不快な気分が、馬謖を包みこんだ。

「馬良《ばりょう》殿も、大変な切れ者であった。惜しい方を蜀《しょく》は失ったと思っていたが、馬謖殿が成長された。丞相もお心強いことであろう」

皮肉か、と思ったが、馬謖はただ頭を下げた。

本隊が到着したのは、それから五日後だった。

本営の建物はできあがっていたし、営舎《えいしゃ》も哨戒所《しょうかいじょ》も、陣を築く時に準じて配置してある。軍人であることを忘れるな、という孔明《こうめい》の言葉は守り通したつもりだった。まず張嶷《ちょうぎ》が入ってきて、それから趙雲《ちょううん》、孔明と続いた。

本営に入っても、孔明は馬謖になにも言わなかった。不満はない、ということだ。馬謖はすぐに自分の軍に戻り、兵たちを見て回った。誰《だれ》も、行軍の疲れは見せていない。

雍州へ通じる桟道《さんどう》などは、すべて魏延の軍の手で整備されていた。その保守に、魏延はいまでも三千の兵を割《さ》いている。

まだ雪は消えていない。成都《せいと》より、漢中は寒かった。それでも、雍州へ進むことはすでに不可能ではなかった。

孔明が、いつ決意するかだろう。諜略《ちょうりゃく》の成果なども、待たなければならないはずだ。

雍州に進攻したら、渭水《いすい》に沿って長安《ちょうあん》まで攻める。無論そこでたやすくは攻められないだろうが、秦嶺《しんれい》の山なみを越えれば、長安《ちょうあん》は必ず奪《と》れるはずだった。

魏《ぎ》軍と衝突《しょうとつ》しそうな場所を、ひとつひとつ思い浮かべた。まず、自分の軍の五千で闘うことを想定する。それで押されそうなら、張嶷《ちょうぎ》や張翼《ちょうよく》の軍を合同する。側面からは、ほかの軍が攻める。

そうやって、実戦を思い描くことも大事なのだと、孔明《こうめい》に教えられていた。

夜、ひとりきりになると馬謖《ばしょく》は頭の中の戦を、何度もくり返した。

3

孟達《もうたつ》への孔明の書簡《しょかん》は、五度に及んだ。

曹丕《そうひ》が急死したことで、孟達はやはり相当動揺《どうよう》しているようだった。二十二歳の曹叡《そうえい》が、なんと言ってやったところで、肚《はら》の底から信じられはしないのだろう。孟達が、自分の存在を曹丕の信頼に賭《か》けていたとしたら、すでに次にどう寝返るか考えはじめているはずだ。孟達の寝返りは、ある意味では兵法のようなものであり、城を固めて守ったり、兵を出して攻めたりするように、寝返りで攻守をくり返してきた、という気がする。

いま孟達が守りを固めるとしたら、蜀《しょく》に寝返ることだった。魏《ぎ》は、いつ裏切《うらぎ》るかわからない。曹真《そうしん》や司馬懿《しばい》や陳羣《ちんぐん》などと、それほど深い交流はなかったはずだ。誰《だれ》かが、孟達は邪魔《じゃま》だと言う可能性は、常に考えるだろう。孫権《そんけん》については、もともと信用していない。うまくいくなら、荊《けい》州北部も当然手に入れたい、と孫権は考えている。寝返ってくれば、建業《けんぎょう》か武昌《ぶしょう》へ呼び出し、首を刎《は》ねてしまうぐらいのことを、孫権なら平然とやるだろう。

裏切らない。なぜなら、孟達を必要としているから。そう考えると、蜀しかない。蜀が雍《よう》州を奪《と》れば、長江《ちょうこう》北部全域に手をのばせる。呉《ご》も、蜀を意識すると荊州では動けず、むしろ長年の宿願である合肥《がっぴ》奪取《だっしゅ》に動く。つまり孟達は、守りから攻めに転じられるのだ。

唯一の条件は、蜀が雍州を奪れるということである。

孔明は、雍州のことについて、書簡には一度も書かなかった。四度目の書簡で、涼《りょう》州のことに触れた。涼州は、張既《ちょうき》がよく治めているが、決定的なことは、兵力がないということである。蜀には、馬超《ばちょう》から受け継いだ、馬岱《ばたい》の持つ人脈がある。こういう事態になれば、涼州は靡《なび》いてくる。

こういう事態がなにかは、書かなかった。蜀が雍州を奪ったら、ということは書かずともわかるはずだ。

五度目の書簡には、南中《なんちゅう》も含めた益《えき》州全域が、どれほど巨大で安全な兵站基地《へいたんきち》かということを書いた。ほとんど無限の兵站基地があるがゆえに、長安《ちょうあん》に腰を据《す》えていれば、洛陽《らくよう》を思う通りに釘付《くぎづ》けにしておける。

つまり蜀《しょく》は当面、益《えき》州からの補給を受けて雍《よう》、涼《りょう》の経営に専念するということだ。孟達《もうたつ》が荊州北部全域に手をのばす、つまり攻めに転じるのがたやすい状態になる。

そこまで読めれば、孟達としては充分だろう。長江《ちょうこう》以北の荊州を手にしてから、また守りと攻めを考えればいいのだ。

五度目の書簡の返事を、応尚《おうしょう》が届けてきた。着ていた袍《ほう》の、片袖《かたそで》を切り取ったものだ。なんの言葉も添えられてはいない。

「したたかな男だな、応尚」

「はい」

「もうひとつ手を打とう。それで、返事は明解なものになるはずだ」

「私は、なにを?」

「兵糧《ひょうろう》を着服して、馬謖《ばしょく》の追及を受けかけた校尉《こうい》(将校)が、長安の西にいる中儀《しんぎ》に投降するつもりらしい、という情報を孟達に入れよ。それだけでよい。あとは、私がやる」

「かしこまりました」

応尚は、やはり言葉が少なかった。

その夜、馬謖を呼んだ。馬謖と喋《しゃべ》るのは、久しぶりのことである。漢中《かんちゅう》での滞陣の準備から、軍規の徹底、武具、兵糧の管理まで、眼《め》の回るような忙しさだっただろう。なんの指示を出さなくても、馬謖はそれをしっかりとこなしていた。

「郭模《かくも》を知っているな？」

「はい」

「兵糧を着服した。明日、五十名ほどを連れて、子午道《しごどう》から長安《ちょうあん》にむかって逃げる。おまえはもともと郭模に疑いを抱いていた。明後日、郭模の逃亡が明らかになる。精鋭《せいえい》で急追せよ。無論、捕えるな」

「明後日ですね。五百ほどを連れて、追えばいいでしょうか？」

「そんなところだ」

それ以上、馬謖はなにも訊《き》こうとしなかった。やはり大きくなった。諜略《ちょうりゃく》については、なにも知らない方がいいと、わかってきたのだろう。どこからどう洩《も》れるか、わかったものではないのだ。兵糧を着服した郭模を追う。それだけでいい。

「丞相《じょうしょう》」

「なんだ？」

「火を入れられないのですか。これでは、寒すぎると思うのですが？」

「暖《だん》を取って戦《いくさ》はやらぬぞ、馬謖《ばしょく》。寒い時は寒い中で、暑い時は暑い中で、考えるのが戦場だ。でなければ、なにかを見落とす。なにかを忘れる」

「またひとつ、学びました」

馬謖には、もう戦場以外で学ぶことはなにもない。と思っていた。しかし、孔明《こうめい》はそれを口にはしなかった。

「桟道《さんどう》を保守している魏延《ぎえん》の兵の交替は、うまくいっているのか？」

「私自身で、確かめてはおりません。魏延将軍が、自分の任務だと言われますので」

魏延なら、そう言いそうだった。そして、馬謖を若造《わかぞう》扱いするだろう。

「郭模《かくも》は、子午道《しごどう》を通行しなければならん」

「補修のための木材の運搬隊に与えてある鑑札《かんさつ》がひとつ、私のもとから紛失しております。後刻、私の従者《じゆうしや》が丞相《じようしよう》のもとへ届けに来ます」

「魏延に、恥をかかせるなよ」

「すべて、私の失態です。戻ってから、魏延将軍にも謝罪いたします」

孔明が頷《うなず》くと、馬謖は拝礼して出ていった。

すぐに、鑑札が届けられた。

夜中だったが、孔明はひそかに郭模を本営に呼び、鑑札を手渡した。

「これで、子午道が通行できる」

「かしこまりました」

「家族は、母だけだな、郭模？」

「はい」

「心配はいたすな。おまえの命の保証はできぬが、生きていたら戻って来い」

「戦場に出るのと同じだ、と思っております」

「それでよい」

郭模が出ていくと、孔明は眼を閉じた。

孟達《もうたつ》の寝返りがなくても、雍州《よう》は確保できる。その準備はすでにできているが、孟達の寝返りがあると、魏《ぎ》の衝撃《しょうげき》は大きい。河北《かほく》まで一気に魏を押しこめることができるかもしれない、という状況も生まれる。

孔明は、しばらく眠った。

すぐに眼が醒《さ》め、雍州の地形を思い浮かべた。長安《ちょうあん》までは、奪《と》れる。何度も、くり返し頭の中で反芻《はんすう》したことだった。それでも、恐怖感に似たものが、孔明を包みこんでくる。戦など、頭でできるものではない、という強い思いもある。しかし、これ以上なにをやれというのだ。兵も、精強《せいきょう》に仕あげた。考え得るかぎりの、謀略もなしている。

祈ることだけが残っているが、祈りたくはなかった。

死、という言葉が浮かんだ。人は、必ず死ぬ。それが遠からぬ日に自分を訪れたとして、受け入れることはできるのか。受け入れるというより、むしろ悪くないという気さえしてくる。

死ねば、終る。いつも、心の片隅にその思いがある。なんのために生まれ、生きてきたのかという思いと、稀《まれ》にだが拮抗《きっこう》することがある。

外が明るくなっていた。

兵たちの動く気配も伝わってくる。

孔明《こうめい》は従者を呼び、馬の用意をさせた。陣営の方々では、朝餉《あさげ》の煙があがっている。五人の従者だけを連れて、孔明は陣営の中を回った。大部分の兵は、孔明の巡察に気づいていなかった。

「これは丞相《じょうしょう》、退屈でもされたか？」

声をかけてきたのは、趙雲《ちょううん》だった。

「退屈ではなく、気が塞《ふさ》ぎましてな」

「ほう。丞相に塞ぎの虫が取りついたとなると、これは一大事ではありませんか」

「朝餉を、御一緒したいのだが、趙雲殿？」

「お安い御用です。幕舎《ばくしゃ》に入られるか？」

「いや、外で」

「塞ぎの虫には、その方がいいかもしれんな。とにかく、食うこと、眠ること。この二つを忘れなければ、塞ぎの虫など追い出せるものです」

「趙雲殿にも、塞ぎの虫が取りつきますか？」

「戦を前にすると、軍人の血は熱くなる。熱い血が流れている躰《からだ》には、塞ぎの虫は入りこめませんな」

「なるほど」

趙雲が、従者に胡床《こしよう》（折り畳みの椅子《いす》）を二つ運ばせた。

どこか、気持が和《なご》むような朝餉だった。さりげなく、趙雲は気を遣《つか》ってくれたようだ。

「馬謖《ばしよく》は、なかなかよくやっておりますな、丞相。漢中《かんちゆう》滞陣中の指揮官は、馬謖と言ってもいい。才気に走るところも、なくなった。実戦でどうかは、わかりませんが」

「大きな戦の経験はないが、二千、三千を率《ひき》いた実戦は、よくやっているのですよ。そこでは、なにひとつ問題はなかったのです」

「私に心配があるとしたら、実はそこのところなのですよ。一度や二度は、負けていた方がよかった、という気がします。調練《ちょうれん》でも、馬謖《ばしょく》はずば抜けて強すぎる。まあ、あえて気になることを言えば、ということですが」

「大きな負けより、小さな負けを何度か経験した方がいい、ということですか。趙《ちょう》雲《うん》殿に打ち伏せられたこともあったではありませんか」

「あれは、戦とはまた違うものです」

「そうなのですか。いずれ、馬謖も戦で負けることもありましょう。小さな負け方というのを、その時趙雲殿が教えてやっていただきたい」

「小さな負け方か。亡き殿も、関羽《かんう》殿も、実に大きな負け方をしたからな。ちょっと驚くような負け方を」

「私が負けたのです、あれは。両方とも、軍師たる私が負けた」

「馬謖が丞相《じょうしょう》の立場だったとしたら、そうは思わないでしょう。そのあたりなのですよ、あの男の課題は。蜀《しょく》にとっては、大事な人材です。小さくまとまらせたくはない」

「思えば、関羽殿、張飛殿《ちょうひ》には、測《はか》り難い大きさがあった、という気がします。趙雲殿にも」

「私は、あの二人と較《くら》べると小さい。だから、生き延びているのかもしれん。私のことが、まわりの人間にはよくわかって、補佐《ほさ》もしやすいということですよ。あの二人は、側近にもわからない、大きさと深さがあった」

「そんなものですか」

「よそうか、先に逝《い》った男たちの話は」

「そうですね」

「勝てるぞ、孔明《こうめい》殿。この戦は、勝てると私は思う。雍《よう》州を奪《と》られたら、という危機感を抱《いだ》いている魏《ぎ》の将軍は、司馬懿《しばい》ぐらいのものであろう。魏には、もう曹操《そうそう》はいない。曹操と較べると、司馬懿など小さなものだ」

「私は、卑劣《ひれつ》な人間です、趙雲殿」

「なにを言われるのだ、孔明殿。総大将は卑劣と決まっているではないか。曹操然《しか》り、孫権《そんけん》然り。そして亡き殿も、なかなか卑劣なところをお持ちであった」

「趙雲殿」

「私ほど生き延びれば、もうなにもこわくはない。その私が言っているのだ。ひとつひとつの命など、気にするな。一人を救うために百人を殺すより、百人を救うために一人を殺せる人間を、大将と言う。孔明《こうめい》殿も、立派な大将になられた」

郭模《かくも》のことを趙雲《ちょううん》は知っているのではないのか、と孔明は一瞬思った。そんなはずはなかった。ただ、孔明が諜略《ちょうりゃく》で苦しんでいることだけは、見ていてわかるのだろう。

その日、郭模の姿が陣営から消えた。

4

荊州《けい》守備軍の指揮官としての司馬懿《しばい》は、姿勢を常に南の呉《ご》にむけていた。躰《からだ》だけ南にむけていて、視線は西と北にむけている。狼顧《ろうこ》の相《そう》、とかつて曹操《そうそう》に言われたことを、司馬懿はよく思い出した。直立したまま、首だけ後ろにむけることができる。狼《おおかみ》が、逃げながらふり返る相、ということだった。

たとえて言えば、いまの構えは狼顧の構えである。

見つめているのは、孟達《もうたつ》である。諸葛亮《しょかつりょう》から、しばしば工作を受けているらしいことは、わかっていた。いまのところ、蜀《しょく》に寝返る気配は見せていない。洛陽《らくよう》からも何度か召し出しの使者が行き、曹叡《そうえい》に拝謁《はいえつ》するように命じているはずだ。しかし、蜀軍が漢中《かんちゅう》に集結している状況では、それ以上強く言うことはできなかった。

曹叡は、しばしば親書《しんしょ》を送り、信頼を繫《つな》ぎとめようという努力はしているようだった。陳羣《ちんぐん》あたりの進言に違いない。陳羣は、孫権《そんけん》が嫌いで、いつも警戒心を隠そうとしていなかった。孟達を、呉に寝返らせたくない、と思っているのだろう。

しかし、孟達が寝返るとしたら、蜀なのだ。それ以外には、考えられなかった。呉も、張昭《ちょうしょう》あたりが誘いを仕掛けているだろうが、孟達がそれに乗るとは思えない。

曹叡は、父の曹丕《そうひ》との関係を考えて、孟達が簡単に寝返るとは思っていないようだった。ほとんど、伯父《おじ》に対する扱いに近い親書なのだという。

必ず寝返る、と司馬懿は確信していた。

自分が孟達の立場なら、そうする。魏の先陣で兵力を損耗《そんもう》させるよりは、蜀を勝利に導き、恩を売った方が、どうせ戦をやるなら効率がよく、得るものも大きいのだ。

上庸《じょうよう》には、かなりの間者《かんじゃ》を潜入させている。諸葛亮も、同じことをしているだろう。諸葛亮《しよかつりよう》の諜略《ちようりやく》は、北の烏丸《うがん》や呉や青州《せい》にまで及んでいるらしく、各地で不穏な空気が流れている。

漢中《かんちゆう》に集結している蜀軍《しよく》は十一万で、いつでも動ける態勢《たいせい》でいるようだ。わずかな期間で国力を回復した諸葛亮の手腕《しゆわん》は、考えただけでも圧倒されそうなほどだ。

長安《ちようあん》の西にいる申儀《しんぎ》のもとに、五十名ほどの兵を率《ひき》いて蜀の校尉《こうい》（将校）がひとり投降してきたという報告が入った。

諜略の匂《にお》いがした。その校尉は、諸葛亮と孟達《もうたつ》の間に、寝返りの密約があると言い、それについては急使がすぐに洛陽《らくよう》に報告したようだ。さすがに、曹叡《そうえい》や陳羣《ちんぐん》はそれを信じはしなかったという。

そういうことが、問題ではなかった。孟達は、洛陽と長安で急使のやり取りがあったことを知っただろう。つまりこの戦《いくさ》で、自分が次第に渦中《かちゆう》の存在になりつつあることを、はっきりと認識した。この段階になれば、洛陽に疑われているかどうかということなど、孟達はあまり気にしていないはずだ。

上庸《じようよう》から、新城《しんじよう》郡全域に布告が出たのは、それから数日後だった。上庸を荆州《けい》における蜀の拠点とする、というものだった。孟達に従っている者たちは、いつ寝返るのかをただ待っているところがある。寝返ることにより、従う者たちもまた得るものが大きいのだ。布告は、その期待に答えたものだろう。

不思議な存在だ。馬を駈《か》けさせながら、司馬懿《しばい》は思っていた。天下三分と言いながら、孟達だけは独立勢力に近いかたちで、生き延びている。天下三分の隙間《すきま》を縫いながら、さらに大きくなろうともしているのだ。

布告が出たと聞いた瞬間に、司馬懿は宛城《えんじょう》の騎馬隊を出動させていた。洛陽の許可など取らなかった。孟達は、これから上庸に兵を集め、守りを固める気だろう。新たな寝返りに呼応《こおう》した者たちは、すぐに上庸にむかいはじめるはずだ。

二日か三日。孟達の隙は、それぐらいしかない、と司馬懿は読んでいた。新城郡各地から兵が集まり、上庸の守りが堅くなると、もう手遅れなのだ。そうなってしまう二日か三日前に自分が上庸に到着すれば、孟達を潰《つぶ》せる。宛からどれぐらいで軍勢が到着するかも、孟達は読んでいるはずだ。

郡境付近の牧場《まきば》に集められている、五千頭の馬。全貌《ぜんぼう》を知っているのは、曹真《そうしん》と曹休《そうきゅう》だけだ。この替馬《かえうま》があれば、孟達の予想より二日か三日、上庸に早く到着できる。

街道を行って、宛から上庸まで七百五十里（約三百キロ）はあった。

「替馬を二度使えたら、確実だった」

そばを駈けている尹貞《いんてい》にむかって、司馬懿は言った。

「大丈夫です、殿。替馬の用意をした時点で、殿は孟達《もうたつ》に勝っておられます」

とりあえず、騎馬隊五千が急行する。集まってくる兵を受け入れる準備しかしていない孟達は、意表を衝《つ》かれて慌《あわ》てるはずだ。孟達にできるのは、その時の兵力で城に籠《こも》ることだけだろう。五千騎で城は落とせないまでも、囲むことはできる。集まって来ようとしている兵の、気持は大きく挫《くじ》く。

攻城兵器は、郡境にいる歩兵に持たせていた。その歩兵が到着すれば、一日で城は落とせる。五万の荊《けい》州守備軍のうち、三万は新城《しんじょう》郡に集結してくる。それは、漢中《ちゅう》の蜀《しょく》軍に対する、大きな牽制《けんせい》にもなる。

「司《し》馬《ば》家の未来が開かれる一戦である、と私は思います、殿」

「魏《ぎ》帝国のための戦だぞ、尹貞」

「魏の中で、夏侯《かこう》一族や曹《そう》一族の下風《かふう》に立ちたくはありますまい、殿は。雄飛《ゆうひ》する機会がいま来ている、と思ってください」

「とにかく、駈けるだけだ」

馬が潰《つぶ》れるのを覚悟で、五騎ずつの斥候《せっこう》を出していた。いまのところ、新城郡に大きな動きはない。それぞれが、戦の準備をして上庸《じょうよう》に集まるのだ。

しかし相手は、孟達であると同時に、諸葛亮《しょかつりょう》でもあった。事前に、よほど手順を練りあげた造反《ぞうはん》なら、すでに諸葛亮がなにか手を打っている、ということも考えられる。

とにかく、早く上庸に達することだ。

応尚《おうしょう》が届けて来た書簡《しょかん》を読み、孔明《こうめい》は思わず立ちあがった。簡潔な文面だった。新城郡は、今度の戦では蜀につく。それを全郡に布告し、速《すみ》やかに兵を集める、というものだった。

「全郡に、布告とは」

考えてみれば、孟達ならそうするかもしれない。孟達の寝返りは、用兵と同じなのだ。状況を読み、最も効果的な時機を狙《ねら》うはずだ。布告を出し、兵を集めるというからには、新城郡全体が、孔明が予想していたよりずっと孟達の去就《きょしゅう》に注目していたということだった。上庸に兵を集め、それから蜀につくことを伝えるより、はるかに混乱は少ないだろう。

つまり孟達は、寝返りと同時に蜀の即戦力になることを選んだのだ。自分の持っている力を、最も高く売ったという恰好《かっこう》だった。

しかし、どこかに孟達《もうたつ》の読み違いはないのか。

「おまえにはなにか言ったのか、孟達殿は？」

「八日で、一万五千の兵が上庸《じようよう》に集まるであろうと。それで城を固め、雍《よう》州の戦況によっては三万までふくれあがると」

荊州《けいしゆう》に三万の味方がいるというのは、魏《ぎ》に与える圧力が相当に大きくなるということだ。長安《ちようあん》を側面から衝《つ》かれないようにするために、五万以上の兵力を割《さ》かなければならない。洛陽《らくよう》と長安を分断する構えを見せるだけでも、魏の戦術は大きな制約を受ける。

さすがに、効果的な寝返りをする。効果的にするために、まず布告を出したのだろう。集まった兵の中で、魏につくという集団がいたら、最初は内部の抗争になる。そうしているかぎり、魏に与える脅威《きようい》は半減するのだ。蜀《しよく》につくという者が、一万五千。日和見《ひよりみ》の一万五千の中には魏につきたがっている者も少なくないはずだ。その一万五千も、雍州の戦況によっては、蜀につく。

「八日で、一万五千か」

孟達の計算が、孔明《こうめい》にはよく理解できた。

孟達の寝返りに対して動く魏軍は、宛城《えんじよう》の司馬懿《しばい》の兵だろう。長安の軍は、漢《かん》中《ちゅう》に蜀軍が集結しているいま、動けるはずはない。

宛城から上庸まで、騎馬でどう急いでも八日。ぎりぎりまで、孟達は兵を集める気でいる。八日は、絶対に安全な期間だと、孟達は確信している。司馬懿が、独断で騎馬隊を走らせて八日。通常のやり方として、洛陽に攻撃許可を求めるとしたら、二十日以上の日数がかかる。

周到な計算のどこかに、穴がないか。見落としたものが、どこかに隠れていないか。

「一万五千のうち、五千は城外で動かすつもりのようです。攻囲軍を攪乱《かくらん》する目的だと思います」

「軍の編成をしてから、城を固めようというのだな。当然、兵糧《ひょうろう》などの蓄《たくわ》えは充分であろうし、日和見の一万五千が、少しずつ五千に加わってくることも期待できる」

遺漏《いろう》はない。だからといって、敗《やぶ》れることがないとは言えない。それを、孔明はいままで身をもって知らされてきた。

予測と、不測。戦《いくさ》の勝敗は、いつもその綾《あや》の中にある。不測を予測にするだけで、運さえも呼びこめる。

孔明《こうめい》は、孟達《もうたつ》の寝返りを予測した。寝返らせるために、さまざまな動きをした。

司馬懿《しばい》もまた、孟達の寝返りを予測していた。

そう考えた時、孔明の全身の肌《はだ》に粟《あわ》が立った。いま、司馬懿の予測は、自分にとっての不測以外の何物でもないではないか。

予測していれば、そのための準備を司馬懿はしていないはずはない。

しかし、ほんとうに予測していただろうか。予測はしていても、もし寝返ったら、大軍で揉《も》み潰せばいい、と軽く考えてはいないだろうか。

司馬懿仲達《ちゅうたつ》という男と、孔明はまだ正面からぶつかったことはなかった。しかし、どういう男か、ある程度の想像はつく。

たとえば関羽《かんう》が荊州《けいしゅう》で北進した時、孟達の寝返りを誘い、呉《ご》に同盟破棄《どうめいはき》の工作をしたのは、司馬懿だったのではないか、と考えられるのである。曹操《そうそう》の後継の争いに、曹丕《そうひ》を勝利させたのも、司馬懿だ。曹操の死後、曹植《そうしょく》がいた兗《えん》州や青《せい》州をしっかり押さえこんだのも、それほど目立たずに、軍内の夏侯《かこう》氏の勢力を弱めていったのも、司馬懿だ。

孟達の寝返りを軽く見ているかもしれないというのは、あまりに甘すぎる考えではないのか。

「初手《しょて》から、司馬懿に逆を取られたかもしれぬ」

応尚《おうしょう》を見て、孔明は呻《うめ》くように言った。

「すぐに、上庸《じょうよう》へ行け、応尚」

「はっ」

「城門を閉め、守りを固めるよう、孟達殿に伝えるのだ。速《すみ》やかに、なによりも優先して、守りを固めてくれと」

間に合わぬかもしれぬ、と言いながら孔明は思った。

応尚が飛び出していったあと、孔明はひとりで考えこんだ。

自分は、なにかに怯《おび》えすぎてはいないか。どう考えても、宛城《えんじょう》にいる司馬懿が上庸に到着するには、八日はかかるのだ。孟達の計算のあまりのしたたかさに、あえて陥穽《かんせい》を捜《さが》そうという気持になっていないか。

それでも、不吉な気分は拭《ぬぐ》えなかった。

これで、司馬懿という男がわかる、と孔明は思い直した。孟達の寝返りが成功すれば、それでいい。失敗すれば、司馬懿の手の内のひとつが、はっきり見えるだろう。

外は、雪である。

聞かせ続けた。

この雪が解けてから、ほんとうの魏《ぎ》との戦がはじまる。孔明《こうめい》は、そう自分に言い聞かせ続けた。


馬を替えると、進軍はいっそう速くなった。

新城郡《しんじょう》では、少しずつ兵が上庸《じょうよう》にむかいつつあるという。間者《かんじゃ》からの報告は、次々に入ってきた。孟達《もうたつ》は、まだ城の防備を固めてはいない。

司馬懿《しばい》は、懸命《けんめい》だった。孟達は、ここで孟達を討《う》っておけば、雍《よう》州の戦はかなり楽になるはずだ。雍州で負けるということになれば、中原《ちゅうげん》は西からの脅威《きょうい》に常に晒《さら》されることになる。魏が圧倒的である天下三分の形勢も、かなり流動的なものになってしまうのだ。

諸葛亮《しょかつりょう》の戦術に、隙《すき》はない。諜略《ちょうりやく》も、見事なものである。曹休《そうきゅう》は、合肥《がっぴ》で呉《ご》軍と対峙《たいじ》したまま、釘付《くぎづ》けになっている。烏丸《うがん》が不穏な動きを見せているので、北部方面軍を雍州の戦線に投入することもできない。その上、孟達の寝返りだった。

うまく魏軍を分散させ、雍州では曹真《そうしん》の軍とだけぶつかればいいようにしている。遊軍《ゆうぐん》を十万投入し、長安《ちょうあん》近郊の兵力は二十万に近づいているが、漢中《かんちゅう》の蜀《しょく》軍がどの道から攻めこんでくるかも、読めはしないのだ。二十万で迎撃するということにはならず、七、八万ずつに分かれて展開することになる。

そこに孟達の軍が攻撃を加えることになると、長安の維持さえも難しい、と司馬懿は見ていた。

夜、わずかに休むだけで、兵も馬も疲れきっていた。しかし、このまま進めれば、五日か六日で上庸に到達する。孟達が、八日の余裕を見て兵を集めるだろうという司馬懿の推測は、いまのところはずれてはいない。

「上庸城に三千。城外に二千ほどが集まっているそうです」

間者の報告を受けた尹貞《いんてい》が、休息の時、そばへ来て言った。

「われらが到着するころは、城外の兵が四、五千に達しているかもしれません。いま上庸にむかっている兵は多いでしょうから」

「蹴散《けち》らせる」

「城を囲んで十日耐えれば、歩兵の第一陣が到着します」

「できれば、日数をかけたくない。諸葛亮がどう動くか、読みきれないのだ。尹貞」

「揉みに揉むという攻め方になります」

「防備は、まだ固まっていないはずだ」

「わかりました。できるかぎり、間者《かんじゃ》は城内に留《とど》めておきましょう」

休息は、すぐに終る。長く休みすぎると、兵も馬も疲労が表面に出てくる。ちょっと息をつく、というぐらいが適当なのだ。

「替馬《かえうま》の用意をされたのは、まさに周到なことでございましたな」

「ほかに、なにも思いつかなかったのだ、尹貞《いんてい》」

「疲れてはいても、兵の士気は落ちておりません。馬が潰れると心配していた校尉《こうい》たちもいたようですが、替馬を見て、みんな勝ったような気持になっております」

出発した。

夜まで駈け通し、しばらく眠ると、夜明け前にまた出発した。兵糧をとるのは、眠る前だけである。昼夜兼行《けんこう》で駈けると、さすがに人も馬も保《も》たない。

五日目の正午過ぎに、上庸城《じょうようじょう》まで十里（約四キロ）のところに達した。上庸にむかっている兵が、五人、十人と見えるようになっている。五千の騎馬隊がなんなのか、すぐにわかる者はいないようだった。

「旗を。魏《ぎ》と司馬《しば》の旗を」

駈けた。

街道にいる兵は、蹴散《けち》らした。すぐに、上庸城が見えてきた。城外には、四、五千の兵がいる。まだ陣形《じんけい》さえ組んでいなかった。

「揉み潰せ。まとまりを作らせるな」

二千騎が、突っこんでいった。さらに、二千騎。敵はまだ、指揮官さえはっきり決まっていなかったようだ。ほとんどが逃げ惑《まど》い、馬の蹄《ひづめ》にかけられたり、戟《げき》で突き倒されたりしている。抵抗する者は、ほとんどいなかった。

司馬懿《しばい》は、一千騎を率いて、まだ開いている城門に突っこんでいった。城兵は、さすがにとっさの陣を組んだ。

一千騎で、それを突《つ》き崩《くず》していく。三度、四度。司馬懿は、先頭で戟を構えて突っこんだ。城兵の数が、少しずつ増えてくる。しかし、城外の敵を蹴散らしていた騎馬隊も、次々に駈けこんできた。司馬懿は、尹貞に促《うなが》されて、後方に退《さ》がった。

すでに、騎馬隊が城兵を圧倒しはじめている。

波状的な攻撃をかけていた騎馬隊が、二つに割れた。二十騎ほどの敵が、突っこんできたのだ。数の割りには、強い圧力だった。

「おお、孟達《もうたつ》」

司馬懿は叫び、馬腹を蹴ろうとした。尹貞が、馬の轡《くつわ》を取って止めた。

「射落《いお》とせ」

尹貞《いんてい》が叫んでいる。二十騎に、無数の矢が吸いこまれていった。中央の孟達《もうたつ》は、具足《ぐそく》さえつけていない。矢が何本も突き立ち、淡い緑色の軍袍《ぐんぽう》が赤く染まった。それでも、孟達は馬から落ちず、槍《やり》を構えたまま司馬懿《しばい》を見据《みす》えていた。馬も、首筋に矢を突き立てていたが、倒れない。

孟達が、槍の穂先《ほさき》を司馬懿にむけた。馬が進みはじめる。

「突き倒せ」

尹貞が、また言った。自分が、と司馬懿は思ったが、尹貞は轡を放《はな》さなかった。数騎が、孟達にむかって突っこんでいった。孟達の躰《からだ》を、槍が二本貫《つらぬ》き徹《とお》していた。それでも孟達は、まだ馬上だ。眼《め》も見開いている。

「死んでいます、もう」

言って、尹貞は首を刎《は》ねる仕草《しぐさ》をした。

孟達の首が、宙《ちゆう》に舞いあがった。

孔明《こうめい》は、趙雲《ちょううん》と並んで胡床《こしょう》に腰を降ろしていた。

雪を蹴散《けち》らして、騎馬隊が駈け抜ける。突撃の調練《ちょうれん》だった。騎馬隊は、三日に一度はこれをくり返している。

「孟達が死にました、趙雲《ちょううん》将軍」

「らしいな。寝返りをくり返していた男が、ついに滅《ほろ》びたということですか。あんな生き方もある。孟達を見るたびにそう思っていたが、最期《さいご》はあんなものか」

「寝返りは、私の謀略《ちょうりゃく》でもありました。司馬懿仲達《ちゅうたつ》に、見事に破られましたな。緒戦は負けた。私はそう思っています」

「気にされることはない、丞相《じょうしょう》。兵と兵が闘うのが戦《いくさ》。蜀《しょく》軍は、それに敗《やぶ》れたわけではありますまい」

「自分の無能さを、いまさらながらに恥じます、私は。五日です。司馬懿は、五日で宛《えん》から上庸《じょうよう》に到達したのです」

趙雲が孔明《こうめい》に眼をくれ、白いものの方が多い髭《ひげ》に手をやった。張翼《ちょうよく》の騎馬隊が、眼の前を駈け抜けていく。

「私は、孟達の寝返りに助けられたいとは思わなかった。関羽《かんう》殿の敗北の原因を作ったのは、孟達だったのですから」

「孟達がどうしたというより、私は司馬懿に負けたという気持の方が大きいのですよ。孟達の寝返りを予測して、郡境に五千の替馬を用意していたのです。私は、それすらも気づかなかった」

「叛服常《はんぷくつね》なき男に、蜀《しょく》の命運を預けることにならなくてよかった、と私は思っていますよ、丞相《じょうしょう》。軍人にとって、謀略《ちょうりゃく》など戦ではない。関羽《かんう》殿も、そう思われながら、死んでいかれたはずだ」

「私は、軍師なのでしょうか。それとも文官なのですか。趙雲《ちょううん》将軍は、私をなんだと思っておられます」

「丞相は、諸葛亮孔明《しょかつりょうこうめい》殿です。それ以外のなんでもない。軍師であろうが、文官であろうが、孔明殿は孔明殿」

「その孔明が、泣いてばかりいます」

「男は、泣くものだ、孔明殿」

趙雲が、孔明を見て笑い声をあげた。

「私は、関羽殿が死んだ時に、ひと晩泣き続けた。張飛《ちょうひ》が死んだ時も、同じほど泣いた。殿が亡くなられた時は、もっと泣いた。泣きたい時は、泣けばいいのだ。男は、自分が男だと思った時、涙を拭《ぬぐ》うものなのだ。私は、殿が亡くなられたあと、涙を拭った。それからは、泣いてはおらぬ」

「清々《すがすが》しい話を聞いている。そんな気はいたしますが」

「私を、囮《おとり》に使われるとよい、孔明殿」

「囮？」

「雍《よう》州に進攻する時の話だ。自惚《うぬぼ》れているのかもしれないが、魏《ぎ》軍は私を手強《てごわ》いと思うだろう。蜀軍の中心に私がいる、と思うに違いない」

「確かに、趙雲将軍こそ、精強を誇る蜀軍の中心であります」

「だから私には、魏の本隊がむかってくると思う。そこをうまくやれば、今度は孔明殿が魏軍の逆を取れるのではないのかな」

「趙雲将軍が、囮ですか」

「老人には、ぴったりの役だと思うがな」

ひと通り騎馬が駈けると、次は行軍調練に移った。隊伍《たいご》を乱さず、列を入れ替える。これができれば、騎馬隊はほぼ指揮官が思い描いたように動くことができる。

替馬に負けただけだ、と孔明は思った。司馬懿《しばい》がそれを考えた時、すでに負けていた。謀略とは、そんなものだ。

蜀軍が出撃するのは、これからである。孟達《もうたつ》も、もともとは魏軍にいるはずの男だった。その男が、死んだというだけのことではないか。

馬謖《ばしょく》の、凛《りん》とした号令が聞える。

眼の前を行く騎馬隊に、一糸《いっし》の乱れもなかった。

天運われにあらず

1

　雪が解《と》け、新緑が山を覆《おお》っていた。

　漢中《かんちゅう》に滞陣してはじめて、孔明《こうめい》は将軍たちを集め正式の軍議を開いた。出動である。ついに、秦嶺《しんれい》を越え、雍《よう》州に進攻する。将軍たちの表情も、緊張していた。

「ひとつ、建策《けんさく》をなしたいのですが、丞相《じょうしょう》」

　魏延《ぎえん》が言った。

「本隊は、雍州の西から攻略していくことになるのでしょうが、二万ほどで子午道《しごどう》を通り、長安《ちょうあん》を直接衝《つ》くというのはいかがでしょうか？」

　軍議の場が、かすかに揺《ゆ》れ動いた。なぜそうするべきか、魏延が説明をはじめた。

　魏《ぎ》軍は、恐《おそ》らく雍州の西に全兵力を投入してくる。上庸《じょうよう》の孟達《もうたつ》を討《う》ち、側面を衝かれる危険がなくなったからだ。長安に残っているのは役人ばかりだから、攻略は難しくない。そして、長安に蓄《たくわ》えられている兵糧《ひょうろう》も手にすることができる。あとは、雍州西部に進出した蜀《しょく》軍と長安占拠《せんきょ》の部隊で、魏軍を挟撃《きょうげき》すればいい。

大胆《だいたん》な作戦だった。しかし、賭《か》けだ。うまくいけば、短期間で雍州全域を制圧することができるが、長安を落とせなければ、その部隊は敵中で孤立である。

「確かに賭けですが、わが軍は兵力も少なく、おまけに兵糧の移送に問題を抱《かか》えています。これぐらいのことをしなければ、勝ちは望めないのではないかと思います」

「魏延将軍、兵糧は雍州の西にもあるはずです。あえて冒《おか》さなければならない危険とは思えないのですが。それに、かつての関中《かんちゅう》十部軍も、われらに加わってくるはずです。兵力の問題も、やがて解決する、と私は思いますが」

「私は、ひとつの方法として言っているのだ、馬謖《ばしょく》殿。何年にもわたって、漢中《かんちゅう》の守備を任されてきた。秦嶺の山を越えて兵糧を運ぶのが、どれほど厄介《やっかい》なことか身をもって知っている。だから、短期決戦を、と主張しているのだ」

「危険だ。危険すぎる」

孔明が言った。

「雍《よう》州の西部は、ほぼ間違いなく奪《と》れる、と私は考えている。そこに腰を据《す》えれば、少々の大軍ならもちこたえられる。雍州の戦線の隙《すき》を衝《つ》いて、呉《ご》は合肥《がっぴ》を奪りに動くだろう。長年の宿願なのだからな。つまり、あえて無理を冒《おか》す必要はないということだ」

「わかりました」

「納得《なっとく》できぬようだな、魏延《ぎえん》。長安《ちょうあん》攻撃軍を編成するとしても、二万以上は割《さ》けぬ。そして長安に、役人しかいないというのは、楽観的すぎる。魏《ぎ》は、洛陽《らくよう》近郊に厖大《ぼうだい》な遊軍《ゆうぐん》を擁《よう》しているのだ。そのうちの二万でも三万でも長安に回せば、すぐに落とすことはできぬぞ」

「だから、賭けなのです、丞相《じょうしょう》。そして私は、いまの蜀《しょく》には賭けが必要だと思いました」

「北伐《ほくばつ》そのものも、賭けなのだ、魏延。蜀は天険《てんけん》に守られている。わざわざそこから出ていく必要はない、と主張する者も少なくなかった。それでも敢《あ》えて雍州に進攻する。これは、賭けではないか」

眼《め》を閉じて、魏延は頷《うなず》いた。それ以上、なにも言おうとしない。

「ほかに、策がある者は、いまのうちに言っておけ」

孔明《こうめい》は、一座を見渡した。

「では、これから編成を申し渡す。趙雲《ちょううん》。二万を率《ひき》い、斜谷《やこく》を行け。速《すみ》やかに郿《び》を落とすのだ」

先鋒《せんぽう》か、と誰《だれ》かが言うのが聞えた。誰が先鋒か、将軍たちの間では話題になっていたのだろう。

「本隊九万は、西へ進む。祁山《きざん》を奪って、本陣となす」

趙雲将軍が囮《おとり》に、と誰かが呟《つぶや》くように言った。

「丞相に願い出て、私は自ら囮を志願した。この戦《いくさ》は、誰が先鋒で、誰が中軍というような、単純なものではない。祁山を奪れば、雍州西部を押さえたことだ。街亭《がいてい》を経《へ》て、長安まで街道が続く。東へ攻める態勢《たいせい》は、まずできるのだ。私は囮で魏軍の主力を引きつけるが、主力が祁山にむかったのちは、郿を落とせる機会がないとも言えぬ。悪路だが、渭水《いすい》沿いに長安を攻める拠点がもうひとつできることになる」

三万で斜谷を行けと言われた瞬間に、趙雲は作戦の全貌《ぜんぼう》を見事に見抜いていた。これまで孔明は作戦を語ったことはなかったが、趙雲と話し合って決めた、という雰囲気が軍議の場に流れた。

趙雲《ちょううん》が自ら囮になることに、誰も異議を挟《はさ》まなくなった。

「趙雲は、ただちに進発《しんぱつ》。一万を先行させ、次に一万。二段に分けて斜谷道《やこくどう》を進め」

一万が進軍する。その後方に、さらなる大軍がいる。それで、斥候《せっこう》の眼などは眩《げん》惑《わく》できるかもしれない。

「本隊は、三日後に進発。先鋒は張嶷《ちょうぎ》。下弁《かべん》を過ぎてから、北へ転じ、祁山《きざん》にむかう。そのあたりの州境では、魏《ぎ》軍も増えよう。時に応じて、部隊を出していく」

細かい話になっていった。ひとりの将軍が、ほぼ五千の兵を率いているが、連携のやり方など、調練《ちょうれん》でやったことを確認しておく必要はあった。

散会したのは、夕刻だった。

「明日の夜明けにたちます」

ひとり残った趙雲が言った。孔明《こうめい》は頷き、軽く頭を下げた。

「見送りはいたしません、趙雲将軍。重いものを負わせてしまったのではないかと、いささか心苦しく思っております」

「二十年を超えるのだな、孔明殿と出会ってから。不思議に、生き延びてしまった」

「お互いに」

「亡き殿の、志《こころざし》のためか。そういうものが、人を生かす。生きていることに、意味があると思わせてくれる」

「御武運《ごぶうん》を、趙雲将軍」

白くなった髭《ひげ》に手をやり、趙雲は口もとだけで笑った。

三日後、九万の本隊は西へむかって進んだ。趙雲は、すでに斜谷道をかなり進んでいる。応尚《おうしょう》の手の者が、長安《ちょうあん》の動きを報告に来た。

雍《よう》州全域で、魏軍はほぼ二十万。十万を率いて、曹真《そうしん》が長安を出ている。それに伴い、宛《えん》の司馬《しば》懿《い》が、長安の東に移動をはじめていた。

問題は、曹真の軍の動きだった。趙雲が、斜谷道から出て、引きつけておけるかどうかだ。そうなれば、祁山は奪《と》れる。

曹真が趙雲を無視して西へ一直線に進んでくれば、本隊同士のぶつかり合いになる。

行軍は急がなかった。十日ほどかけて、下弁に達し、北に進路を変えた。

州境付近に、六万の軍が展開している、という報告が入った。しっかりと陣形《じんけい》を組んでいるようだ。

「魏延《ぎえん》、崩《くず》せるか？」

「魚鱗《ぎょりん》ですな。正面からぶつかると見せかけ、側面を衝《つ》くのが上策かと」

「あれを抜けば、祁山《きざん》は奪《と》れそうだが」

祁山には、上と下に城がある。その間にも、民家が散在していた。地の利を得ているし、兵糧の確保も難しくない。

「攻めずに、まず対峙《たいじ》せよ。先に、祁山を奪ろう」

「なるほど」

「馬謖《ばしょく》、張嶷《ちょうぎ》、廖化《りょうか》を、祁山へやる。その間の、時を稼《かせ》ぐのだ」

別働隊一万五千は、大きく西へ迂回《うかい》する。三日の対峙は必要だった。

「正面に、弓隊を配し、歩兵を横に拡《ひろ》げます。いつでも側面を衝けるように、騎馬隊はいくらか離しましょう」

「それでよい。戦機が熟《じゅく》するのを待つ、という構えを取るのだ」

馬謖の指揮下で、張嶷、廖化はその夜にひそかに出発した。

祁山を奪ったという知らせが入る前に、趙雲《ちょううん》が曹真《そうしん》の大軍とぶつかっている、という報告が届いた。趙雲は、地形を巧みに利用し、それほどの犠牲を出さずに、曹真の軍を引きつけているようだ。

三日後、まず祁山の上の城を落とし、そのまま攻め降《くだ》して下の城も奪った、という報告が入った。守兵は、五千にも満《み》たなかったようだ。

「よし、やるぞ。魏延、指揮を執《と》れ。蜀《しょく》軍がどれほど精強《せいきょう》か、存分に見せてやれ」

兵力ではこちらがやや有利だが、問題はそういうことではなかった。

一撃で打ち砕く。それで、蜀軍がどれほど精強か、雍《よう》州の兵は実感することになる。勝てるが、勝ち方が今後の戦を左右するのだ。

魏延はまず、騎馬隊を側面から突っかけさせた。敵が動揺するのを見澄《みすま》して、歩兵が正面から押す。揉《も》みあげる前に、敵は崩れていた。

精鋭《せいえい》が迎え撃ってきた、というわけではなさそうだった。もともと、雍州西部の守備に当たっていた軍だろう。雍州も涼《りょう》州も、洛陽《らくよう》から見れば辺境なのだ。

祁山には廖化を残し、孔明《こうめい》はそのまま本隊を率いて、冀《き》にむかった。

ほとんど、掃討《そうとう》戦というような戦である。城を落とすのも、呆気《あっけ》ないほど容易だった。守兵の大部分は、蹴散《けち》らした六万の軍に動員されていたのだ。

魏《ぎ》が、蜀の北進をどう受け止めているかは、わからない。ただ、まだ本気で止めようとはしていない。いや、本気で止めるための軍は、いま趙雲が引きつけているのだ。

大将軍の曹真《そうしん》は、どこか全体の戦況を見る眼が欠けているのかもしれない。

冀城《きじょう》に近づいた時、おやと思う敵にようやく遭遇《そうぐう》した。小さな砦《とりで》で、守兵は一千ほどなのか。川の流れの中に、石がひとつ突き出しているという感じで、攻めても兵が二つに分かれてしまう。堅固な守りだということが、攻めかける兵にはっきりと感じとれるようだった。

一千が守る砦など、無視して通り過ぎればいいようなものだった。

しかし、孔明《こうめい》はこだわった。

砦を攻囲するかたちを作り、諸将を集めて軍議を開いた。

「ああいう敵は、踏《ふ》み潰《つぶ》しておくべきだろうと思います」

魏延《ぎえん》が言うことは、もっともだった。しっかりと守り抜かれた砦には、敵の残兵が集まるだろう。気づいた時は、一千が五千に、そして一万、二万に増えているかもしれないのだ。

「敵対だけではない、というものを私は感じるのですが」

馬謖《ばしょく》が言った。孔明も、同じことを感じていた。

「どういうことだ、馬謖？」

「敵対するつもりなら、むしろ砦を捨て、山中にでも入ったでしょう。一千そこそこでは、その方が効果があります。しかし、頑《かたく》なに砦を守っています。ほんとうは、闘う気がないのかもしれません。踏み潰すにしても、それを確かめてからにした方がいい、と私は思うのですが」

「闘う気がないか」

確かに、砦の守りは堅固だが、殺気を放《はな》ってはいなかった。一千で、その百倍近い軍に包囲されているのだ。死を覚悟した殺気があって、当然だった。

「投降を勧《すす》めてみたらいかがでしょうか？」

「おまえが行ってみるか、馬謖？」

「お許しをいただけるなら」

「よし、行ってこい。読み違えていたら、おまえの首だけが戻ってくることになるぞ」

「首を刎《は》ねられる覚悟ぐらい、とうにしております」

魏延が、露骨《ろこつ》に舌打ちをした。

馬謖は、全軍が見守る中、一騎だけで砦の入口にむかった。

砦の門が開かれる。

孔明は、半日待とうという気になった。それで投降の話がまとまらなければ、馬謖は間違いなく死ぬ。そして、砦の一千の守兵もだ。

それほど長くは待たなかった。

再び砦の門が開き、馬謖《ばしょく》のあとから守兵が出てきた。全員が、武器を捨てている。

「姜維伯約《きょういはくやく》殿と申されます。冀《き》の生まれで、自然の成行《なりゆ》きとして、魏《ぎ》軍に組みこまれ、校尉《こうい》（将校）となっておられました。ただ、どうしても蜀《しょく》軍と闘おうという気が起きてこなかったそうです」

「なぜ？」

「この国は、漢《かん》王室を秩序《ちつじょ》の中心とするべきだ、という考えを持っておられたからです。われらが掲《かか》げていた、大義《たいぎ》です。ただ一方に、魏軍の校尉という立場があり、投降に抵抗を感じておられました。私は、立場を考えるのは小さなことで、大義に従われるべきだろうと申しあげました。それで、降伏《こうふく》を肯《がえん》じられたのです」

「馬謖殿、降人にそんな言葉遣《ことばづか》いはするな。縄をかけて連れてくるものだぞ」

「まあいい、魏延《ぎえん》。なかなか骨のありそうな若者ではないか」
二十五、六というところだろうか。精悍《せいかん》な表情だが、髭《ひげ》のない顔にはどこか幼さも残している。かなり激しい武術の訓練を積んだらしく、手は節《ふし》くれだっていた。
「なぜ、漢王室なのか、聞こう？」

「四百年も続き、高貴なものとして存在した血は、ほかにはございません」

「続けばいいのか？」

「帝《みかど》は、あくまで秩序《ちつじょ》の中心。心の中にあればよいのです。万人の心の中にあるからこそ、権威も持ちます。必要なのは、帝の帝たる存在であって、その人格ではありません。その下で政事《まつりごと》をなす者が、人格を問われればいいのです」

「それは、蜀漢《しょくかん》が立てている志《こころざし》でもある。雍《よう》州天水《てんすい》の生まれなら、秦嶺《しんれい》の山を越えれば、即《すなわ》ち蜀である。その気になれば、いつでも帰順できたではないか」

「冀に、老いた母がおります。魏軍の中である評価を受け、校尉に取り立てられてもいます。ただ、根本の志が違っただけです。蜀軍と闘わなかったのは、根本の志が同じだからに過ぎません。志は、私ひとりの心の中のこと。投降したから助かろう、とも思っていません。馬謖殿も、投降したら助けるとは言われませんでした」

「死ぬとしたら、闘って死にたいというのが当たり前であろう」

「私は、同じ志を立てている、諸葛亮《しょかつりょう》という方に会ってみたかったのです。ほんとうは、蜀の先帝、劉備玄徳《りゅうびげんとく》殿に会いたかったのですが。諸葛亮殿にお目にかかり、いまはそれでいいと思っています。魏の校尉である以上、首を刎《は》ねられるのが当たり前でしょう。ただ、一千の部下の命は、投降したことにより助けていただきたい」

「よかろう。それでは速《すみ》やかに首を刎《は》ねてやろう。部下は殺さぬ。ただ、捕虜《ほりよ》として漢中《かんちゆう》に送り、三年間使役《しえき》に使うことにする」

「三年で済《す》むのなら、ありがたいことです。お礼を申しあげます」

姜維《きようい》は、かすかにほほえんだようだった。

「刎ねた首を、私のところへ持ってこい」

馬謖《ばしよく》にむかって言い、孔明《こうめい》は馬に乗った。

全軍が進発する。守兵のいなくなった小さな砦は、ないも同然で、すぐに軍勢に紛《まぎ》れて見えなくなった。

冀《き》のそばで、野営した。

馬謖が、孔明の幕舎《ばくしや》に入ってきた。手に、茶色の巾《きん》の切れ端を持っている。姜維がつけていたものだ。

「よし、姜維を入れよ」

馬謖に促《うなが》された姜維が、入ってくると強い光を放《はな》つ眼を孔明にむけた。

「どういうおつもりだ、諸葛亮《しよかつりよう》殿。男子の死を、弄《もてあそ》んでおられるのか?」

「姜維の首は刎ねた。いや、この巾が代りになった」

なにも言わず、姜維は孔明を見つめている。

「しばらく、私の従者《じゆうしや》を命ずる。魏《ぎ》に恩義《おんぎ》があると申していたな。大義《たいぎ》から恩義に戻りたければ、いつでもそうするとよい」

「それは」

「同じ志《こころざし》を持つ者の首を刎ねることなど、私にはできぬ。武器は取りあげるが、一千の部下も自由にしてやろう」

「私は、生き恥は晒《さら》せぬ。部下を解放していただくことには、お礼を申しあげるが、私の首は刎ねていただきたい」

「つまらぬ男だな、姜維。生き恥を晒してでも、貫くのが男の志というものだ。これ以上、私はなにも言わぬ。私の従者になる気がないなら、明日の朝までにこの陣を立ち去れ」

孔明は、もう姜維の方を見なかった。

これから攻めることになっている、冀や臨渭《りんい》について調べあげたものに、眼をやった。ほとんどが、地形についてである。地形だけは、大きく変化することがない。

翌朝、幕舎《ばくしや》の前に姜維は直立していた。

2

長安《ちょうあん》の東四百里（約百六十キロ）あたりの、華山《かざん》の麓《ふもと》で、司馬懿《しばい》は曹叡《そうえい》の一行を迎えた。近衛《このえ》兵《へい》も併《あわ》せ、八万の軍である。

雍《よう》州が、想像以上のことになった。曹真《そうしん》ひとりでは、手に負《お》えないことがはっきりしてきたのだ。諸葛亮《しょかつりょう》は祁山《きざん》に拠《よ》り、天水《てんすい》、南安《なんあん》、安定《あんてい》の諸郡は蜀《しょく》に靡《なび》いている。その本隊とは別に、斜谷《やこく》から侵入した趙雲《ちょううん》が、数万の兵を率《ひき》い渭水《いすい》沿いで暴《あば》れ回っていた。

曹真は、まず趙雲を叩《たた》こうと腰を据《す》えた。西部の蜀本隊と対するにしても、趙雲が軍の近辺にいれば、背後を衝《つ》かれてしまうのだ。

十万の大軍で押し包もうとした曹真を、一万ほどで三隊に分かれた趙雲の軍が、駆《か》け回って攪乱《かくらん》した。劣勢になれば、素速《すばや》く山に逃げこむというのだ。

別働隊として、投入された遊軍《ゆうぐん》も含めた十五万が渭水沿いに進み、臨渭《りんい》の西まで行ったが、魏延《ぎえん》の指揮《しき》する五万に奇襲《きしゅう》を受け、敗走していた。総指揮《そうしき》官《かん》が不在の軍だったのである。

曹真は、長安の西に本隊を集め、趙雲には五万を張りつけるかたちで、ひと息入《い》れ態勢《たいせい》を整えていた。

しかし、劣勢《れっせい》は明らかである。

雍州には、かつて関中《かんちゅう》十部軍と呼ばれる、豪族の連合軍があった。それに涼州《りょう》の馬超《ばちょう》が加わり、長安どころか、洛陽《らくよう》まで迫るほど曹操《そうそう》の軍を押したのだ。

関中十部軍は、諜略《ちょうりゃく》によってようやく分裂《ぶんれつ》させることができた。そして曹操は、孤立した馬超を攻めたのである。

中原《ちゅうげん》に反抗し続けた歴史が、雍州にはある。

曹真は、大軍を擁《よう》してこそいるものの、周囲の豪族にも眼《め》を配らなければならず、逆に孤立を深めつつあるのだ。

「どう思う、司馬懿《しばい》？」

戦況の報告は受けているだろうが、それは数や勝敗だけで、曹叡にはいまひとつ納得できないのかもしれない。

「手強《てごわ》い敵を、領内に入れたという恰好《かっこう》であります」

「しかし、十一万だ。どれほど精強《せいきょう》であろうと」

「二十万とお考えください、陛下《へいか》」

「残りの九万は？」

「まだ、息をひそめております」

「なるほど。この戦線の難しさがわかったぞ。どこにいるかわからぬ九万は、二倍、三倍の脅威《きょうい》をこちらへ与えるわけだな」

曹叡《そうえい》は、父の曹丕《そうひ》より、祖父の曹操《そうそう》の血を、軍略の才では受け継いでいるようだった。

二年前、曹丕の大喪《たいそう》に乗じて、呉《ご》が江夏《こうか》郡北部に兵を出してきた。魏《ぎ》の宮殿で救援せよと大騒ぎになった時、即位したばかりの曹叡が止めたのだという。水戦を得意とする呉軍が、陸に上がって攻めてきているのは、あわよくばこちらの隙《すき》を衝《つ》こうという作戦で、長引けば必ず退《ひ》く。すでに、守将は充分に守って長引かせている、と群臣をたしなめたという話だった。

軍事は軍事と、明快に割り切る感覚を持っている。曹丕だったら、政事《まつりごと》のありようをどこかに絡《から》ませ、人の力を削《そ》いだりすることにも利用しようとしただろう。だから、曹丕の戦《いくさ》は、いつも戦局の決定力には欠けていたのだ。

「残りの九万を表に出さないのが、諸葛亮《しょかつりょう》の狡猾《こうかつ》なところです。出してしまえば九万に過ぎないのですが、十一万が耐《た》えられるだけ耐え、最後の局面で二倍にふくれあがって見せようという気です。すでに、相当の諜略《ちょうりゃく》が進んでいるだろうと思えます。曹真《そうしん》殿は、気持の上で孤立しているだけでなく、実際に孤立しているのです」

長安《ちょうあん》へむかう街道を進む間、司馬懿《しばい》は曹叡の質問を受け続けた。

かつて、董卓《とうたく》が強引《ごういん》に遷都《せんと》し、洛陽《らくよう》の民《たみ》を長安に移した。この街道で、数万の民が死んだと言われていた。街道の整備は万全《ばんぜん》で、曹叡の羽蓋車《うがいしゃ》（羽根《はね》で飾った帝《みかど》の馬車）はほとんど揺《ゆ》れることもなく進んでいく。

この街道が、攻められる時は逆に洛陽の弱点になる。

「諸葛亮は、悠然《ゆうぜん》と構えているように見えるな、司馬懿」

「はい。雍《よう》州西部の城を落とし、兵糧《ひょうろう》も充分に得たでありましょうし」

「しかし、天険《てんけん》に守られた漢中《かんちゅう》から出撃して来ているのだ。あえて出撃した、と見てよいと思う。心の底のどこかでは、急いでいるはずだ」

北進《ほくしん》そのものが、蜀《しょく》という国家にとっては性急なものだった。いかに雍州で悠然と構えようと、もともと急ぐしかない戦なのだ。

「背中に、冷たい汗が流れてくる。おまえが新城《しんじょう》の孟達《もうたつ》を処断していなかったらどうなったかと考えるとな。涼《りょう》州も動いたであろうし、下手《へた》をすると中原全域《ちゅうげん》が戦場となり、魏は河北《かほく》に拠《よ》り、鄴《ぎょう》に宮殿を置くということにもなりかねなかった」

「御意《ぎょい》」

司馬懿《しばい》は、いくらか意外な気分だった。孟達《もうたつ》を討《う》ったことについて、洛陽《らくよう》からはなんの沙汰《さた》もなかったので、評価されたとは思っていなかったのだ。

「替馬《かえうま》を五千頭も、ひそかに用意していたとは、孟達どころか、諸葛亮《しょかつりょう》でも思い到《いた》らなかっただろう」

「恐れ入ります」

「私は、実際に戦場に出た経験はない。戦場のことは、祖父に聞かされただけだ」

「はい」

曹操《そうそう》は、曹叡《そうえい》をことのほかかわいがっていた。なにか、資質に感じるものがあったのだろう。自分を継ぐのはこの子だ、とまで言ったという話もある。

「私には、見えないものがあるだろう。経験を積まなければ見えないものがな。だから、おまえが私の眼になれ、司馬懿」

「私にできることでしたら、なんでもお命じくださいますよう」

曹叡は、出陣すると自ら言い出したようだった。投入している兵力と較《くら》べて、はかばかしくない戦況に、疑問を抱《いだ》いたのだろう。

民政についても、いきなり現場に行くことがしばしばあるという。二日、不眠不休で書類を読んだことがある、と陳羣《ちんぐん》が言っていた。そして、驚くべき理解力を示す。ただ気分にむらがあり、やる気を失っている時は、決裁《けっさい》が必要な書類を何日も読まなかったりもするらしい。

年齢が若いせいで、いい方に成熟していけば名君になる、というのが陳羣の感想だった。

長安《ちょうあん》までの行軍の間そばにいて、確かにそうだと司馬懿は思った。

長安に入ると、すぐに軍議が招集された。

西の城外にいた曹真《そうしん》も、やってきた。戦況がはかばかしくないせいか、顔色が冴《さ》えない。ほかの将軍たちも、曹叡の前であるためか、あまり喋《しゃべ》らなかった。

「このままでは、雍《よう》州の西から蜀《しょく》軍が押してくるのだな、この長安を目指して。曹真、答えよ」

「はい。遠からず、蜀軍の本隊が動くような気がいたします」

「それで、どうする？」

「蜀軍の動きを見きわめて、大軍で迎撃するのが定石《じょうせき》でございます。陛下《へいか》が行幸《ぎょうこう》されました。それによって八万が増え、荆《けい》州守備軍の司馬懿殿の軍が五万です。合わせて十三万増えております」

「蜀軍《しょく》は十一万と聞いたが、二十数万でかかっても、いいようにされている。関中《かんちゅう》十部軍の伝統のある土地だ。豪族の動きも気にしなければならぬのであろう」

「まさしく、それに頭を痛めております。賊徒《ぞくと》などは浮《う》わついて動いておりますが、有力な豪族はじっと機を窺《うかが》って耐《た》えているように見えるのです」

「迎え撃《う》つと言ったが、涼州《りょう》の兵が加わってきたらどうする。十一万が、二十一万になるかもしれん。おまけに、雍《よう》州の豪族が機を窺っているとなると」

言葉に詰《つ》まり、曹真《そうしん》がうつむいた。

涼州軍が加わり、雍州の豪族が蜂起《ほうき》する。それが実際にどの程度になるかは、誰《だれ》にも読めなかった。諸葛亮《しょかつりょう》でさえ、読めてはいないだろう。だからこそ、もう一度大きく勝ちに来る。本隊であろうと、趙雲《ちょううん》の別働隊であろうと、どこかでもう一度勝ちに来る。まだ、本隊同士のぶつかり合いはしていないのだ。

曹叡《そうえい》が、厳しい表情で一座を見回していた。

「曹休《そうきゅう》が、呉《ご》と対峙《たいじ》している。烏丸《うがん》の動きが不穏なので、そちらにも兵を割《さ》いている。私が来たことで、対蜀戦に投入した兵力は三十万を優《ゆう》に超《こ》えた。これで、十一万の蜀軍に手も足も出ないというのか？」

曹真が、さらにうつむいた。

しかし曹叡の言葉の中に、怒りの響きはなかった。諸葛亮孔明《こうめい》とはそれほどの男なのか、という驚きが感じられるほどだ。

「一日、時を頂《いただ》けないでしょうか、陛下《へいか》？」

「ほう、一日でなにをやる？」

「それは、明日お話しいたします」

司馬懿《しばい》はなにかを思いついたわけではなく、ただ言葉が口から出てしまったのだった。

「おまえは、今日、私とともに到着したばかりではないか。それが、なにか策《さく》を出せるとでも言うのか？」

「なにも、見ておりません。ですから、曹真将軍と話をさせていただきたいのです。なにも見ていない者だからこそ、逆に見えるものもある、という気がいたします」

「そうか。ならば、一日時をやろう」

「洛陽《らくよう》から随行《ずいこう》してきた、張郃《ちょうこう》将軍にも加わっていただきたいのです。魏《ぎ》軍きっての、戦歴をお持ちですから」

「好きにいたせ。私は休むことにする。明日、同じ時刻に」

全員が拝礼する中、曹叡は腰をあげた。

三人で、城外の曹真《そうしん》の幕舎《ばくしや》に行った。張郃《ちようこう》は、昔と較べると穏《おだ》やかになったというが、それでも荒々しい気配を漂《ただよ》わせていた。

しばらく、曹真の戦況分析《ぶんせき》を聞いていた。悲観《ひかん》的な話が多かった。

「ほぼわかりました、曹真殿」

「とにかく、諸葛亮《しよかつりよう》は祁山《きざん》を動かず、趙雲《ちよううん》はうるさいほどに駈け回る。本気で趙雲を押さえこもうとすると、その時こそ諸葛亮が動くという気がする」

「天険《てんけん》の漢中《かんちゆう》からあえて出てきた。悠然《ゆうぜん》と構えていても、諸葛亮は勝負を急いでいるはずだ。これは私が言ったのではなく、長安《ちようあん》にむかう途中で、陛下がおっしゃられたことです。よく見ておられる、という気もするのですが。諸葛亮が急いでいる、という前提に立って考えてみたらどうでしょう、曹真殿」

「心の中では急いでいても、悠然と構えられるだけの余裕が、諸葛亮にはある」

張郃は、腕《うで》を組んだまま、なにも言わない。

曹操《そうそう》とともに闘った将軍というと、張郃ぐらいのものになった。徐晃《じよこう》は病《やまい》で死に、虎痴《こち》と曹操に呼ばれていた許褚《きよちよ》は、老齢で近衛《このえ》軍を退役《たいえき》した。

「いま、持久戦というわけにもいかないでしょうな。孫権《そんけん》は、合肥《がつぴ》の奪取《だつしゆ》に執念《しゆうねん》を燃やしているでしょうし」

「烏丸《うがん》のほかに、青州《せい》も不穏だというではないか、司馬懿殿《しばい》」

「まあ、それぞれに対峙《たいじ》する軍はいます。雍《よう》州のことだけを、考えることにいたしませんか？」

「私が、発言してもよいか？」

張郃が言った。髭《ひげ》だけでなく、眉《まゆ》にも白いものが混じりはじめているが、調練《ちょうれん》などでは若い者に負けない体力を見せるという。軍の中の派閥《はばつ》などには加わらず、いつも前線に立つことだけを志願してきたので、曹丕《そうひ》に疎《うと》まれることがなかった。

「戦は、攻めだ。これは私の考えで、違う意見があることもわかる。しかし、戦の本質は攻撃なのだと、私は思う。蜀軍が、寡兵《かへい》でも迫力を持っているのは、漢中から攻めこんできた軍だからだ」

張郃は、組んだ腕を解かず、考え考え喋《しゃべ》っていた。

「攻めて大敗した例は、いくらでもある。それでも私は、戦の本質は攻めであり、攻めている軍には迫力があるのだと思う」

「攻めですか。祁山を出てくる諸葛亮を迎撃するのではなく、こちらから祁山を攻めますか？」

「漢中から出てきた蜀軍が、攻めきれないでいる。腰を据《す》えているのではなく、これは攻めきれないと見るべきだ」

「わかるような気もします、張部将軍《ちようこう》」

「確かに、諸葛亮《しよかつりよう》は手強《てごわ》いのであろう。しかし、鬼神ではないのだ、司馬懿殿《しばい》」

「弱点が見えますか、張部将軍には？」

「ひとつだけ、見える。速《すみ》やかに攻撃に出られないでいる、ということだ。雍州《よう》の豪族を靡《なび》かせるためにも、どこかで派手《はで》に勝ちたいとは思っているだろうが」

「同感です」

司馬懿が言うと、曹真《そうしん》もかすかに頷《うなず》いた。

「ここは、迷わず攻撃軍を編成するべきだ。それも趙雲《ちよううん》ではなく、祁山《きざん》の本隊を攻撃した方がいいと思う。十万を先鋒《せんぽう》に、さらに十万を後詰《ごづめ》に。先鋒と後詰しかいない二段で、堂々と祁山にむかう。そうすべきであろうと思う。諸葛亮はさまざまな謀略《ちようりやく》を使ってくるだろうが、先鋒と後詰がしっかりしていれば、軍はそれほど乱れることはない。中軍がないので、それぞれ前と後ろを見ていればよい」

単純な編成の軍の方が、むしろいいかもしれなかった。複雑《ふくざつ》なものには、必ず隙《すき》が出る。単純であれば、自分の役割がなにか、兵にもよく理解できるだろう。

「軍権は、曹真殿がお持ちです。いかがされますか？」

「先鋒を、誰にするのだ、司馬懿殿？」

「私だ」

張郃が言った。

「戦しか、能がない。後詰は司馬懿殿がいい」

「待ってくれ、私は？」

「趙雲を、誰かが押さえこまなければならん。そして、陛下からあまり離れずにいなければならん。曹真殿以外にありますまい」

張郃は、曹真の心の底にかすかだが巣食《すく》っている、諸葛亮《しょかつりょう》に対する恐怖を見抜いたのかもしれない、と司馬懿は思った。

「曹真殿、それしかないと、私も思います。なにしろ、陛下がおられるのですから。明日、曹真殿から上奏していただけませんか？」

「それはよいが」

「司馬懿殿の言う通りです。あの趙雲を、三人以外の誰も引き受けられない、と私は思う。そして、陛下の近くにおられるべきだ」

体面に傷がつくことはないと考えたのか、曹真は頷《うなず》いた。

3

魏帝《ぎ》の曹叡《そうえい》が、長安《ちょうあん》に入ったと応尚《おうしょう》が知らせてきた。

洛陽《らくよう》近郊に、まだ遊軍《ゆうぐん》が十万ほどいる。曹叡が長安に来たのなら、その遊軍も雍《よう》州の戦線に投入されるのではないか、と孔明《こうめい》は危惧《きぐ》を持ったが、いまのところその動きはなさそうだった。もともと、呉《ご》と対峙《たいじ》している曹休《そうきゅう》の後詰《ごづめ》、という役割を持った遊軍なのだ。

雍州進攻で正対しなければならない魏軍を、孔明は三十一万と見ていた。いまのところ、大きな狂いはない。

祁山《きざん》に陣取り、それからどうするか、具体的に考えているわけではなかった。魏軍の動きに応じて、こちらの動きも決める。だから、孔明は魏軍が動くのを待っていた。軍の編成をし直しているというから、遠からず動くはずだった。

祁山にいる間、孔明は諜略《ちょうりゃく》に没頭していた。蜀《しょく》軍に加わろうという豪族は止《とど》め、日和見《ひよりみ》を決めこんでいる者は、できるかぎりこちらに近づけておく。

かつて関中《かんちゅう》十部軍と言ったが、雍州の豪族の数はその十倍はいた。大きな豪族が、小さな豪族をいくつか従える。そうやってできた集団が、十あったということだ。豪族の蜂起《ほうき》は、一斉《いっせい》でなければならない。かつてのように横の繋《つな》がりがあまりないから、それぞれが孔明と一対一の関係になる。

祁山に陣取ってからは、賊徒《ぞくと》などが何度か近づいてきたが、そのすべてを孔明は厳しく拒《こば》んだ。賊徒を組み入れれば、民や豪族の支持を失う。

近づいてきた賊徒の頭目《とうもく》のひとりに、かつて五斗米道《ごとべいどう》軍を指揮していた張衛《ちょうえい》がいたというが、定かではない。隻腕《せきわん》だったという。

豪族の蜂起が一斉でなければならないことは、身をもって知っている。関羽《かんう》が荊《けい》州で北進した時、散発的で早すぎる蜂起が起きて、かなり各個撃破《げきは》された。あの蜂起が一斉であったら、樊城《はんじょう》はたやすく落とせ、呉の背信もなかったはずだ。

負けの経験を積み重ねて、いま雍州の地に立っているのだ、と孔明は思った。

長安の軍の編成がどうなったかの報告が、応尚の手の者から入った。

十万ずつ三隊というのは、きわめてわかりやすい編成だった。二十万が祁山にむかい、十万が斜谷《やこく》や箕谷《きこく》で活発に動いている趙雲《ちょううん》にむけるものだろう。

孔明は、雍州の地図に見入った。一日、二日と、地図だけに見入っていた。頭の中では、すでに闘いがはじまっている。

雍《よう》州のすべてを知り尽したつもりになっても、地図は地図だった。戦《いくさ》になれば、戦場に立った将兵の力に頼るしかないのだ。

「姜維《きようい》、魏延《ぎえん》と馬岱《ばたい》を呼べ」

営舎《えいしや》の外に声をかけた。祁山《きざん》は、山上にひとつ、山麓《さんろく》にひとつと、城が二つあった。孔明《こうめい》がいるのは山上だが、魏延も馬岱も下の城だった。

姜維が、駈《か》け出していく気配があった。

冀《き》のそばの砦《とりで》で投降してきた若者は、孔明が驚くほど軍学に通じていた。それを使う感覚も、すぐれていた。ただ、姜維自身はそれを自覚していない。

時々、営舎の居室で姜維とむかい合い、地図を間に置いて、戦をしてみた。敵味方に分かれ、想像の中で陣を組んだり騎馬隊を駈けさせたりするのである。

そういう想像の戦で孔明が負けることはなかったが、時々はっとするほどの才を見せたりしたのだ。

若いが、いずれ将軍にもなり得る人材だった。馬謖《ばしよく》の才の鋭さとはまた違っていて、どこか剛直だった。

魏延と馬岱がやってきた。

馬岱はどうということもないが、魏延を孔明は好んでいなかった。それは、荊州《けい》で魏延が投降してきた時から、まったく変っていない。人の上に立つ者として、好《こう》悪《お》の感情は抑《おさ》えるべきだとわかってはいるが、魏延を見ていると、いつか裏切るだろうと思ってしまうのだ。

しかし魏延は、趙雲《ちょううん》を除《のぞ》くと、蜀《しょく》軍で最も経験を積んだ将軍だった。

「魏《ぎ》軍が、動きはじめるようだ」

二人を前にして、孔明は言った。

「編成をやり直した。一隊十万の部隊が三隊。そのうちの二隊はここにむかい、一隊は趙雲の押さえに回るのだと思う」

「ほう、全軍で三十万」

馬岱には、わかりきったことを、わざわざ言ってしまう欠点があった。従兄《いとこ》の馬《ば》超《ちょう》には、それがまるでなかったのだ。喋《しゃべ》っていると、刃物を突きつけ合っているような気分に襲《おそ》われたものだった。

「二十万の魏軍は、多分街道を進軍してくるだろう」

「街亭《がいてい》が、防衛線ですか、丞相《じょうしょう》？」

孔明は頷《うなず》いた。魏延は、言ったまま地図に眼《め》を落としている。地図には、細い線が何本か引いてあった。

「たとえ二十万であろうと、蜀《しょく》軍九万で勝てる、と私は思っています、丞相《じょうしょう》」

「そうではないのだ、馬岱《ばたい》」

孔明《こうめい》が言うと、馬岱が首を傾《かし》げた。

「よく地図を見てみろ、馬岱」

魏延《ぎえん》は、上体を乗り出すようにして言った。馬岱が、ようやく地図を覗《のぞ》きこむ。

「長安《ちょうあん》は、どうなっている？」

「どうなっていると言っても、魏延殿。長安は長安であろう」

「兵力は？」

「二、三万というところか」

言って、馬岱は腰を浮かしかけた。

「趙雲《ちょううん》の軍は二万だが、一万で斜谷《やこく》か箕谷《きこく》のどこかに、大きな砦《とりで》を築く。十万で、そこを攻囲させるのだ」

「残りの一万は、どうなります？」

「遊軍《ゆうぐん》だ」

魏延は、孔明の作戦を読んだようだった。

「その一万で、長安を落とせるとは思えません、丞相」

「一万ではない。三万だ、馬岱。それで、曹叡《そうえい》の首を取る。つまり、二万が駈けに駈けて趙雲《ちょううん》と合流する。街亭《がいてい》は、勝たなくてよい。守って守り抜けば、充分だ」

「では、祁山《きざん》から出発する二万というのは？」

「魏延、もしくは馬謖《ばしょく》と私は考えている」

「それで？」

「雍《よう》州全域の豪族を、長安攻撃と同時に蜂起させる。それで、長安は孤立《こりつ》する。わかったな、祁山を出る二万の意味が？」

「ほんとうに、曹叡の首を取ろう、と考えているのですか、丞相？」

「考えている。祁山から出る二万の指揮は、魏延か馬謖しか私には思い当たらなかった。長安までひそかに駈けて、趙雲と合流するという芸当も心要なのだ」

魏延が、不意に笑い声をあげた。

「実に痛快です、丞相。私は、丞相が祁山を動こうとされないのには、当然理由があると思っていました。雍州の豪族をこちらに引きこもうとされているのだと。それだけではなく、相手が動くことを待っておられたのだと、いまようやくわかりました」

「待っていたら、とんでもない獲物《えもの》が飛びこんできた。これは、下手《へた》をするとこちらが食われかねない獲物だ」

曹叡《そうえい》が長安《ちょうあん》まで出陣してきたと報告を受けた時、孔明《こうめい》は耳を疑《うたが》った。そうする必然《ぜん》性は、なにもないのである。若いからか。そう思ったが、それで魏《ぎ》軍がにわかに活気《かっき》づいたのは、なにか独特《どくとく》のものを持っているからかもしれなかった。大将が持つ、独特のものである。曹操《そうそう》には、それがあった。周瑜《しゅうゆ》にもあった。

それがなんであるのか、言葉では説明しにくい。存在そのものが放《はな》つ、輝きのようなものと言うしかないだろう。

劉備《りゅうび》にも関羽《かんう》にも張飛《ちょうひ》にも、多かれ少なかれそういう輝きがあった。

側近の誰《だれ》かに勧《すす》められた、などということはあるはずがない。自らの意志で、長《ちょう》安《あん》まで出陣してきているのである。大軍を投入した雍《よう》州の戦線が、将軍たちが考えているより深刻なものだ、と感じ取ったのかもしれない。だとすれば、曹操の軍略の才を受け継いでいるということか。父の曹丕《そうひ》の方は、政事《まつりごと》の手腕《しゅわん》は抜群《ばつぐん》だったが、戦にはそれほどの才を見せていない。

「いま決めておきたいのは、長安へむかって駈けるのが誰か、ということだ」

「丞相《じょうしょう》は、私をお呼びになられました」

魏延《ぎえん》の眼が、猛々《たけだけ》しい光を帯《お》びた。

「若い馬謖《ばしょく》とも考えたが」

「私に、行かせてください、丞相。趙雲《ちょううん》殿とともに、必ず長安を落とします」

「わかった。ただ、敵は街道から来るであろうが、まず街亭《がいてい》で止めなければならん。先に二万が出発してしまうと、後詰《ごづめ》の十万がこちらの意図を察して、長安へ引き返すかもしれん。魏延は天水《てんすい》あたりにいて、街亭の後詰という構えを取るのだ。敵の全軍が戦闘態勢に入った時、東へむかってひた駈けよ」

「わかります。砂に水がしみこむように、丞相のお考えがよくわかります」

「ならば、急いで二万の選別をせよ。よく駈ける者を選び、軽装で行くのだ。兵が駈けることに関しては、蜀軍ほど調練《ちょうれん》を積んだ軍はない。少々の犠牲はいとわず、駈け続けよ」

「わかっております」

兵が、百人二百人と死んでも、さらに駈け続けさせられるか。それについて、孔明は馬謖に対しては不安を持っていた。長安に到着するのは、早ければ早いほどいい。

「私が呼ばれた理由は、なんなのでしょうか、丞相？」

「馬岱《ばたい》には、楡中《ゆちゆう》へ行って貰《もら》いたい。馬岱軍の旗《はた》を掲《かか》げ、涼《りよう》州の軍を集めるのだ」

「涼州《りょう》兵ですか」

「これは、大事なことなのだ、馬岱《ばたい》。雍《よう》州の豪族は、涼州の動向を見て動くというところがある。楡中《ゆちゅう》に数万が集まれば、街亭《がいてい》で対峙《たいじ》する敵に、大きな圧力をかけることにもなる。その時、かつての関中十部軍《かんちゅうじゅうぶぐん》に、一斉蜂起《いっせいほうき》を呼びかけよう」

「わかりました。涼州の豪族とは、いまも書簡《しょかん》での付き合いはあります。馬超《ばちょう》ほどではないにしても、必ず大軍を集結させてみせます」

「丞相《じょうしょう》は、この戦は長安《ちょうあん》まで、と考えておられますか？」

「それは、機《き》に応じて決める。戦には確かに勢いというものがあるが、それに乗り続けていると躓《つまず》きもする。とりあえず長安さえ奪《と》れば、天下三分の形勢も、大きく動く」

「すぐに、人選をはじめます」

魏延《ぎえん》が、腰をあげた。

「念を押すまでもないと思うが」

「作戦実行まで、一切《いっさい》口に出しません」

馬岱が言い、魏延が頷いた。

ひとりになると、孔明《こうめい》はまた地図に見入った。

誰が指揮《しき》するかはまだわかっていないが、魏《ぎ》軍は間違いなく街道を進軍してくるだろう。二十万の大軍がほかの道を来たら、方々で行軍が滞《とどこお》る。大軍ゆえに、堂々と進軍し、雍州の豪族にそれを見せてやった方がいい。見れば、その数に圧倒される者もいるだろう。

街亭の守備が、どこまでもつのか、街道を守ることによって、大軍だという敵の利《り》はかなり殺せる。直接ぶつかり合えるのは、二、三万になるからだ。特に、街亭の地形ではそうなる。原野で二十万とぶつかれば、ひとたまりもないだろう。

ひた駈ける長安奇襲《きしゅう》軍にも、さまざまな工夫《くふう》をこらさなければならないだろう。旗《はた》は出さない。もしくは、魏軍のものを使う。それによって、ある程度は敵の眼も誤魔化《ごまか》せる。

そういう細《こま》かいことより、長安攻撃と同時に、どうやって雍州で豪族の一斉蜂起を起こさせるのか。

祁山の本陣《ほんじん》を、孔明は動かそうとは考えていなかった。二十万の魏軍は、祁山を目指しているからである。

一戦一戦の戦を闘うと、やがて兵力の差に圧倒《あっとう》される。国力の差も出てくる。全体で、戦をすることだ。相手が一戦一戦としか考えていない時、こちらは全体で戦をする。それで、拮抗《きっこう》した力は出せる。目論《もくろ》んだ分だけ、すでにこちらが押している、と言ってもいい。

勝敗は、運でもあった。それを孔明《こうめい》は、数度の敗戦で心に刻《きざ》みつけてきた。決して、万全だとは思わないことだ。どこかに隙《すき》がある、と常に考えておくべきだ。

それにしても、大きな戦になった。数年前、劉備《りゅうび》が呉《ご》軍に敗退した時、再びこのような大きな戦ができると、考えることができたか。

苦しみ喘《あえ》ぎながら、国を立て直した。民が苦しんだ。兵も苦しんだ。自分の苦労など、それと較《くら》べると小さなものに過ぎない。

姜維《きょうい》を呼んだ。

「躰《からだ》が熱くなってきた。冷たい水が欲しい」

「泉の水を、いま運ばせます」

姜維が、営舎《えいしゃ》の外に出てなにか言い、また戻ってきた。

「力が、漲《みなぎ》っておられます、丞相《じょうしょう》。心の熱さが、躰まで熱くしているのだと思います」

乾坤《けんこん》一擲《いってき》の勝負だった。

五十万の曹操《そうそう》軍を、漢中《かんちゅう》から打ち払った時。その直後に、北進《ほくしん》を開始しようとした時。劉備が荊州《けい》に攻めこみ、漢中で北進の準備をした時。乾坤一擲と思った勝負は、これまでにも何度かあった。すべて、敗《やぶ》れ、潰《つい》えている。自分が生きている方がおかしい、とさえ孔明は思った。

事実、劉備も関羽《かんう》も張飛《ちょうひ》も死んだ。あの三人の、そして名もなく死んだ無数の兵の命を受け継《つ》いで、自分はいまを生きている、と思い定めることだ。それで、心気は澄《す》み、死も恐怖ではなくなる。

姜維が、器《うつわ》に入れた水を差し出してきた。その前に、瓶《かめ》からひと口自分で飲んでいる。

「毒見《どくみ》をしろと、誰かに言われているのか、姜維？」

「当然の、従者《じゅうしゃ》のつとめだと思っております」

「しかし、毒など」

「蜀《しょく》軍第一の豪傑《ごうけつ》とうたわれた張飛将軍は、毒で命を落とされたと聞き及んでおります」

「確かにそうだが」

「丞相がならぬと言われても、私は毒見をいたします。それがつとめだからです。私のつとめを奪わないでいただきたい、とお願い申しあげます」

「わかった。もうよい」

「私が従者であるかぎり、丞相《じょうしょう》の赴《おもむ》かれるところへは先に行き、安全を確かめます。見知らぬ者がそばに寄る時は、武器となるものはすべて預ります。丞相が口にされるものはすべて」

「もうよい、と言ったであろう」

「私は魏《ぎ》軍の校尉《こうい》（将校）でありましたが、いまは丞相の従者です」

「おまえには、いずれ兵を預けよう。暇《ひま》があったら、武芸に励め」

「お言葉ですが、丞相。私は、槍《やり》を執《と》って人に劣るとは思っておりません」

「ほう」

「天下に名だたる趙雲《ちょううん》将軍の槍と手合わせをしてみたいというのが、年来の宿願のひとつでありました」

姜維《きょうい》が、どれほど槍を遣《つか》えるのかは、知らない。軍学に長じていても、馬謖《ばしょく》のように武器を遣わせたら人並《ひとな》み、という者もいる。

「そのうち、槍の腕《うで》を見せて貰《もら》おう」

姜維が頭を下げた。それに孔明《こうめい》は持っていた器を叩《たた》きつけたが、何気ない仕草でかわされた。

「試す時は、人をお立てください。丞相ともあろうお方が、なさることではありません」

「済まぬ」

苦笑して、孔明は言った。

大言《たいげん》を吐《は》くだけでなく、姜維はほんとうに槍に自信を持っているようだった。

二日後、魏延《ぎえん》は二万の兵の選抜を終えた。

長安《ちょうあん》から、魏軍が進発《しんぱつ》した、という報告も入った。やはり、二十万が街道を来ている。そして十万が、趙雲にむかっている。趙雲のもとには、応尚《おうしょう》をやっていた。渭水《いすい》沿いに駈ける魏延と、応尚はうまく趙雲を合流させるはずだ。

長安にも、二十名ほどの、応尚の手の者が入っている。

どう考えても、街亭《がいてい》での迎撃《げいげき》だった。山が迫《せま》った地形で、街道を広く使えない。大軍の利《り》が生きない場所はいくつかあったが、街亭は交通の要衝《ようしょう》でもあるし、そこはなにがなんでも奪《と》りたいと魏軍は考えるだろう。対峙《たいじ》が長引けば、半分の十万で、山を迂回《うかい》する方法を採《と》ることも考えられた。その時十里（約四キロ）ほど後退すれば、また同じような地形の場所がある。二十万の総力戦で来ても、十日や二十日押し合うのは難しくなかった。

指揮官の名が、わかった。

趙雲《ちょううん》を攻めようとしているのが、曹真《そうしん》。

街道を来る二十万は、前軍が張郃《ちょうこう》、そして後軍があの司馬懿《しばい》だった。

4

先鋒《せんぽう》の大将というのは、抜擢《ばってき》だった。

祁山《きざん》へむかってくる魏《ぎ》軍は二十万だという。迎撃の指揮は、経験から言って魏延《ぎえん》が執《と》るのだろう、と馬謖《ばしょく》は思っていた。その麾下《きか》に入るか、孔明《こうめい》の本隊にいることを馬謖は望んでいたが、先鋒の大将に抜擢されるなどとは考えていなかった。

先鋒三万で、迎撃の場所は街亭《がいてい》。副将は王平《おうへい》。二十里（約八キロ）後方に、高翔《こうしょう》の一万。百里（約四十キロ）後方に、魏延の二万。祁山に本隊の三万という配置だった。

馬謖の任務は、街道の守備である。十日は守り抜け、と孔明は言った。二十万に対して、三万である。兵力を考えただけでも、馬謖の全身はふるえた。

孔明に、勝算はあるのか。あるはずだった。ならば、孔明はなにをしようとしているのか。街亭から祁山までの、長くのびた兵の配置。それに、なにかがある。孔明に訊《き》くことはできなかった。命じられたことを、命じられた通りにやる。それが軍人なのだ。ただ、孔明の策《さく》を読みとることだけは、していたい。

街亭から祁山。小刻みな兵の配置。圧倒的な敵の兵力。つまり孔明は、街亭から祁山まで、敵を分散させてしまおうと考えているのではないか。まず、攪乱《かくらん》である。それが、魏延の二万の任務である。軽装で、移動を容易《ようい》にしているところを見ても、これが機動部隊であることは、まず間違いない。

攪乱し、敵を分散させたからといって、どうなるのか。やはり、二十万の大軍であることには変りない。

祁山に拠《よ》ってから、ずっと馬謖が疑問に思っていたことが、ひとつ解決した。雍《よう》州西部がことごとく靡《なび》いてきているのに、なぜ孔明は豪族を軍に加えなかったのか。

つまり、この時を待っていた。そうは考えられないか。九万が、十五、六万ということになれば、魏は三十万の兵力を投入してくる。それぐらいの国力はある。二十万投入してきたのは、こちらが九万だからだ。

まず九万で二十万と対峙《たいじ》し、攪乱して分散させ、そこで豪族が一斉蜂起《いっせいほうき》する。蜂起するための根回《ねまわ》しは、充分にやっているはずだ。

二十万を潰走《かいそう》させれば、魏《ぎ》は長安《ちょうあん》の確保は諦《あきら》めるかもしれない。つまり、勝てる。雍《よう》州を奪《と》るというかたちで、勝てる。

その道すじが、馬謖《ばしょく》にははっきり見えた。さすがに孔明《こうめい》だ、と思う。もともと、果《か》断《だん》なのだ。蜀《しょく》ほどの小さな国力だから、果断にならざるを得ない、というのではない。もっと大きなものを思い描いて、果断になり得る男なのだ。

先鋒の三万は、王平《おうへい》がしっかりとまとめていた。兵装の不備などはない。士気もいい。

「丞相《じょうしょう》は十日と言われたが、私は二十日間は街亭《がいてい》を守っていたい。それで、魏軍は兵糧《ひょうろう》も苦しくなり、士気も落ちる」

「できるだけ長く、と言われましたが、無理をするなとも言われました。後詰《ごづめ》に、高翔《こうしょう》殿の一万が控《ひか》えていますし、さらに魏延《ぎえん》将軍の二万もいます」

「九万のうちの三万だ、ということは忘れまい。王平。しかし街亭で時を稼《かせ》げば稼ぐほど、蜀軍は優勢になっていく。まず、敵の出鼻《でばな》を挫《くじ》いてやることだ」

孔明がどういう策《さく》を立てているか、馬謖は王平に語りたい誘惑《ゆうわく》を感じた。意味があることではない、と思い直した。命令を守り通すのが、軍人である。指揮官の心を推測《すいそく》するより、命じられたことをやり通す。軍歴の長い王平には、特にその習性が身についている。それは、軍人として美徳《びとく》と言っていいものだ。王平のような男は、指揮官に不信を持ったとしても、逃げるようなことはない。いや、まず不信を抱《いだ》いたりはしない。

敵の指揮は、前軍十万が張郃《ちょうこう》、後軍十万が司馬懿《しばい》だった。

張郃は、老練だが攻撃的な傾向が強い。揉《も》みに揉んで突破《とっぱ》する、という戦《いくさ》を得意にしている。街亭でも、遮二無二《しゃにむに》押してくるだろう。しかし、原野ではない。街道で押したところで、限度があった。特に街亭は山に挟《はさ》まれているのだ。だから、張郃を止めるのはそれほど難しくない、と思えた。むしろ、後軍の司馬懿である。変則的な動きをするとしたら、司馬懿の方がずっと可能性が大きかった。

魏軍の将軍については、かなり細かいところまで調べあげている。いつかは、一軍を率《ひき》いて闘《たたか》うだろうと思っていたからだ。

その機会は、意外に早くやってきた。

大戦の指揮は、はじめてである。敵がどう出てこようと、それに応じて兵を動かせる自信はあった。

出発の前夜、王平とともに孔明の営舎《えいしゃ》に呼ばれた。

父なる人である。いまでは、そうとしか思えない。

「二人とも、変りはないな」

静かな声で、孔明《こうめい》が言った。

「念を押すわけではないが、街道を守るのだ。余計なことは考えるな。ひたすら、街道だけ守ればよい。やがて、伝令が行くだろう。その時は退《ひ》け。心配はするな。高翔《こうしょう》の軍が側面から牽制《けんせい》の構えに入る。街道を守るかぎり、敵は大軍の利《り》は生かせぬ」

「十日耐《た》える、と思っていてよろしいのでしょうか？」

「十日。長くて十二、三日。気負って、二十日も耐えようとは思うな。いたずらに犠牲が出るだけだ」

当然ながら、孔明には策《さく》がある。それは自分が考えたものと大差ないはずだ、と馬謖《ばしょく》は思った。孔明が使う羽扇《うせん》で、灯《ひ》がかすかに揺《ゆ》れた。

「馬謖、愚直《ぐちょく》になれ。守る時は、それが最も強い」

「はい」

「まだ若いおまえを指揮官に選んだのは、今後の蜀《しょく》の戦を支えて行って貰《もら》わねばならぬ、と思っているからだ。愚直な守りの戦は、おまえにまたなにかを教えるはずだ」

「必ず、丞相《じょうしょう》の意に沿《そ》う戦をお見せします」

「王平《おうへい》、おまえは戦がなにか、よくわかっているだろう。よく馬謖を補佐《ほさ》してやれ」

「はっ」

孔明は、ちょっとほほえんだようだった。

退出した。

営舎《えいしゃ》の出口で、孔明の従者《じゅうしゃ》となった姜維《きょうい》が、直立して見送った。


司馬懿《しばい》は、一日だけ行軍の最後尾を進んだ。

雍《よう》州は、不気味《ぶきみ》なほど静かである。無論のこと、二十万の行軍を遮《さえぎ》ろうとする者は出てこない。街亭《がいてい》を経《へ》たあたりで、抵抗が厳しくなるのか。いや、街亭に防衛線を引いているのではないのか。

間者《かんじゃ》からの報告で、少しずつ敵の配置がわかってきた。諸葛亮《しょかつりょう》は、祁山《きざん》を動いていない。麾下《きか》は三万である。六万は、動いた。

九万が祁山に拠《よ》り、抵抗を続ける。そうしている間に、雍州各地で豪族の蜂起が続発する。司馬懿は、そういうかたちになることを恐れていたが、蜀軍も、動いた。

とにかく攻めることだという張部《ちょうこう》の考えも、一面の真理ではあるのだ。こちらが攻めに動いたら、いままで腰を据《す》えていた敵も動いた。

ただ、こちらが動くのを諸葛亮《しょかつりょう》は待っていたのではないか、という思いを司馬懿《しばい》は拭《ぬぐ》いきれなかった。

二十万の行軍は、その兵糧《ひょうろう》の移送だけでも大変なことだが、問題はなにも起きていなかった。安定《あんてい》郡は蜀《しょく》に靡《なび》いたというが、どこからも矢一本飛んでこない。

丸一日最後尾についたが、翌日から司馬懿はまた後軍の先頭に立った。

曹真《そうしん》が、趙雲《ちょううん》との交戦に入っている、という報告が届いた。趙雲は、山間部に点々と築いた小さな砦《とりで》を、連結してひとつにするという離《はな》れ技《わざ》をやってのけたらしい。ただ、砦が大きくなったので、まとめて攻囲することが可能にもなっている。いまはまだ、半数近くが砦の外で動き回っていて、戦況《せんきょう》に大きな変化はないようだ。

先頭の張部から、伝令が来た。

敵の先鋒が、街亭《がいてい》で守りを固めはじめているのを、斥候《せっこう》が確認してきたという。

やはり、街亭でまずぶつかることになりそうだ。しかし、三万である。

間者《かんじゃ》の報告で、軍の配置や指揮官もわかってきた。

「ほう、馬謖《ばしょく》が前線指揮官か」

噂《うわさ》に高い、蜀の俊才《しゅんさい》である。軍学に通じ、民政もよくなし、小さな戦では連戦連勝だという。ただ、まだ三十九歳と若かった。

魏延《ぎえん》の二万である。それに祁山《きざん》の諸葛亮の三万で、蜀軍の配置はすべてである。

三万の後方に、高翔《こうしょう》という将軍が一万を率いて布陣している。さらにその後方に、

どこか、納得できない配置だった。特に、天水《てんすい》にいる魏延の二万である。

胸騒《むなさわ》ぎに似たものが、くり返し司馬懿を襲《おそ》った。自分が知っていると思っている、諸葛亮孔明《こうめい》とは、どこか違う。いや、どこか違うと感じさせるところが、諸葛亮らしいのかもしれない。それなら、どこが違うのか。

「馬岱《ばたい》の軍がいるはずだが、祁山か？」

「馬岱は、数十騎だけを連れて、楡中《ゆちゅう》にむかったという情報があります」

「確認せよ、すぐにだ」

魏延、馬岱と言えば、長く漢中《かんちゅう》を守ってきた将軍である。実戦の経験も、豊富だ。そのどちらかを、前衛《ぜんえい》に持ってくるのが普通だった。

馬岱が楡中にむかったのなら、目的は涼州《りょう》の兵を集めることだろう。雍《よう》州で蜂起も起きていないのに、なぜ雍州なのか。涼州と雍州で、同時に蜂起が起きるのか。

それは、いつなのか。

「魏延《ぎえん》の軍を調べよ。なんでもいい。変ったことがあったら、報告するのだ」

司馬懿《しばい》は、間者《かんじゃ》に命じた。

すでに、街亭《がいてい》まで百里（約四十キロ）の地点に進んできている。その気になれば一日で到着できるが、さすがに張部《ちょうこう》も慎重になっていた。

二日ほど、斥候《せっこう》を出して備えを調べた。

間者からの報告が入った。司馬懿は、しばらく、それがなにを意味するのか考えた。

魏延の軍は、輜重《しちょう》などもなく、兵はみな軽装だという。ただ、兵糧の袋は背負《せお》っているようだ。遊撃《ゆうげき》の部隊なのか。ならばなぜ、前衛の後方に位置していないのか。いまの位置は、離れすぎている。

一挙《いっきょ》にそこまで退《ひ》いて、こちらを混乱させる気なのか。追撃をかければ、軍は長くのびる。寸断することは、可能である。

しかし、それもおかしい。こちらは、二十万である。十万だけで追撃し、後軍の十万は小さくかたまっていることもできる。

胸騒ぎが、消えなかった。

諸葛亮《しょかつりょう》は、なにかとてつもないことを考えていないか。

「張部殿、どう攻められるつもりです？」

「街道が狭い。直接ぶつかれるのは、せいぜい五、六千ずつだろう。遮二無二《しゃにむに》攻めても、犠牲が大きくなるだけだ。じわじわと、大軍の圧力をかけるしかない」

さすがに、張部は老練《ろうれん》な将軍だった。

その老練さも、諸葛亮は当然計算している。街亭を抜くまで、十日ほどと考えているだろう。それは、張部も言っていることだった。

その十日間に、楡中《ゆちゅう》で馬岱《ばたい》が数万を集める。しかし、それがどうだというのだ。雍《よう》州の兵が呼応《こおう》したとしても、はじめはせいぜい五、六万だろう。

「とにかく、あと五十里ほど進んでみよう。それからは、じわじわと進む」

司馬懿に、反対する理由はなかった。背中のあたりが、ひどく寒い気がするだけである。


敵が五十里の地点まで迫《せま》ってきた。

さすがに、大軍の圧力が全身を襲《おそ》ってくる。

馬謖《ばしょく》は、それに耐《た》えていた。ぶつかってから十日。まだぶつかってさえいないのだ。

街亭《がいてい》の地形は、両側が山だった。押し潰《つぶ》されそうな気がするほどだ。あれは、天険《てんけん》ではないか、と馬謖《ばしょく》は思った。見あげるたびに、あの頂上に敵がいたらどうなる、という恐怖が襲《おそ》ってくる。逆落《さかお》としを食らっても、耐えられるのか。二万を頂上に回されるだけで、こちらは抗《こう》し難《がた》い圧力を受けることにならないか。

王平《おうへい》は、そんなことをまったく気にしているようではなかった。眼《め》の高さより上は見えないのではないか、と思えるほどだ。落ち着いている。二千ずつ十段に兵を構え、劣勢《れっせい》になったら二段目が前に出て、一段目は後方に退《さ》がる。その命令ばかりを、兵に徹底《てってい》させていた。

この男は、鈍《にぶ》すぎる。馬謖は、そう思った。次第に、腹も立ってきた。

その間も、敵はじりじりと接近してくる。すでに、二十里まで近づいていた。

馬謖は、山を見あげた。まだ、間に合う。そう思った。思ったら、耐えきれないほどの欲求になってきた。

あの山を、無為《むい》に見あげ続けて、何日になるのだ。山頂に布陣することが、兵法には最もかなっているではないか。しかし鈍い副将は、虫のように地面に這《は》いつくばっていることに、なんの疑問も感じていない。街道を守れ。孔明《こうめい》が、そう言ったからだ。

守るための攻撃もある。馬謖は、そう思い続けていた。山を見あげるたびに、思う。そして山は、いやでもいつも眼に入ってくる。

「王平」

敵が十里に迫った時、ついに馬謖は言った。

「私は、あの山の頂《いただき》に布陣する」

「なにを、言われます」

王平の顔つきが変った。

「街道を守るということを考えると、それが最上だ。近づいてきた敵の先鋒を、逆落としで攻める。しかる後に、いまの防備の陣を敷き直す」

「まさか、本気で言ってはおられないでしょうな、馬謖殿？」

「本気だ」

「丞相《じょうしょう》の軍令に反します」

「戦は、機《き》に応じてやらねばならん。守るために、まず攻めるのだ」

「できません。街道を守れ、と丞相は命令されました」

「わからぬ男だ。守るために攻めが必要だ、と言っているではないか」

「私は、街道を守ります」

「戦は、兵法にかなうやり方でやるものだ」

「街道を守れ。丞相《じようしよう》の御命令です」

こういう男に、なにを言っても無駄だ、と馬謖《ばしよく》は思った。第一、命令書があっても、字さえ読めないのだ。命令の遵守《じゆんしゆ》は当たり前だが、二十万の大軍に三万で当たろうというのだ。機に応じた策《さく》がなければ、押し潰《つぶ》されるだけではないか。

「丞相は、くり返し言われました。街道を守れと」

「軍権は、私にある」

「丞相の命令が、すべてに優先します」

「おまえは、街道に張りついていろ。私は、夜のうちに軍を山の頂上に移す。朝、張郃《ちようこう》は山上の軍勢を見て、驚愕《きようがく》するはずだ」

「馬謖殿。どうかおやめください。ここで耐《た》え抜けば、十日以上は街道を守れます」

「私は、二十日守りたい。出陣《しゆつじん》前に言ったではないか。敵の出鼻《でばな》を挫《くじ》くと。それで、二十日は守り抜ける」

「私は、街道を守ります。馬謖殿も、どうか思い直してください」

「指揮官《しきかん》は私だ。丞相の御命令を言葉だけでとらえるなら、おまえはここにいろ。

私がやることがどれほど効果的か、ここで見ているがいい」

　高所に拠《よ》り、攻め落とす。まさに兵法にかなったものだ。孔明《こうめい》は、現場を見ていない。そして自分は、現場に立っているのだ。

　校尉《こうい》（将校）たちを呼び集めた。

　王平《おうへい》がまた止めようとしたが、馬謖はその鼻さきに剣を突きつけた。


　魏《ぎ》延《えん》の軍が、不意に東にむかって移動しはじめた。相当な速さだという。

　街《がい》亭《てい》は十日で抜ける、と司《し》馬《ば》懿《い》は見た。だから、もうその守備軍には関心を払わなかった。十日ほどは耐えられる、と諸《しょ》葛《かつ》亮《りょう》も考えたのだろう。だから、馬謖という大戦の経験を持たない、若い将軍を起用したに違いなかった。

　ほんとうの戦は街亭ではなく、別なところにある。

　気持にひっかかってどうにもならない魏延の軍を、司馬懿は間者に見《み》張《は》らせた。

　それがいま、東にむかって移動をはじめている。目的はなんなのか。趙雲《ちょううん》への支援なのか。趙雲は寡《か》兵《へい》だが苦戦しているわけではない。むしろ曹《そう》真《しん》の軍を、砦の攻囲で釘《くぎ》付《づ》けにしている。砦に一万。そして趙雲は一万で、攻囲の軍を攻めては退《ひ》くことをくり返しているという。曹真は、趙雲の策に嵌《はま》っていた。どういう砦が作られようと、無視していればよかったのだ。それを、攻囲した。だから、身動きが取れなくなった。攻囲を解《と》けば、砦の中の一万は追撃をかける。そして、趙雲《ちょううん》の一万が、退路《たいろ》を塞《ふさ》ぐ。そういう状況では、十万も二万に負ける。

だから、曹真《そうしん》は動きが取れない。

さすがに、趙雲の戦はうまく運んでいる。いま、趙雲は援軍《えんぐん》など必要とはしていないのだ。

では、なぜ魏延《ぎえん》は東へむかって駈《か》けているのか。

地図を見ていて、不意に司馬懿《しばい》は一本の線に気づいた。天水《てんすい》から、渭水《いすい》沿いの一本の線。それは、紛《まぎ》れもなく長安《ちょうあん》に繋《つな》がっていた。そして長安には、曹叡《そうえい》がいるのである。魏延の二万。それは、渭水沿いに駈ける間に、趙雲の一万とも合流するのかもしれない。三万が、長安を攻める。その時、雍《よう》州の豪族が、一斉に蜂起したら、どういうことになるのか。

自分が失禁《しっきん》していることに、司馬懿は気づいた。

諸葛亮《しょかつりょう》は、長安を、そして曹叡の首を狙《ねら》っている。いま、長安の守備軍は二、三万というところだろう。そこに、趙雲と魏延が攻めこんでくるのだ。

遅れている。いまからでは、どう急いでも魏延には追いつけない。

曹叡が討《う》たれるようなことにでもなれば、一気に洛陽《らくよう》まで攻略されるだろう」

「なんという男だ」

言葉を吐《は》き捨て、司馬懿は張郃《ちょうこう》のもとに馬を走らせた。

「おう、司馬懿殿。どうもおかしなことになっているぞ。街道を守備していた蜀《しょく》軍の主力が、山に拠《よ》った。理由はわからぬ。伏兵《ふくへい》の有無《うむ》を、いま調べさせているのだが」

「それは、張郃殿に任せる。私は、速《すみ》やかに長安に戻る」

「どういうことだ、司馬懿。俺《おれ》の攻め方が手温《てぬる》いとでも言うのか？」

「違う」

司馬懿は地図を拡《ひろ》げ、魏延の軍が東にむかって駈けていることを説明した。

張郃の顔から、血の気がひくのが、はっきりとわかった。

「すぐに、長安にむかってくれ。長安の守兵は腰抜《こしぬ》けの年寄《としよ》りばかりだぞ。俺も、山に登った馬鹿《ばか》な若造《わかぞう》を片付けたら、すぐに戻る」

「間に合わぬかもしれぬ」

「いや、諸葛亮は、街亭を馬鹿に守らせた。上手《じょうず》の手から水がこぼれたようなものだ。ここを抜いてすぐに俺も長安にむかう。それで、諸葛亮は負けたことを悟《さと》るはずだ」

「ここを、すぐに抜けるのか？」

「三日。あの山の背後の山からの、水源を断つ。三日も水を飲めなければ、兵は自《じ》暴自棄《ぼうじき》になるものだ。伏兵がどうのと考えていたが、ここを守っていたのが馬鹿だというだけのことだった」

「わかった。では、長安《ちょうあん》で」

魏延《ぎえん》が出発した、と伝令が知らせに来た。

孔明《こうめい》は、すぐに祁山《きざん》の下の城に三万を集め、自らも上の城から降りた。

街道を進んできた魏《ぎ》軍は、街亭《がいてい》を前にして明らかに足踏《あしぶ》みをしていた。まだ衝突《しょうとつ》の報告は来ないが、すでに三日は膠着《こうちゃく》していることになる。よほどしっかりした陣を敷き、馬謖《ばしょく》は街道を固めたのだろう。あの張郃《ちょうこう》が、突っこむことをためらっているのだ。

数日で、魏延は趙雲《ちょううん》と合流し、長安《ちょうあん》に攻めかかるだろう。それを合図に、雍《よう》州東部の豪族は蜂起をはじめる。西部の豪族が蜂起をはじめるのは、孔明が祁山を動いた時だ。そしてそれが涼州《りょう》楡中《ゆちゅう》に伝わると、馬岱《ばたい》も動きはじめる。

街亭にいる張部も司馬懿《しばい》も、長安に戻るのは難しい。孔明の軍が街道に先回りし、退路を塞《ふさ》いでいるからだ。昼間は東と西から挟撃《きょうげき》を受け、夜は蜂起した豪族たらの夜襲《やしゅう》に悩まされる。敵中に孤立《こりつ》したと知ったら、二十万の将兵でも脆《もろ》いものだ。脱走が続くだろうし、士気も極端に落ちる。

もし長安に戻れたとしても、そこにはすでに蜀《しょく》の旗が揚《あ》がっているはずだった。

孔明が動くのは、まだだった。

街亭の防衛線が、一度後退する。後退を完了したという報告が届いた時、速《すみ》やかに移動して街道を塞ぐのだ。

これで孟達《もうたつ》が生きて新城郡《しんじょう》にいれば、たやすく洛陽《らくよう》も落とせたことになる。呉《ご》軍はここぞとばかりに合肥《がっぴ》に攻めこみ、予《よ》州、徐《じょ》州の一部まで侵《おか》すだろう。魏軍は後退し、河北《かほく》で態勢《たいせい》を立て直さざるを得なくなる。

そこまでうまくは運ばない、と考えていた方がいい。

相手がいることなのだ。長安を奪《と》り、雍、涼二州を蜀に加えるだけで、天下の形勢は大きく動く。その時、新しい戦略がまた必要になってくる。

下の城の周辺では、馬謖や魏延の出陣を見送っただけの兵たちが、力を持て余して調練《ちょうれん》をくり返していた。

「姜維《きょうい》、あの五百騎も率《ひき》いて、遮《さえぎ》っている三千を突破《とっぱ》してみよ。歩兵も調練を積《つ》んでいる。馬の蹄《ひづめ》にかけるかもしれない、という心配はする必要はない」

「かしこまりました。槍《やり》の代りに、先端に布を巻きつけた棒を遣《つか》います」

一礼して、姜維が駈け去っていく。

姜維は、五百騎に短い指示を出していた。

すぐに、ひとかたまりになって駈けはじめる。百騎が右、百騎が左と、途中で分かれた。三百騎で押し、両側から揉《も》みあげる。そういう構えと見えた。歩兵も、それに対する構えを、素速《すばや》くとっている。

ぶつかる寸前で、三百騎が反転した。同時に、左右から揉みあげようとしていた百騎ずつの騎馬隊が、一列の縦隊《じゅうたい》となって、歩兵の中に突っこんでいった。

左からの一隊は勢いが弱い。しかし右からの一隊は、完全に歩兵を断《た》ち割っていた。先頭に、姜維がいる。息を呑《の》むほどの、槍の遣い方だった。突くのも払うのも、人間の力だけでなく、馬が騎ける勢いを充分に生かしたものだ。

勝敗は見えた。三百騎がもう一度反転して突っかけると、歩兵は散《ち》り散《ぢ》りになった。

「見事だな、姜維」

「いえ、騎馬隊の調練がよくできていたのです。私の指示通りに動けるかどうか不安でしたが、実に安々《やすやす》とこなしました。歩兵も、あと一千いたら、騎馬隊を撥《は》ね返したと思います」

もうしばらく、姜維を従者で置いておこう、と孔明《こうめい》は思った。うまく機会を与えていけば、短期間で相当な武将に育つ資質《ししつ》を持っている。

人を得るのがどれほど難しいか、ここ数年痛感《つうかん》することが多かった。しかし、いるところにはいる。姜維を見ると、そう思えてくる。

王平《おうへい》からの至急の伝令が到着したのは、その翌日だった。

「なんと、山に登って布陣したと？」

信じ難いことを、馬謖《ばしょく》ははじめていた。

「なにか、山に登らなければならない事態が生じたのか？」

「それが、敵の出鼻《でばな》を挫《くじ》くと言われて。攻めてから、守る。それが兵法にかなったやり方であるとも」

孔明は、眼を閉じた。

なぜだ、と思う前に、負け戦になる、と思った。それも、自分が信頼して抜擢《ばってき》した馬謖の失敗によってだ。

高地に陣を取る。兵法では正しい。しかし、馬謖《ばしょく》の任務は、二十万を止めることである。勝つことではないのだ。勝つという一点に心がむかえば、そこで敗《やぶ》れる。勝つだけの兵力を与えていない。勝つための地形を、選んでもいない。

山上に布陣していれば、逆落《さかお》としという手段がある。単調だが、強力な攻めにはなるのだ。それを、張郃《ちょうこう》ほどの老練な指揮官が、なす術《すべ》もなく受けるか。

戦は、なにが起きるかわからない。逆落としの攻撃で、張郃を討《う》ち取れる可能性も、わずかだが残っている。それによって敵は混乱し、時を稼《かせ》げるかもしれない。

「それで、張郃はどう動いたのだ？」

「わかりません。丞相《じょうしょう》への急使を命じられた時は、まだ動いておりませんでした」

街亭《がいてい》から祁山《きざん》まで、馬を三度替えて二日かかる。起きるとすれば、もうなにか起きているだろう。

「兵をまとめよ。いつでも移動できる準備をしろ」

移動と言い、出撃とは孔明は言わなかった。慌《あわただ》しく、兵が動きはじめるのを、孔明は本営の前の胡床《こしょう》に腰を降ろし、じっと見つめていた。

なぜ、馬謖が。

ようやく、それが頭に浮かんできた。

山を取り囲むように、張部が陣を敷いていた。十万である。

馬謖は、焦《あせ》っていた。十万が、いきなり王平の五千に襲《おそ》いかかると、瞬時《しゅんじ》に蹴散《けち》らし、山を取り囲んだのだ。逆落としをかけようにも、張部は全軍で、おまけに後方には司馬懿《しばい》の十万が迫《せま》っているはずだ。逆落としでかなりの部分を崩《くず》せても、後方の十万に揉《も》み潰《つぶ》される。

迅速な十万による攻囲だった。後方の司馬懿の軍は、いつまで経《た》っても現われない。

それより、もっと深刻なことが起きていた。馬謖が陣を取った山の、さらに後方にある高い山から、頂上の付近をかすめるように流れ落ちていた小川の水が、突然涸《か》れたのである。馬謖が小川に駈けつけた時は、小川は湿《しめ》った泥《どろ》の底を見せているだけだった。

上流の水源を断《た》たれた。

兵たちは、大きく動揺《どうよう》していた。特に飲料水などは、運びあげていないのだ。携帯《けいたい》しているものがすべてで、すぐにその奪《うば》い合いさえはじまっていた。

馬謖は、兵を小さくまとめた。

「怯《おび》えるな。水も気にするな。いつまでも山上にいるわけではないのだ」

言ったが、どうすればいいのか、考えはまとまらなかった。

まさか十万で囲んでくるとは。その思いが募《つの》ってくるが、実際に囲まれている。逆落としをかけても、一カ所を突き破るだけで、周囲の兵に押し包まれる。

これは、現実ではないのだ。何度も、そう思おうとした。二日目になると、馬謖《ばしょく》が携帯していた水もなくなった。飢《う》えよりも、渇《かわ》きの方が耐《た》え難《がた》い。

三日目になると、馬謖は抑《おさ》え難いほどの恐怖に苛《さいな》まれた。渇きも激しい。それと闘うために、懸命《けんめい》に考えた。

王平《おうへい》の五千は、蹴散らされただけで、まだ大きな犠牲は出していないはずだ。そして、後方には、高翔《こうしょう》の一万がいる。一万五千の軍は、まだ街道に陣を組んでいる、と考えていい。

それと、合流できれば。

思った時は、決めていた。

「武器を執《と》れ。逆落としで敵を崩し、一直線に街道を駈けるぞ。味方の一万五千が、街道を守っている。それと合流するのだ」

兵も、限界を超えかかっている。山を降りるとなると、たちどころに元気を回復した。最もやりたいことを、やれるのだ。

「この方向だ。敵を突破《とっぱ》したら、駈けに駈けよ。それ以外の、命令はない」

兵が、命令通りに動けるとは、馬謖は思わなかった。自分も、すでに命令を下せる状態ではない。ただ逆落としの合図を出すだけだ。

剣《つるぎ》を抜き、馬謖はそれを振り降ろした。一斉《いっせい》に、山から駈け降りていく。勢いがついた。これならば、敵の半数は崩せるかもしれない、と駈けながら馬謖は思った。

二万五千の攻撃が、五万六万の圧力に匹敵《ひってき》している。これが、逆落としなのだ。

馬謖は、剣を振りあげた。しかし、眼の前から敵は消えていた。街道を、ただ駈けた。一度ふりむくと、追い撃ちをかけてくる張部《ちょうこう》軍の姿が、すぐ後ろまで迫っているのが見えた。

必死に駈けた。胸全体が、なにかに鷲摑《わしづか》みにされたように苦しかった。

前方で、太鼓《たいこ》を打つ音が聞えた。

王平だ。街道に五千を展開させ、迎え撃つ態勢《たいせい》をとっている。助かった、と馬謖は思った。味方の中に駈けこんだ時、太鼓のそばに立っている王平と眼があった。無表情だった。部下が、次々に駈けこんでくる。

追撃で、どれほどの数が討《う》たれたのか。はじめて、馬謖はそう思った。

どうしてこうなったのだ。次に考えたのは、それだった。

馬謖《ばしょく》が打ち破られ、張郃《ちょうこう》の軍が街道を進軍中、と王平《おうへい》の伝令が伝えてきた。

孔明《こうめい》は、眼を閉じた。

それから眼を開き、立ちあがると従者を全員呼んだ。

「趙雲《ちょううん》、魏延《ぎえん》に早馬を出せ。街亭《がいてい》が破られる。本隊は、漢中《かんちゅう》に戻る。両軍とも、速《すみ》やかに撤収《てっしゅう》せよ、急げ。取り返しがつかなくなる」

司馬懿《しばい》の軍は、引き返しているという。張郃の軍も反転すれば、趙雲と魏延の両軍は、全滅するしかなかった。

馬謖の軍は五千以上の兵を失ったようだが、王平、高翔《こうしょう》は無傷だった。

まず、敗残《はいざん》の馬謖軍の兵が逃げてきた。

「陽平関《ようへいかん》まで駈けさせよ。馬謖の軍はそこに拠《よ》り、隊を組み直せ」

馬謖は死んでいないというが、どこにいるかはわからなかった。いま会うつもりも、孔明にはなかった。

三万の本隊を、十里ほど前に出した。

丸一日待ったところで、王平と高翔の軍が、張郃の追撃をかわしながら、退《さ》がってきた。

陣形《じんけい》を組んだままの後退だったので、時がかかったようだ。孔明は三万で密集隊形を六つ作り、前に出した。

張部軍の斥候《せっこう》が、姿を現わした。

しかし、張部軍は現われなかった。兵をまとめ、長安《ちょうあん》にむかって引き返しているという。長安を奇襲《きしゅう》するという孔明の策《さく》が、途中で司馬懿に読まれたのだろう。しかし、間に合ったはずだ。街亭さえ守り抜いていれば、司馬懿は魏延に追いつけなかったはずだ。

「漢中へ、帰還する」

孔明は、集まった諸将に伝えた。

諸将は、黙々と動きはじめた。

漢中への道。うなだれた兵たちが行軍して行く。この道を、再び戻る気はなかった。

「なんという愚か者だ、私は」

呟《つぶや》いた。

「勝てると信ずるなど、なんという甘さなのだ」

呟きは、風に吹き消されていた。

再起するは君

1

南鄭《なんてい》に、本営を置いた。

驚くべきことだが、犠牲の大部分を、馬謖《ばしよく》軍の五千だけが占めていた。王平《おうへい》も高《こう》翔《しよう》も、張郃《ちようこう》の追撃を受けながら、ほとんど犠牲を出していなかったのだ。

趙雲《ちよううん》、魏延《ぎえん》も無傷で、それどころか、斜谷道《やこくどう》や箕谷道《きこくどう》を使って運んだ軍需物資《ぐんじゆぶつし》の、かなりの部分を運び返してきていた。

すべての兵が、実によく闘っていた。

「あらゆる局面で、勝っていたのだな、孔明《こうめい》殿」

趙雲を居室に呼び、二人で酒を飲んだ。

孔明は丞相《じようしよう》からの降格《こうかく》を成都《せいと》に申し出、誰《だれ》にも丞相とは呼ばせなかった。もっとも趙雲《ちょううん》と二人きりの時は、以前から名前で呼び合っている。

「犠牲の五千のほとんどが、馬謖《ばしょく》軍だったとはな。私のところでは、相手を引き回すだけで、一度もまともにぶつからなかった。犠牲の出ない闘い方をしてきたのだが」

「本隊も、そうでした。というより、あの街道を来たのが、はじめての強力な軍だったということですね」

「身がふるえるほど、惜《お》しかったと思う、と魏延《ぎえん》が男泣きに泣いていた」

将軍たちにも、ひと通り個別に会い、話をした。魏延は、淡々《たんたん》としていて、戦《いくさ》ではなにが起きても仕方がない、と言っただけだった。張嶷《ちょうぎ》や張翼《ちょうよく》をはじめとする若い将軍たちは、くやしがっていた。泣きながら、孔明《こうめい》にすがりついてくる者もいた。

魏延が淡々としていたのは、やはり自分に心を開いていないからだろう、と孔明は思った。孔明も、どうしても魏延という男が好きになれないのだ。しかし、これまで漢中《かんちゅう》を守り通してきた功績《こうせき》は、否定できない。将軍の中では、最も頼りになる存在のひとりであることも、確かだ。

「作戦について、悪いと言っている者は誰もいない、孔明殿。惜しかった。かぎりなく惜しかった。みんな、そう言っているだけだ」

敗戦については、将軍たちと重立《おもだ》った校尉《こうい》（将校）を集めて説明した。敗戦ではなく撤退《てったい》だ、と言い張ったのは馬岱《ばたい》だったが、孔明ははっきりと敗戦とし、その責任は自分にある、とその場で告げた。

作戦についても、説明した。

事前に知っていたのは、趙雲だけである。魏延でさえ、長安奇襲《ちょうあんきしゅう》は出発の前に知らせたのだ。

孔明が全体の作戦を立てた時から、長安の奇襲は決めていた。それと同時に、雍《よう》、涼《りょう》二州の豪族も蜂起《ほうき》するはずだった。

三十万の大軍を、雍州の西と南に引きつけ、長安を奇襲して落とす。同時に豪族を蜂起させ、雍州全域で三十万を打ち砕く。それが賭《か》けなのかどうかは別として、ほかの作戦が孔明の頭になかったことは確かだ。

充分《じゅうぶん》に、成算《せいさん》はあった。魏《ぎ》帝曹叡《そうえい》が自ら長安に出陣してきたと報告を受けた時は、運がこちらに大きく傾いてきたとさえ、心の底では思ったのだ。

「関羽《かんう》殿、張飛《ちょうひ》、馬超《ばちょう》がいなくても、蜀《しょく》軍は強い。あのころとは質《しつ》が違う軍になっているが、孔明殿が努力されたおかげで、組織としては強い軍だ」

酒をあまり飲まなくなっていた趙雲が、杯《さかずき》を重ねていた。老《お》いている。髭《ひげ》はほとんど白く、手にも黒いしみが散らばっていた。ただ、眼《め》だけは老いていない。

孔明《こうめい》は、従者《じゆうしや》を呼び、酒を命じた。

姜維《きようい》が、瓶《かめ》を抱《かか》えてきて卓《たく》に置いた。

「何者だ？」

趙雲《ちようううん》が言う。

「身のこなしが、ただ者とは思えぬが」

「姜維と申します」

「歳《とし》は？」

「二十七歳になります」

「その手、槍《やり》を遣《つか》うのだな」

「いささか」

「冀城《きじよう》の近くの砦《とりで》で投降してきて、私の従者にしているのですよ。槍はよく遣います。軍学も学んでいて、兵の動かし方もなかなかのものなのです」

苦笑して、孔明は言った。趙雲ほどになると、身のこなしで槍の遣手《つかいて》とわかってしまうらしい。

「この者を、そばに置いていただけませんか、趙雲殿。いずれは、一軍を率《ひき》いさせたいものだと考えていたのですが、趙雲殿の眼からも見ていただきたい」

「いいだろう。明日、私の営舎《えいしゃ》に来い、姜維。槍を持ってな」

「はい」

孔明が頷《うなず》くと、姜維はそう言い、出ていった。

「若い者を見る眼に、自信をなくされたか、孔明殿？」

「なくしました」

趙雲は、馬謖《ばしょく》のことを言っている。しかし、名は出さなかった。

「私は、生涯を軍人で通してきた。亡き殿に出会ってからも、すぐには臣従《しんじゅう》を許されず、数年の流浪《るろう》をした。それで、さまざまな武将を見た。その流浪がなければ、私は臆病《おくびょう》ということについて、わからなかったのではないかと思う。なにしろ、かつての劉備《りゅうび》軍は、関羽《かんう》殿や張飛《ちょうひ》のような人間ばかりだったからな」

「臆病であることが、それほど悪くないという言い方に聞えますが」

「臆病は、武将の美徳《びとく》と言ってもいい」

「ほう」

「数少ない、天才を除いてだが。たとえば、曹操《そうそう》、そして関羽殿、張飛。わが殿は、臆病なところをお持ちであった。呉《ご》の周瑜《しゅうゆ》にも、若い陸遜《りくそん》にも、そういうところはある」

「臆病だと、どうなるのです？」

「臆病でない者の、何倍も考える」

「考え抜いて行き着くところに、天才は直観《ちょっかん》で到達するのですな」

「孔明《こうめい》殿も、天才だな」

「まさか。これほどの失敗をくり返している私が」

「確かにな。しかし、失敗はいつも一点なのだ。関羽《かんう》殿の時は、孫権《そんけん》という男を読み違えた。殿の荆州《けい》攻めの時は、死んだ張飛《ちょうひ》の代りに、そのまま陳礼《ちんれい》を使った。そして今度は、大戦の経験のない者に、二十万の大軍とむかい合わせた」

「それが、天才のやることですか？」

「見えてくるものが、ひとつある。人に対して、どこか甘いのだ。自分より劣っている人間でも、大きく劣っているとは考えない。少しだけ劣っている、と思ってしまうのだ。だから、孔明殿に見込まれると、重いものを背負いすぎてしまう」

趙雲《ちょううん》が、杯に酒を注《つ》いだ。孔明は、言われたことを反芻《はんすう》していた。最後は、馬謖《ばしょく》のことだけを言われたような気がした。

「その一点の失敗さえなければ、天下は覆《くつがえ》ったと私は思う。戦略は、天才のものなのだ。そして戦術も。流浪の軍にすぎなかったわれらが、蜀《しょく》という国を作るところまで行った。これは、孔明殿の天才があったからだ」

「勝つことがすべてです、乱世では」

「まさしく、そうだ。負ける者は滅《ほろ》びる」

孔明も、いささか酔いはじめていた。もっと酔えというように、趙雲が酒を注いだ。

「天才は、時として負ける。曹操《そうそう》がそうであった。負けても立ちあがる。それが天才の天才たるところだろうと思うが」

「私は」

「天才だ、あなたは。そして天才の弱いところも、充分に持っている」

「胆《きも》に銘《めい》じます」

「そういうことを、言っているのではない。私は、馬謖の話をしたいと思った。酔って、ようやく語れるような気がする」

馬謖は、獄《ごく》に落としてあった。軍令違反が明確だったからだ。しかし、孔明はまだ処分をはっきりと決めてはいなかった。

「馬謖は、天才ではなかった。しかし、天才のように振舞《ふるま》った。それが、二十万の大軍という現実を、いきなり突きつけられたのだ。それにたちむかう天才はない。だから、知識のみが出てしまう」

「私が、人の選び方を誤ったのです」

「それはある。自分よりわずかに劣っているだけだ、と思って起用したのだろうからな。あの男は、知識の量は多かったが、凡庸《ぼんよう》でもあった。実戦を重ねさせ、死の恐怖に何度も晒《さら》してやれば、その知識の使い方も身につけて、立派な将軍になったろう」

「私の眼では、ほかにあの場にやれる者が見つけられなかったのです」

「王平《おうへい》を大将に、馬謖《ばしょく》を副将に。そう入れ替えていたら、どうなったかな？」

結果として、確かに王平の方が力量があった。判断も誤らなかった。しかしあの時、孔明《こうめい》はそれを考えてもみなかった。

「経験ですか」

「魏延《ぎえん》の、あの駈け方を見られたろう。早馬《はやうま》が到着した時、すでに私と合流していたのだ。早馬が間に合わなければ、長安《ちょうあん》を奪《と》り、曹叡《そうえい》を殺し、そして戻ってきた三十万に包囲されて、全滅していたかもしれん」

「あとで報告を聞いて、冷《ひ》や汗《あせ》が出ました」

「魏延が天才だとは私は思わぬが、時として常人には考えられないほどの働きをする」

「難しいものです。いろいろと学ばなければならないことが、多すぎます」

「孔明殿が、なにを学ばれるのだ。天才とは、もっと傲慢《ごうまん》なものだ」

「私は、そうはなりきれません」

「そこが、魅力なのだな、また。人がみんな親しみを感じる。私にも、よくわからぬ時がある。この男が、なぜあんな戦略を構築できるのか。なぜ、あんな戦術を考え出せるのか。そして、やはり天才という言葉に行き着く」

孔明は、杯を干した。

「もっと傲慢になれ、孔明殿」

趙雲《ちょううん》が、なにを言おうとしているのか、束の間《つかのま》、孔明は考えた。趙雲の表情は、老いの皺《しわ》で隠されてしまっている。

「迷いを捨てて、馬謖を処断するのだ。首を刎《は》ねるべきだと思う」

確かに、馬謖をどう扱うか、孔明は迷っていた。

「この国をあげての、戦であった。民は、何年も重税に耐《た》え、この戦を支えた。その民の前で、馬謖の首を刎ねられるべきだと思う。それが、軍律というものだ」

すべては、馬謖《ばしょく》の行動が招いたことだった。軍律という点から見れば、命令違反は死刑である。しかし、わずか三万で二十万と正対したのだ。

趙雲《ちょううん》が、馬謖を憎んで言っているのではないことは、よくわかった。むしろ、私情はさし挟《はさ》むな、と言っているのだ。

「私の責任は、どうなるのです、趙雲殿。馬謖を抜擢《ばってき》したのは、私です」

「だから、傲慢になれと言った。蜀《しょく》の将兵は、みんな今度の戦の作戦について知っている。どう考えても、惜《お》しい。くやしい。そういう思いが充満《じゅうまん》している。その思いの一番太いところを、馬謖の首とともに切り捨てるのだ。そうするしかない、と私は思う」

「そして、私に生き長らえよと？」

「馬謖の死を背負ってだ」

「残酷な方だ、趙雲殿は」

「歳《とし》が、そうさせる。私はもう、それほど長く生きないであろうし」

「馬謖のことは、考えてみます」

いつまでも、決めずに放《ほう》っておくことはできない。迷っている時でもない。

趙雲は、杯を手に持っていた。眼を閉じているが、眠ってはいないだろう。杯の中の酒が、かすかに波立っている。手がふるえているのだ。

2

成都《せいと》から、蔣琬《しょうえん》が来た。

敗戦を聞きつけて、すぐに発《た》ったらしい。文官《ぶんかん》にしては、蔣琬はよく馬を乗りこなす。

劉禅《りゅうぜん》からの伝言を持っていて、丞相《じょうしょう》の辞任を認めないというものだった。しばらく蔣琬とやり取りをし、三階級降格《こうかく》のまま、丞相の仕事はすることになった。

「成都を出た時はわからなかったのですが、あと一歩のところで、勝敗が反転したのですね。戦《いくさ》には、そういうことがあると、痛いほど知りました。南鄭《なんてい》では、馬謖がどういう処分を受けるかという話が、そこここで交わされています」

「そうか。みんな気にしているということか」

「厳しい処分を望んでいる者もいるようですが、私は反対です」

「どの程度の処分がいいと思っている、蔣琬。追放か？」

「馬謖は、有能な人材です。丞相が軍人として適正《てきせい》でないと判断されるなら、私が預《あず》かって民政を教えます」

孔明《こうめい》の口からは、ほとんど礼の言葉が出かかった。

戦場に立たない、文官の考えだ、と孔明は思い直した。民政は、勝敗がすぐにはわからない。曖昧《あいまい》ななかで進んでいくが、半年、一年と経《た》った時に出た結果は、短い間では取り返しのきかないものになっている。

蔣琬《しょうえん》は、戦もそういうものだと、どこかで考えているのだろう。

「馬謖《ばしょく》は兄と違い、軍人であることを自ら望んだのだ」

「そして、軍人としては、失敗したのでしょう。だから、民政をやらせてみるのです」

「馬謖をどう処分するかは、もう決めているのだ、蔣琬」

どう決めたかは、孔明は言わなかった。

「私は、三月《みつき》ほど漢中《かんちゅう》にいます。この地の民政を、立て直すには、それぐらいの時が必要でしょう」

それは、孔明にはありがたいことだった。

兵糧《ひょうろう》が、まだ少し残っている。それで、一戦はできる程度の量だ。

新兵《しんぺい》を集めていた。練度の低い兵も数千はいて、合わせると一万ほどになるはずいた。調練《ちょうれん》はすでにはじまっているが、最終の調練は実戦でやろう、と孔明は考えていた。そしてその指揮は、自分でやりたかった。

民政を、しばらく蔣琬が引き受けてくれれば、軍の立て直しに時をかけられる。南鄭《なんてい》の館《やかた》のひとつを蔣琬に与え、漢中の文官をその下に集めた。理屈《りくつ》を並べたりはせず、蔣琬はすぐに実務からはじめた。

夜が、長かった。

趙雲《ちょううん》とひと晩酒を飲んでから、もう十日が過ぎている。考えているのではなかった。もう決めている。しかし、一日のばしで、十日が経った。

馬謖を獄《ごく》から出し、本営の居室に呼んだのは、蔣琬が漢中に来て五日経ったころだった。

獄卒《ごくそつ》に両側を挟《はさ》まれて、馬謖は孔明の前に立った。

「退《さ》がってよい。呼ぶまで、別室で控《ひか》えていよ」

孔明は、獄卒にそう言った。

居室の中に、二人だけになった。

馬謖は、痩《や》せて頰《ほお》が削《そ》げていた。その分、眼《め》の光が際立《きわだ》っている。

久しぶりだ。そんな気がした。じっと見つめてくる馬謖の眼を、孔明はそらすように顔を横にむけた。

「座《すわ》れ、馬謖《ばしょく》」

馬謖は、孔明《こうめい》と卓《たく》を挟んでむかい合う恰好《かっこう》で、腰を降ろした。躰《からだ》を洗っていないせいか、首筋のあたりに黒い垢《あか》が浮いて、層《そう》になっていた。

「おまえと、父と子のようにして過した時を、私は忘れぬ」

馬謖が、頷《うなず》いた。

ほんとうに、この青年を息子のように愛していた、と孔明は思った。自分が知っていることのすべてを、教えようとしてきた。ほかの者たちと較《くら》べて、いつもきつく当たった。つらいことも、まず馬謖に命じ、それによくこたえてもくれた。

「自分が処断されるべきだと、私は思っています、丞相《じょうしょう》。獄の中は、ものを考えるのに適《てき》したところでした」

「そうか。しかし、痩せたな」

痩せようが肥《ふと》ろうが、いまの馬謖にはなんの意味もない。そういうことを言ってしまう自分を、孔明はかすかに嫌悪《けんお》した。

「丞相は、愚直《ぐちょく》になれと言われました。愚直になって、ひたすら街道だけを守備せよと。そして私は、愚直になりきれなかったのだと思います」

「高所《こうしょ》に陣《じん》を取る。それなら、もっと適《てき》した場所がほかにあった」

「そう思います」

「おまえが、高所の誘惑《ゆうわく》に負けるとは、私は思っていなかった。街亭《がいてい》の地形なら、街道を守って、ひと月は持ちこたえられたと思う。それが、重装備《じゅうそうび》のままあんなところに登って、おまけに水を断《た》たれた」

「二十万の大軍に、圧倒《あっとう》されたのだと思います。王平《おうへい》があれほど止《と》め、主将と副将の関係さえ無視して、山に登ることを拒《こば》みました。王平にとっては、丞相の御命令が、すべてに優先したのです」

「王平は、おまえに逆《さか》らってでも、愚直に街道を守ろうとした」

「確かに、そうでありました」

「敵の出鼻《でばな》を挫《くじ》くための逆落《さかお》とし、とおまえは言ったそうだな」

「はい」

「張郃《ちょうこう》が、老練だったということか」

「丞相、私はなぜ街亭を守らなければならなかったのでしょうか。私は私なりに考えました。それほど丞相のお考えと、かけ離れていたとは思えなかったのです。敵の出鼻を挫こうとしたことが、悪かったとも思っていません。張郃が老練で、私が未熟であった。そのために負けた、と思っているだけです」

「違うな」

「どう、違うのですか？」

馬謖《ばしょく》はいくらか開《ひら》き直《なお》っていて、自分の考えたことは、すべて言うつもりのようだった。

「まず、おまえは軍人として、なぜと考えるべきではなかった。守れと命じられたものを、守り通す。それが軍人というものだ」

「軍人にかぎらず、人はいつもなぜと考えるのだと思います」

「小賢《こざか》しいな、馬謖。おまえはあの戦で、五千もの命を奪《うば》った。そして、それが蜀《しょく》軍の犠牲のほとんど全部だった」

「やはり、そうだったのですか」

「おまえ以外の者たちは、みんなよく闘った。そして、なぜとは考えなかった。みんな、軍人だったからだ」

馬謖がうつむき、唇《くちびる》を嚙《か》んだ。

「なぜ、と考えるのは、人間の本性だと私は思います」

「その本性を抑《おさ》えられるなら、はじめから考えない者より、ずっといい」

　こんな話を、馬謖としたいのではなかった、と孔明《こうめい》は思った。しかし、喋《しゃべ》りはじめていた。一を言えば、十がわかるというところが、馬謖にはある。それが能力だと、孔明はずっと思い続けてきた。

「私は、あの作戦を誰《だれ》にも語れなかった。趙雲《ちょううん》将軍にだけは、ある程度は語ったが、それは動いている場所が遠く、すぐに意志の疎通《そつう》ができないと思ったからだ。語れる作戦もある。秘《ひ》めておかなければならない、作戦もある。だから、軍人にとっては指揮官が命じることがすべてなのだ」

「私が、もし逆落《さかお》としで張部《ちょうこう》の軍を撃退《げきたい》していたとしても、丞相《じょうしょう》は同じことをおっしゃいますか？」

「言っただろう」

「勝ってもですか？」

「それが勝ったことにはならぬ。そういう作戦だったから、張部を打ち破ってしまったら、困ったと思う」

「魏延《ぎえん》将軍は、攪乱《かくらん》のためにあの位置にいた、と私は解釈いたしましたが」

「違う。おまえの任務は、街亭《がいてい》に魏《ぎ》軍の主力を引きつけておくことであった。長安《ちょうあん》にむかって敗走されたのでは、逆に困るのだ。だから、街道を守り抜けとだけ、明確に伝えたはずだ」

「丞相《じょうしょう》は、どのような作戦を立てておられたのです？」

魏軍二十万を、街亭《がいてい》に引きつける。十万を斜谷《やこく》の出口あたりの山に釘付《くぎづ》けにする。そして魏延《ぎえん》が駈《か》け、趙雲《ちょううん》と合流し、そのまま長安《ちょうあん》を襲《おそ》う。それを合図に、州全域で豪族が蜂起《ほうき》し、涼州《りょう》の兵も加わってくる。

いまは潰《つい》えた作戦を、孔明《こうめい》は丁寧《ていねい》に語っていった。こみあげてくるむなしさを、孔明は抑《おさ》えていた。

「長安奇襲《きしゅう》」

「しかも、あの時は主力が出払《ではら》った長安に、曹叡《そうえい》がいたのだ。ただ勝つというのではなく、魏という国を根本から揺《ゆ》るがせることが可能であった」

「魏延将軍は、長安へむかって駈けたのですか」

「誰にも、洩《も》らすことはできなかった。魏延にも、直前に命じた。どこかで洩れれば、長安奇襲軍は、孤立《こりつ》し、全滅しただろう」

「軽装の兵でした。だから私は、攪乱のために駈け回るのだ、と思っていたのです」

「おまえが正対した二十万は、長安が落ちれば浮足立《うきあしだ》って潰走《かいそう》したはずだ」

「しかし、そんな作戦が」

「司馬懿《しばい》は、途中で私の作戦に気づいたと思う。軍を返したのだ。おまえを破った張郃《ちょうこう》も、どこまでも追撃はかけず、あっさりと引き返した。よほど長安が心配だったのであろう」

「そうだったのですか」

「魏延は、おまえが破られた時、すでに趙雲と合流寸前のところまで駈けていた。いくら司馬懿が急いでも、間に合わなかったろう。長安の守備は二万で、しかも老兵ばかりだったのだ」

「そして、州全域で蜂起」

呟《つぶや》くように、馬謖《ばしょく》が言った。その肩が、小刻《こきざ》みにふるえている。

「その作戦のすべてを、私の行動が駄目にしてしまったのですね。完璧《かんぺき》な、非《ひ》の打ちどころのない作戦です。そして、すべてが順調に動いていたのに」

馬謖は、涙を流していた。

「獄舎《ごくしゃ》で、私は考え続けていました。なぜ、こうなったのかと。私の未熟さと、小ささのせいです」

「違う。失敗は、すべて私の責任なのだ。あそこで出たのも、おまえの力だった。

それを見抜いて使わなかった、私が悪い」

「そんなことは」

「父と子のようにして、過してきた。それなのに、私はおまえの力を見抜けなかった。もっと、実戦を積《つ》ませ、死の恐怖にも晒《さら》すべきであった、と趙雲《ちょううん》将軍にも言われた。そうしていれば、蜀《しょく》を背負《せお》う将軍になったであろうと。おまえはいつも、私の言葉がすべて、というふうに聞いてくれた。私が課《か》したことは、すべてやり抜いた。蜀に欠かすことのできない人材に、育ってきたと思った。しかし、私はなにかを見落していたのだろうと思う。いや、おまえに甘えていたのかもしれぬ」

「なにを言われます、丞相《じょうしょう》」

「私の責任だ、と言っているのだ。おまえ以外の人間の力は、すべて見抜いたと思う。おまえだけが、私の近くにいすぎた。もっと離して見てみるべきだった」

「私が、愚《おろ》かなのです、丞相。王平《おうへい》に止《と》められた時も、文字も読めないくせにという気持が、どこかにありました。そういう高慢《こうまん》さが、最後は行きどころを失ったのです」

しばらく、孔明《こうめい》も馬謖《ばしょく》も、なにも喋《しゃべ》らなかった。

この経験で、馬謖はいい軍人になる。それが、孔明にははっきりわかった。なぜ、もっと早く負けの味を嚙《か》みしめさせてやらなかったのか。

「今後の、対魏戦は、いかがなされるのですか、丞相？」

涙を拭《ぬぐ》いながら、馬謖が言った。

「今度の作戦を、私は自分では全体戦と呼んでいた。全体戦は、しばらく無理であろう。個別戦になる。城をひとつ奪《と》るとか、せいぜい雍《よう》州の一郡を奪るとか。魏の防備は、厳しいものになるであろうしな。個別戦を重ね、いつかそれを全体戦に持っていく」

「返すがえすも、私は自分がやったことを無念に思います」

「もうよい、馬謖」

「どのような罰も、お受けいたします」

「南鄭《なんてい》の城郭《まち》の広場で、打首《うちくび》にする」

孔明は言った。馬謖は、表情も顔色も変えなかった。

「おまえの失敗が、死に値するかどうか、疑問に思う者もいるだろう。しかし、おまえは私と近かったがゆえに、打首になる。そして私は、平然と生き延びる。おまえが犯《おか》した失敗より、おまえを使った責任の方が、ずっと重いのにだ」

馬謖は、じっと孔明を見つめていた。もう泣いてはいない。

「国をあげての戦であった。兵も民も、敗戦の責任を求めている。私の代りに、おまえは打首になるのだ」

「そんなことは、おっしゃらなくてもよろしいのです、丞相《じょうしょう》。私がやったことが死に値するのだと、誰よりも私がわかっております」

馬謖《ばしょく》が、かすかにほほえんだように見えた。

「短い間でしたが、丞相のおそばにいられて、私は幸福でした」

「そうか」

「私の死が、いくらかでも丞相のお役に立つのでしょうか？」

「蜀《しょく》という国に、役立つ」

「ならば、望外《ぼうがい》の喜びです」

不意に、孔明《こうめい》は眼から涙がこぼれ落ちるのを感じた。それはとめどなかった。

「丞相が、私のために泣いてくださいますか」

「さらばだ、馬謖。父と子のようにして過した歳月を」

「いいのです、丞相。忘れてください。丞相は、これ以上、たとえわずかでもなにかを背負《せお》われてはなりません。生ある間、父と子のようであった。私には、それで充分です」

「そうか」

「おすこやかに。私は、それだけが心配です」

「気をつけよう」

孔明は、獄卒《ごくそつ》を呼んだ。

さらば、という言葉は、もう口から出てこなかった。

ひとりになると、孔明は眼を閉じた。

自分に、戦をする資格などがあるのか。その力があるのか。これまで、どれほどの屍《しかばね》を積みあげ、どれほどの血が心を染めたのか。志《こころざし》とは、それほど残酷なものなのか。

夜になっても、孔明は居室を動かなかった。

馬謖が、南鄭《なんてい》の広場に引き出されたのは、それから二日後だった。後手《うしろで》に縄《なわ》を打たれ、しかし、馬謖は清々《すがすが》しい表情をしていた。

3

荆《けい》州守備軍が、大幅に増強された。

蜀《しょく》というより、雍《よう》州に対する備えなので、新城《しんじょう》郡と雍州の境界には、三万が駐屯《ちゅうとん》することになった。

諸葛亮《しょかつりょう》の雍州侵攻の全体像がどんなものだったか説明すると、さすがに曹叡《そうえい》は顔《がん》色《しょく》を失った。特に、趙雲《ちょううん》と魏延《ぎえん》の奇襲《きしゅう》部隊は、長安《ちょうあん》まで一日のところに迫っていたことが、のちの調査でわかったのだ。

もし奇襲が実行されていれば、防《ふせ》ぎきれなかったことは、曹叡にはよくわかったようだ。首を取られていた。それは、いまも恐怖として蘇《よみがえ》るようだった。どう考えても、司馬懿《しばい》が間に合うはずはなかったし、曹真《そうしん》は奇襲作戦に気づいてさえもいなかったのだ。

司馬懿は、しばしば洛陽《らくよう》に呼ばれるようになった。

曹叡と、戦《いくさ》の話をする。民政の話も、外交の話もする。

信任《しんにん》を受けているということだったが、司馬懿は注意深く振舞《ふるま》った。特に、曹真である。軍の頂点にいる曹真が、雍州ではそれほど役に立たなかった。新城の孟達《もうたつ》を斬《き》ったところから、ほとんどが司馬懿の功績と曹叡は露骨《ろこつ》に認めはじめたのだ。

自分が軍の頂点に立つのは、まだ危険だ、と司馬懿は考えていた。曹真はもとより、曹休《そうきゅう》もいる。その二人のために、足を引っ張ろうとする者はいるはずだ。

「新城を攻めた時の替馬《かえうま》は、すべて曹真、曹休の二将軍が揃《そろ》えてくださったのです、陛下《へいか》。その方が困難で、私は実だけ捥《も》いだようなものだと思っています」

「五千頭の馬であったしな」

二日も三日も、戦の話をしていたかと思うと、曹叡は不意に関心を失う。そうなると、次に呼ばれるまで司馬懿は宮殿を出られるのだった。

荆州《けい》の任地へ戻りたいという願いを出してあったが、それはすぐには許されそうではなかった。

「司馬懿殿、少しよろしいですか？」

陳羣《ちんぐん》に、こうして捕《つか》まることも、一度や二度ではなかった。

「三十万の軍を動かしたら、どれほど国が疲弊《ひへい》するのか、陛下によく説明していただきたいのだが」

「それは、わかっておられよう。やはり、あれのことですか、陳羣殿？」

あれとは、新しい宮殿を建てるという件だった。それも、二つである。

洛陽《らくよう》にある宮殿は、いくらか古くなっている。というより、曹叡の好《この》みにあまり合わないようなのだ。いまの宮殿の近くに、広壮な宮殿を二つ建てると言い張っている。ひとつは、皇太子のためのものだという。

宮殿の設計にまで、曹叡《そうえい》は口を出しているようだった。熱中癖《ねっちゅうへき》が、そこにも出ているのだ。

「もう、止《と》められれますまい」

「それを、ひとつにできないだろうか。いくらなんでも、宮殿を二つ同時にとは、魏《ぎ》の倉を空《から》にするようなものなのです」

蜀《しょく》の雍《よう》州侵攻があってから、魏を包む情勢はさらに混迷《こんめい》を深めていた。烏丸《うがん》が時々北の国境を侵《おか》してくる。青《せい》州では、公孫《こうそん》一族が内輪揉《うちわも》めをする。そして、呉《ご》の孫権《そんけん》が、いつ合肥《がっぴ》に攻めこんでくるか、わからない情勢だった。

合肥を守るのは、曹休《そうきゅう》である。なにか起きれば、洛陽《らくよう》郊外に駐屯《ちゅうとん》している遊軍《ゆうぐん》を、数万は送らなければならないだろう。

つまり宮殿を建てる余裕などどこにもない、と陳羣《ちんぐん》は言い募《つの》っているのだった。

「陛下《へいか》に、直々《じきじき》に奏上されよ、陳羣殿」

「それは、何度もやった。司馬懿《しばい》殿に執拗《しつよう》に申しあげるのは、このところ陛下の御信任が最も厚いと思われるからです。司馬懿殿の言うことなら、聞いてくださるかもしれない、と望みをかけているのですよ」

「陳羣殿。蜀はもう攻めこんでこない、と思われていますか?」

「それは、この間打ち払ったので、しばらくは」

「いや、すぐにも、また攻めてきます。打ち払いはしましたが、それほど痛手《いたで》は与えていません。主力は、ほとんど無傷で撤退《てったい》したと申してもよろしいでしょう」

「しかし、二、三年は」

「来年にでも」

「それは。戦となると、その戦費はどこから調達するのですか？」

「私は、軍人です。敵が攻めてくれば、闘うだけです」

「戦費のほかに、宮殿を造営する費用。冗談ではないな」

「察します、陳羣殿。しかし、陛下の御信任が厚いのは、陳羣殿に対してです」

実際、陳羣は曹叡に相当うるさいことを言っているはずだった。それでも、曹叡は陳羣を遠ざけようとしない。

どこかで、全体のことはわかっているのだ。それと熱中癖が、しばしば同時に曹叡の中では進むらしい。

洛陽の、司馬懿の館《やかた》は小さなものだった。妻子のいる館は別にあり、そこに戻ることはほとんどない。司馬懿が洛陽にいる時は、息子たちの方が会いに来る。

自分の館には、女を二人入れていた。

情欲は、やはり司馬懿《しばい》を苦しめ続けていた。宛《えん》に置いている揚娥《ようが》のような女は、見つかっていない。美しいが、すぐに飽《あ》きてしまう女ばかりだ。

自分の情欲について、司馬懿は時々考えた。戦場では、苦しむことがないのだ。宮殿に出入りして、気を遣《つか》ったりした時の方が、抑《おさ》え難《がた》くなる情欲だった。

先帝の曹丕《そうひ》は、よく女をいたぶった。宦官《かんがん》に裸の女を押さえさせ、恥辱《ちじょく》のかぎりを与えないと、満足できないと洩《も》らしたことがあった。曹丕の愛を結局は受け入れることがなかった、甄《しん》夫人のことが多分影響していたのだ。時には、いたぶりすぎて女を殺すことさえあった。

自分は曹丕の反対だ、と司馬懿はよく思った。事実、揚娥を相手にしている時は、短い時間で情欲はおさまる。

荊《けい》州の任地に戻りたいというのは、揚娥に会いたいためでもあった。しかしそれは、決して愛情とは呼べないもので、考えると不思議な気分になる。

曹休《そうきゅう》が、南下の許可を洛陽《らくよう》に求めてきたのは、夏の盛りだった。

呉《ご》軍からの寝返りが期待できて、長江《ちょうこう》に楔《くさび》を打ちこむことができるかもしれぬ、ということだった。

曹叡《そうえい》は、即座にそれを許可し、司馬懿も任地へ帰ることを命じられた。

熱中癖が戦の方へむいたようだ、と司馬懿は思った。

合肥《がっぴ》から南下をするとなると、呉と本格的な戦になる。武昌《ぶしょう》と建業《けんぎょう》が分断されるのは、魏《ぎ》で洛陽と長安《ちょうあん》が分断されるのに似ていた。ただ、蜀《しょく》とむかい合った時のような、威圧感はない。呉には版図《はんと》を拡《ひろ》げようという、強い意志が見えないのだ。いま持っているものを、守る。奪われそうになったら、牙《きば》を剝《む》き出す。しかし、こちらのものに手を出そうともしてはこない。

合肥だけが、例外だった。建業に突きつけられた剣のようなもので、そこを奪取《だっしゅ》することは孫権《そんけん》の宿願だろう。

その合肥から、さらに南へ進攻する。

曹休の意図は、司馬懿にはわかる。雍州での、曹真《そうしん》と司馬懿の勝利が、微妙に影響しているに違いないのだ。三人の中では最も年長で、しかも帝《みかど》の血に連《つ》らなっていた。

寝返りが期待できる、ということに司馬懿は微妙なひっかかりを覚えた。

だからといって、自分がなにか言うことでもなかった。しばらくは、宛で静観しているのがいいだろう。

司馬懿が注意を払わなければならないのは、やはり蜀の動向だった。

雍州《よう》から打ち払ったとは言っても、破ったのは馬謖《ばしょく》の軍だけで、充分に力は残している。壮大な作戦の、一カ所が綻《ほころ》びた。だから作戦そのものを中止した。そういうことなのだ。諸葛亮《しょかつりょう》の頭には、次の作戦がすでに描かれているのかもしれない。馬謖を処刑《しょけい》し、全軍に断固たる態度を示しているのだ。

「陳倉《ちんそう》あたりに、しっかりした城を築きたい、と殿は言われておりましたが」

一日に一度、尹貞《いんてい》は本営の司馬懿《しばい》の居室にやってくる。

この間の進攻では、祁山《きざん》を奪《と》るために、郿《び》が陽動《ようどう》で狙《ねら》われた。漢中《かんちゅう》から雍州《よう》への進路は、すべてが険岨《けんそ》で桟道《さんどう》も多い。子午道《しごどう》、斜谷道《やこくどう》、箕谷道《きこくどう》とある。大軍ならば、西に迂回《うかい》して関山道《かんざんどう》を使うのが、いくらか楽だろう。

長安《ちょうあん》へは、街亭《がいてい》を経由した街道か、渭水《いすい》沿いの陳倉道《ちんそうどう》という悪路がある。

戦術的には、陳倉道の要《かなめ》である陳倉に、やはりしっかりした城が欲しい。

「郝昭《かくしょう》が、殿の指揮下になっておりますが」

「やらせてみるか」

雍州についても、司馬懿は指揮権を持つようになっていた。全軍の指揮は曹真《そうしん》だが、荊州《けい》、雍州は、司馬懿が引き受けさせられている。

「郝昭は、病《やまい》を得たようで、早く使いきってしまった方がいい、と私は思います」

郝昭をひそかな麾下《きか》にしようと考えたのは、司馬懿自身だった。目立たないが粘《ねば》り強い性格を、副官の時に見抜いたのである。

「せっかく将軍にしたのだ。少しは役に立って貰《もら》うか」

郝昭をひそかな麾下にしようと考えた時は、自分が軍内でこれほどの権限を持つとは思っていなかった。直属の部下は五千で、それが飛躍的に増えることもないだろう、と考えていたのだ。曹丕《そうひ》は司馬懿を重用《ちょうよう》しただろうが、同時に具体的な力を与えることは避《さ》けたはずだ。それが曹丕の人の使い方で、そばで見てきたからこそ、軍内にひそかな麾下を作り、いざという時に備えようと司馬懿は考えたのだった。

そのいざという時がどういう時かは、はっきりとした姿を思い描いてはいなかった。ただ力が必要な時に、人が想像する以上の力を持っていることは大きいことなのだ。

しかし、曹丕は晩年、実戦に出ては無様《ぶざま》に負けることをくり返し、病を得た。皇太子の曹叡《そうえい》を託する人間が、力を持っていないと考えると、不安になったのかもしれない。軍内第二の地位が、司馬懿に与えられた。

臨終の時、曹叡を託されたのは、曹真、曹休《そうきゅう》、陳羣《ちんぐん》、司馬懿の四人で、それはそのまま、いまの魏《ぎ》国の中心になっている。

「呉《ご》の動きは、聞いているな、尹貞《いんてい》？」

「ほう、呉の動きと言われますか。曹休《そうきゆう》様の動きではなく」

「うむ、おかしな匂《にお》いがするのだな。呉では、蜀《しよく》の雍《よう》州侵攻が、これほど早く潰《つい》えると思っていなかったのかもしれん。とすると、いまは蜀と激戦の最中ということになる。その時期を狙《ねら》って、諜略《ちようりやく》を仕掛けていたことは、充分に考えられる」

「また、実《じつ》だけを取ろうという、いつもの孫権《そんけん》のやり方ですか」

「呉には、張昭《ちようしよう》という妖怪《ようかい》がまだ生きている」

老齢だが、いまも孫権のそばにいて、謀臣《ぼうしん》の役割を果していると思われた。呉の諜略を手繰《たぐ》っていくと、大抵《たいてい》は張昭に行き着くという推定ができた。

実質的には、丞相《じようしよう》の職務をこなしていた時期も長いが、正式に就任してはいない。いつも、孫権のそばに影のようにいるのである。呉の群臣に対する影響力は、絶大なようだ。陸遜《りくそん》を中心とする、若手の将軍たちとも悪くないという。

「張昭が生きているかぎり、荆《けい》州への諜略も絶えることがない、と考えた方がいいと思います」

尹貞には、張昭の諜略を探って、曹休を助けようという発想など、微塵《みじん》もない。むしろ、諜略に嵌《はま》ることを、歓迎しているとさえ思えるのだ。司馬《しば》家が絶対だという尹貞の思いを、司馬懿《しばい》は変えさせるつもりはなかった。

「兵力を、少し東に移動させるぐらいのことは、要請がなくともしていた方がよいな」

「どれほどを？」

「三万。武昌《ぶしょう》を牽制《けんせい》するという意味でも、江夏《こうか》あたりまで、私が率《ひき》いて行こう」

「くれぐれも、無理はされませんように」

尹貞は、張昭の諜略の概要《がいよう》を摑《つか》んでいるのかもしれない、と司馬懿は思った。このところ、配下の間者《かんじゃ》の数を、尹貞は数倍に増やしている。

「郝昭は、すぐに出頭させよ。合肥《がっぴ》のことはよいにしても、雍州のことは私の責任になりかねん」

それから司馬懿は、三万が宛《えん》から抜けたあとの、兵力の配置を考えはじめた。すべて、周到にやっておく。それで、いつか曹真《そうしん》や曹休を凌《しの》げるはずだ。ここまで昇ったからには、いずれは軍の頂点に立ちたい、と司馬懿は思いはじめていた。

郝昭が出頭してきたのは、翌日だった。

「病だと聞いたが？」

「大袈裟《おおげさ》に言うほどのものではありません。それより、私になにか申しつけられることがあったのでは？」

「病が癒《い》えてからにしよう、郝昭《かくしょう》」

「お待ちください。病は、すでに癒えております。もし戦があるのなら、先陣《せんじん》を承《うけたまわ》りたいとお願いいたします」

「戦は、ない。いまのところはだ」

「では、殿はなにを？」

郝昭はいまは将軍と呼ばれているが、司馬懿《しばい》はいつも殿だった。そういう男だと思ったから、将軍にまで引きあげた。病については、いくらか腹立たしい気分もある。

「いずれ、蜀《しょく》はまた雍《よう》州を攻める。これは、多分間違いないことだ」

「なんでもいたします、殿。どうか、お命じください」

「渭水《いすい》沿いのどこかに、防衛の拠点が欲しい。城を築き、防備を堅《かた》くしておきたい」

「どこにでございますか？」

「まずは、陳倉《ちんそう》あたりか」

「私に、行かせてください。城は、砦《とりで》を大規模《だいきぼ》にしたものを築きます。そして、私自身にそこを守らせていただきたいと思います」

「急ぐぞ。諸葛亮《しょかつりょう》は、雍州攻略を諦《あきら》めておらん。陳倉城は、最前線の防衛拠点になる」

「二、三日のうちに、用意を整え、進発《しんぱつ》したいと思います」

郝昭の顔には、喜色《きしょく》が浮かんでいた。

やはり、それほど長くはないかもしれない、と司馬懿は思った。副官をしていたころと較《くら》べると、痩《や》せて、肌《はだ》の色がどす黒い。

「休ませたいな。しかし、おまえほどの者は、荊《けい》州守備軍にはいない」

「必ず、お役に立って見せます、殿」

役に立つと言っても、一度だけだろう、と司馬懿は思った。

4

建業《けんぎょう》に集結した四万を、陸遜《りくそん》は小部隊に分けて船に乗せた。

武昌《ぶしょう》と建業の間の船の往来は頻繁《ひんぱん》で、少々増えたところで目立つことはない。長《ちょう》江《こう》は、呉《ご》にとっては大きすぎるほどの意味を持っていた。

しかし、陸遜《りくそん》は、長江《ちょうこう》ということしか頭にないように見える孫権《そんけん》に、苛立《いらだ》っていた。いつかは、天下を。孫権はそう言ったのだ。そのいつかが、いつまでも来なかった。

陸遜はいま、呉《ご》軍の頂点にいる。調練《ちょうれん》を重ね、兵は水陸ともに精強《せいきょう》である。国力にも、充分の余裕《よゆう》はあった。

それでも孫権は、北進か西進かという方針さえ示さない。長江が侵《おか》される事態になると、神経質に出兵するだけである。

天下を目指す気などはないのではないか、と陸遜はしばしば思った。その疑問が募《つの》ると、なぜか孫権はいくらか大きな戦《いくさ》を魏《ぎ》に仕掛けたりするのだった。

今回も、そうだ。

長く合肥《がっぴ》を守っていた魏の張遼《ちょうりょう》は死に、曹休《そうきゅう》が守備軍の指揮を執《と》っている。魏軍内での地位はずっと上で、魏帝と血が繋《つな》がっているが、張遼と較《くら》べると大人と子供だった。

張遼は、大軍とは言えない兵力で、長い間合肥を守り抜いた。攻めた孫権が、生命の危機に晒《さら》されたのも、一再ではない。

曹休は、張遼の数倍の大軍を与えられているが、それをうまく使いこなしているとは思えなかった。つまり、隙《すき》だらけなのだ。

　謀略《ちょうりゃく》などにかけなくても、自分に任せてくれたら、いつでも合肥を落としてやる、という気が陸遜にはあった。

　しかし、謀略である。周魴《しゅうほう》という、戦ではあまり使いものにならない鄱陽《はよう》郡の太守《しゅ》（長官）を、魏に寝返らせた。周魴が、曹休の軍を皖《かん》まで誘いこむというのだ。

　兵の損耗《そんもう》を、孫権は極端に嫌《きら》う。それ自体は悪いことではないが、謀略ばかりに浮身《うきみ》をやつすのは、天下を目指す男のやるべきことではない、と陸遜は思った。

　この謀略も、蜀《しょく》が雍《よう》州に攻め入り、魏の兵力がそちらに集中した時を狙《ねら》って仕掛けられたものだ。

　しかし、蜀は作戦の齟《そ》齬《ご》から、速《すみ》やかに雍州を撤退《てったい》した。

　蜀が負けた、と孫権をはじめ群臣たちはみんな言っていたが、撤収したとしか陸遜には思えなかった。作戦の齟齬。あの戦は、聞けば愕然《がくぜん》とするような、壮大な規《き》模《ぼ》で行われたものだ、と陸遜は思っていた。齟齬がなければ、長安《ちょうあん》どころか、洛陽《らくよう》まで蜀は落とし、魏を河北《かほく》へ追いやったかもしれないのだ。

　しかし孫権は、いまは同盟の相手である蜀が、だらしなく負けたと罵《ののし》るだけで、作戦そのものがどういうものだったかには、眼《め》をむけようともしていなかった。

諸葛亮《しょかつりょう》の作戦がなんだったか認識しているのは、陸遜《りくそん》だけだろう。いや、陸遜の配下の将軍の何人かは、なにか感じているかもしれない。

諸葛亮恐るべし、という思いが、いまの陸遜の心には刻《きざ》みつけられている。

「陸遜将軍、馬の移送は、この船で終りですが」

徐盛《じょせい》が来て言った。

淩統《りょうとう》、朱桓《しゅかん》、徐盛。蜀《しょく》の荊《けい》州侵攻にたちむかった将軍たちが、自然に呉《ご》軍の主流となり、強力な兵を作りあげた。

しかし、それを存分に使う場所は与えられない。相手が魏《ぎ》であろうが蜀であろうが、互角《ごかく》以上に闘える自信が、陸遜にはあった。

「おまえが乗っていくのか、徐盛？」

「はい」

「半日は、駈《か》けさせろ。歩兵も駈けさせるように、朱桓に伝えておけ」

「歩兵は、駈けていると思います」

陸遜は頷《うなず》いた。

馬は、船に乗せたまま三日駈けさせないと、走らなくなるのだ。人間も、それに近かった。

「思うさま、駈けたいものです。それも、敵がいるところで」

徐盛は、いまは新兵の調練に当たっている朱然《しゅぜん》とともに、対蜀戦では陸遜に批判的だった。あの戦の大勝で、陸遜を認め、麾下《きか》に加わることを望んだと言っていい。朱然は、趙雲《ちょううん》に槍《やり》で馬から突き落とされ、片腕を失った。それでも、朱然が鍛える新兵は、みんな腰が据《すわ》っている。

「陸遜将軍、曹休《そうきゅう》は十万の兵を率《ひき》いているという話ですが」

「そうだ」

「四万では足りないので、あと三万増やせと殿下は言われたのですか？」

「しかし、私がお断りした」

「私も、曹休の軍と闘うのは、四万でも多すぎるぐらいだと思います。魏は、人口が多いのをいいことに、大軍ばかりを編成しますが、実態は脆《もろ》いものではないのでしょうか」

「甘くは見るな、徐盛。曹休は、必ずしも周魴《しゅうほう》の寝返りを信じたわけではない、と私は思う。それが、十万という大軍に表われている。周魴の寝返りが偽《いつわ》りであっても、こちらの謀略を力で押し切って、皖《かん》は奪《と》ってしまおうという構えだ。だから、油断もしていない」

皖《かん》を奪《と》られれば、完全に武昌《ぶしょう》と建業《けんぎょう》を分断されることになる。孫権《そんけん》は神経を尖《とが》らせていたが、陸遜《りくそん》は四万で充分だと言い張った。

最後の船に乗り、陸遜は皖口《かんこう》に入った。

すでに皖口で軍を整えていた朱桓《しゅかん》が、状況の報告をしてくる。

合肥《がっぴ》から南下した曹休《そうきゅう》軍は、すでに石亭《せきてい》まで百里（約四十キロ）の地点に達しているという。ただ、大軍なので進みは遅い。

「すぐに進発する。敵を石亭で捉《とら》えるぞ。先鋒《せんぽう》は徐盛の騎馬隊。中軍は朱桓。歩兵も駈けさせろ」

陸遜は、五百騎の部下を率い、先鋒と中軍の間を進んだ。石亭まで、一日で駈けた。石亭の周囲の丘に、兵は伏せた。斥候《せっこう》の報告が、次々に入ってくる。

二日目になり、ようやく曹休軍が姿を見せた。石亭での野営になったらしく、幕《ばく》舎《しゃ》を張り、一応の陣を組んでいるという。

陸遜は、徐盛《じょせい》とともに五十騎ほどで、曹休軍の様子を見に行った。慎重に、敵の斥候はかわした。

「ほう、十万の軍ともなると、壮観なものだな。しかし、あまり緊迫《きんぱく》してはいない」

「この陣形、誘《さそ》っているようにも見えますが、陸遜将軍」

「周魴の寝返りなど、信用してはいないということだろう。かなり用心深い誘い方だ。多分、伏兵《ふくへい》を何段かに置いている」

「避《さ》けますか？」

「必要ない。伏兵と知っていれば、もはや伏兵ではない」

「道理ですな。攻撃は、石亭で？」

「明日、早朝。今夜のうちに、兵をこの丘まで進ませておく」

曹休は、呉《ご》軍がいるとしても、皖だと読んでいるのだろう。一応の臨戦態勢《りんせんたいせい》は作りながらも、斥候などお座《ざ》なりで、街道を調べているだけだった。

夜のうちに、兵の移動は終った。

「朱桓、伏兵《ふくへい》は歩兵で少しずつ進んで押し切れ。私と徐盛は、敵の中を駈け回る。一万を丘の上に待機させ、敵が崩《くず》れたところに突っこませろ。徐盛、三千騎で右翼に回れ。攻撃は陽《ひ》の出。まず私が、三千騎で正面から突っこむ。伏兵を押し切る歩兵は、一千ずつに小さく分けておけ」

徐盛が、闇《やみ》の中を丘を迂回《うかい》して右翼へ回った。

朝を待つだけだった。

空に雲はなく、暑い日になりそうだった。

空の端が明るくなった。陸遜《りくそん》は馬に乗り、三千騎を率いてゆっくりと一里ほど進んだ。その間に、伏兵に対応する歩兵が、這《は》うように動いた。

三千騎は、縦列である。敵の前へ出た時、鶴翼《かくよく》に拡《ひろ》がる。右翼から突っこんでくる徐盛《じょせい》は、縦列のまま敵を断《た》ち割り、五百騎ずつに分かれて反転することになっていた。

朝の光。

陸遜は、片手をあげ、前に突き出した。同時に、馬腹を蹴《け》っていた。丘。ひとつ越えた。曹休《そうきゅう》軍の歩哨《ほしょう》が、こちらを見て立ち竦《すく》んでいる。三千騎が、鶴翼に拡がった。ぶつかった時、武器を突き出してきた兵は、わずかだった。鶴翼のまま、揉《も》みあげる。右翼から、徐盛の騎馬隊が突っこんできた。

敵陣が、大きく動揺《どうよう》するのがわかった。歩兵が突っこんできている。伏兵に対応する歩兵が押され気味だが、別の歩兵が援護《えんご》し、敵中を突っ切った徐盛の騎馬隊が、五百ずつに分かれて伏兵を崩しはじめた。

陸遜は、騎馬隊を千騎ずつに分け、攻撃を続けさせながら、自分は後方の丘に退《さ》がった。

周囲を、二百騎がかためている。

二種類の太鼓《たいこ》の合図。両方とも攻撃用のものだ。船の動きを指示するために、周《しゅう》瑜《ゆ》のころから工夫《くふう》を重ね、呉軍の独特の合図になっている。船の代りに、騎馬隊を動かした。小さくかたまろうとしている敵が、次々に騎馬隊に蹴《け》散《ち》らされていく。それでも、やはり十万は大軍だった。崩れては持ち直すことを、四度くり返した。

「連打」

陸遜が言うと、太鼓が打ち続けられた。六千騎の騎馬隊がひとつになり、敵の中央に襲《おそ》いかかった。

崩れた。もう、持ち直しようのない崩れ方だった。

追撃の合図を出した。敵の騎馬隊はほとんど散らばっていて、わずか二千騎ほどだけが、まとまって駈けている。その中に、曹休がいるはずだった。

追撃戦は、逃げる兵にとっては酷《むご》いものである。特に、殿軍《でんぐん》がしっかり構成されていない時は、ただ背後から突き倒される、ということになる。時には、味方の騎馬の蹄《ひづめ》にかけられたりもする。

進んでも進んでも、敵の屍《し》体《たい》が転がっていた。日没までに、二百里（約八十キロ）近くは追撃しただろうか。合肥《がっぴ》まで、石亭《せきてい》から三百五十里というところだ。

深夜まで、兵と馬を休ませた。

それからの追撃は歩兵に任せ、六千騎だけを率いて、陸遜《りくそん》は闇《やみ》の中を北へ真直《まっす》ぐ駈けた。敵中を走るようなものだが、夜が明けてしばらくすると、前方には兵の姿が見えなくなった。

暑い日だった。馬が潰《つぶ》れないように、気を遣いながら駈けた。敵の馬を二千騎ほど奪《うば》っていたので、交互に乗りながら駈けている者もいる。

「陸遜将軍、合肥《がっぴ》まであと二十里ほどです。馬に余力がある二千騎が先行します。呉《ご》の旗を掲《かか》げて、合肥城でお待ちしております」

徐盛《じょせい》が叫ぶように言い、二千騎で駈け去っていった。

残りの騎馬を、陸遜は並足《なみあし》に落とした。全身が汗まみれであることに、陸遜ははじめて気づいた。

合肥城。見えてきた。呉の旗が翻《ひるがえ》っている。十万が出払い、ほとんど空城《からじろ》になっていたのだろう。陸遜は入城せず、城壁の下の日陰《ひかげ》で兵と馬を休ませた。

「まだ追われますか、陸遜将軍？」

「曹休《そうきゅう》の首を、取れるかもしれん」

「では、私が」

「おまえは、ここにいろ。降伏《こうふく》した敵をまとめ、わが軍に組み入れたい。五、六千はいるような気がする」

呉軍にとっての悩みの種は、新兵が足りないということだった。もともと、揚州《よう》は人口が少ないのだ。ここで加えられる五、六千は、決して小さくない。

遠くに騎馬隊が見えてきたのは、夕方近くになってからだった。兵も馬も、一応の休息は取り、いくらか力を回復していた。

あの中に曹休がいる。土煙《つちけむり》をあげている騎馬隊を見て、陸遜はそう思った。

すでに充分な戦果はあげているが、まだ殺し足《た》りない、という気分が陸遜にはあった。闘い足りないし、殺し足りない。殺し尽して、天下に手をかけるのが、自分の使命だったのではないのか。

孫権《そんけん》が長年こだわり続けてきた合肥は、たやすく奪《と》った。ほんとうに奪りたいのは、こんな城ではないはずだ。天下。孫権にそれを思い出させるためにも、曹休の首を奪り、できることなら寿春《じゅしゅん》まで占領したい。

騎馬隊が、不意に方向を変えた。すでに合肥城が奪われていることに、ようやく気づいたようだ。北へむかって駈けていく。しかし、馬が疲れていることは、はっきりとわかった。

「乗馬」

陸遜《りくそん》は低く命じた。

追っていく。ほぼ二千騎ほどか。すぐに追いついた。後方から、突《つ》き崩《くず》していく。さすがに曹休《そうきゅう》の旗本《はたもと》なのか、小さくまとまったまま、乱れることなく駈け続けている。

陸遜は、半分を側面に回した。

側面から圧力をかけられて、小さくまとまった騎馬隊は、少しずつ拡《ひろ》がりはじめた。これで、後方からの攻撃は、圧倒的な破壊力が出る。見る間に、敵の数が減っていった。

「首だ、曹休の首を取れ」

陸遜は叫び続けた。

敵はすでに五、六百騎に減り、それでもまだ北へ駈けようとしていた。

不意に、壁にぶつかったような衝撃《しょうげき》があった。新手《あらて》。多分、寿春《じゅしゅん》から出てきた部隊の、先鋒だろう。二千騎ほどいる。その二千騎の壁の中に、曹休は吸いこまれていった。

陸遜は、前進を止めた。二千騎であろうと、まだ戦をしていない兵だ。こちらの兵は、疲れきっている。

四千騎を、小さくまとめた。睨《にら》み合うような恰好《かっこう》になる。まともにぶつかり合うと、犠牲はかなり出そうだった。陸遜の方からは、攻撃をかけなかった。

敵が、少しずつ後退していった。

「追うな。後方には、本隊がいるはずだ」

言って、陸遜は大きく息をついた。

曹休の首は取れなかったが、大きな勝利だった。孫権《そんけん》の長年の宿願だった、合肥《がっぴ》を奪《と》ったのだ。

合肥を起点にして、まず寿春を落とす。それから、徐《じょ》州に進攻する。青《せい》州には不穏な空気があるので、それとは連合できる。

諸葛亮《しょかつりょう》は、再び雍《よう》州を攻めるだろう。魏《ぎ》はやはり、数十万を投入しなければ、諸葛亮に対抗できない。その間隙《かんげき》を縫って、呉《ご》は予《よ》州の半分は奪れる。

天下が手に届くところにあると、孫権に教えてやることができるのだ。

陸遜は兵をまとめ、合肥へ戻った。

二日後、合肥城外に集められた魏の降兵《こうへい》は、七千に達した。

5

新兵の調練《ちょうれん》は、最終段階に入っていた。

同時に、雍《よう》州の動静も、応尚《おうしょう》によってもたらされた。陳倉《ちんそう》に、かなり堅固《けんご》な城を築いている。それを指揮している郝昭《かくしょう》という将軍の名を、数年前の司馬懿《しばい》の副官として、孔明《こうめい》は知っていた。

孔明は、調練中の新兵と、趙雲麾下《ちょううんきか》の半数である一万、馬岱《ばたい》軍の一万に出動準備を命じた。総勢で、三万二千である。馬岱は先鋒《せんぽう》を指揮するが、趙雲は漢中《かんちゅう》に残る。新兵の一万二千は、陳式《ちんしょく》に指揮をさせ、趙雲麾下の一万は、孔明自身が率《ひき》いる。

出発は、五日後。集結は陽平関《ようへいかん》。それも決定して、各軍に伝えた。

孔明は、地図を見るでもなく一日をぼんやりとして過し、翌日は、従者《じゅうしゃ》三人だけを伴《ともな》い、南鄭《なんてい》郊外の山に馬で登った。

かつて、五斗米道《ごとべいどう》の張魯《ちょうろ》が本拠《ほんきょ》としたところだが、曹操《そうそう》に打ち壊され、いまはなにも残っていない。枯れた色の草が、全山を覆《おお》っているだけである。

遠くに、岩山が見えた。そのむこうには定軍山《ていぐんざん》があり、その山なみを越えると、益州《えき》の広大な原野が拡《ひろ》がっている。

従者と馬を石積みの跡がある場所に残し、孔明はひとりで頂上まで歩いて登った。梁父吟《りょうほぎん》（民間の、哀切な音調の葬送歌）を口ずさんでみる。荊州隆中《けいりゅうちゅう》の地で、孔明が好んで口ずさんだものだ。若き日々が蘇《よみがえ》ってくる。乱世に埋もれ、静かに朽ち果てる人生のはずだった。自分が飛躍《ひやく》できる場所など、とうになくなっている、と思っていた。それも、人の生。思い定めようとして、しかし心の底で常に揺《ゆ》れ動くものがあった。

このままでいいのか。名もなく朽ち果てるためだけに、自分は生まれてきたのか。時に痛切に、時に諦念《ていねん》を混じえ、自分に問いかけたものだった。

農民にとって、農耕はかぎりなく生きているということだった。農民になってしまおうとした。それなら、生きることの意味はある。

しかし、いつも土と語った。これが、自分に与えられた生なのか。自分はなぜ、世に受け入れられることがないのか。なんのために、万巻《ばんかん》に及ぶ書を読んだのか。なんのために、いつも考えてばかりいるのか。土は、生きる場ではなく、嘆きの捨て場だった。そして嘆きは、尽きることがなかった。

劉備《りゅうび》と、なぜ会うことになったのか。なぜ、劉備の夢が自分の夢だと思えたのか。

いま考えると、不思議だという気分はまったくない。出会うのは、必然以外のなにものでもなかった。

いまこそ、切ないほどに、自分にはよくわかる。劉備玄徳《りゅうびげんとく》は、自分にとって救いそのものだった。

なにかが、感応《かんのう》した。思想を相容《あいい》れることができた。好きになった。それはみな真実だが、それらよりもっと大きく、自分は劉備に救われた。勿体《もったい》ぶって、隆中《りゅうちゅう》の草廬《そうろ》を出てきたが、劉備は動き闘う人であり、自分は静止し戸惑《とまど》う者にすぎなかった。

歩け。いや、駈《か》けよ。

言葉とは別に、劉備は自分にそう語りかけたのだ。

天を仰いだ。漢中《かんちゅう》の空には、雲が垂れこめている。孔明《こうめい》は、眼《め》を閉じた。

殿が早く逝《い》ってしまわれたので、お礼を申しあげるのを忘れてしまいました。救っていただいた、お礼を。

孔明は、駈けております。力のかぎり、駈け続けております。殿も戦《いくさ》によく負けられましたが、この孔明も負けております。同じですな。殿が先に逝かれたことだけが、違ってしまいましたが。

声をあげて、孔明は笑った。眼からは、涙がこぼれ落ちてくる。

この広大な益州《えき》の土地を、私に残された。志《こころざし》とともに、残された。私にだけは、駈け続けよ、と言われるのですな。駈けます。いくらでも、駈けます。この益州の土に、志の花を咲かせてみせます。

しかし、疲れました。あまりに多くの人々の死が、私の肩に乗ってしまいましたから。これもまた、生きるということですか。

孔明は、再び梁父吟《りようほぎん》を口ずさんだ。

もう、涙は出てこない。

従者が待つ石積みの跡まで、梁父吟を口ずさみながら歩いた。

馬の手綱《たづな》に手をかけた時、不意に草の中から二十人ほどの人間が湧《わ》き出してきた。それはまさしく湧き出したという感じで、剣《けん》を抜いていなかったら、拍手でもしたかもしれない。

「丞相《じようしよう》」

従者のひとりが叫んだ。

「馬にお乗りください。ここは、私たちが止めます。その間に、馬を駈けさせてください。突っ切れます」

「無理であろう、まず」

不思議に、恐怖は微塵《みじん》もなかった。闘うことさえ無駄だろう、となんとなく思っただけである。従者の三名は、斬《き》り合いなど得手《えて》ではない。

さらに十名ほどが、また草の中から湧き出した。いきなり、斬り合いがはじまった。姜維《きょうい》だった。瞬時に槍《やり》で三人を突き倒し、気づいた時は、孔明《こうめい》のそばに立っていた。

「全員は殺すな、二人か三人は、生きたまま捕えるのだ」

姜維が、静かな声で言った。三人を突き倒したばかりなのに、息さえ乱れていない。

次のぶつかり合いがはじまった時は、最初に草から湧き出した二十名ほどは、ひとりも立っていなかった。

「血が匂《にお》うな、姜維」

「全員を殺してはおりません。三名は生きて捕えました」

「趙雲殿《ちょううん》か?」

「丞相《じょうしょう》が営舎を離れられる時は、眼を離すなと申しつかっております」

「老人らしい気を遣《つか》われるようになったものだ。私は、どうやら命を拾ったようだがな。これでまた、趙雲殿の小言《こごと》を食らうのか」

「趙雲様が言われなくても、私が申しあげます。文官の従者三名で南鄭《なんてい》を出られるのは、軽率《けいそつ》にすぎます。得体《えたい》の知れない者たちが、漢中《かんちゅう》に入りこんできているのですから。押さえた三名は、私が預からせていただきます」

「死なせてやれ、姜維。ほかの者たちと一緒に、死なせてやれ。誰《だれ》が放《はな》った刺客《しかく》か知ったところで、なんの意味がある」

姜維が、じっと孔明を見つめてくる。死なせてやれ、と孔明はもう一度呟《つぶや》くように言った。

姜維の腰から、光が飛び出した。剣を抜き放った時は、ひとりの首が落ち、返す剣で二人の首が飛んだ。剣を鞘《さや》に収め、姜維は孔明の前に直立した。

「南鄭へ、お戻りいただけますか、丞相。いま丞相になにかあれば、蜀《しょく》は滅亡します」

「大袈裟《おおげさ》なことを言うな、姜維。小人数で出てきて、心配をかけたことは謝ろう。それに、いやな思いもさせたようだな」

「ここで斬れてよかったと思います。生きていれば、また丞相のお命を狙《ねら》ったでありましょうし」

姜維に、槍を教える必要はない。そう言ったのは、趙雲だった。若い校尉《こうい》（将校）は、大抵調練で趙雲《ちょううん》に突き倒された経験を持っているが、姜維《きょうい》は劣勢《れっせい》ながらも屈《くっ》しなかったという。

「強いな、姜維は」

孔明《こうめい》が乗った馬の轡《くつわ》を取って、姜維は歩きはじめた。

「この世に、自分に勝る手練《てだ》れはいない、と慢心《まんしん》していたことを恥じております。馬超《ばちょう》将軍の剣、張飛《ちょうひ》将軍の蛇矛《じゃぼう》、そして関羽《かんう》将軍の青竜偃月刀《せいりゅうえんげつとう》。どれも自分の槍より勝っていたと、趙雲様は言われました」

「あの三人は、特別であった。そして趙雲殿も」

「ひとつ、お伺《うかが》いしてもよろしいでしょうか。丞相《じょうしょう》。今度の御出陣には、趙雲軍の半分を連れていかれますが、なぜ私は加えていただけないのでしょうか？」

「今度の戦は、強い者が出ることはないのだ、姜維。調練のようなものだ、と思ってよい。それよりおまえは、趙雲殿のそばにいて、別のものを学べ」

「調練、ですか」

実戦の積み重ねがどれほど大事か、馬謖《ばしょく》の失敗で骨身《ほねみ》に沁《し》みて知った。陳倉《ちんそう》の攻撃は、新兵にとっては、いい調練になるだろう。

山麓《さんろく》から、騎馬の一隊が駈けあがってくるのが見えた。孔明の護衛隊に任じられている者たちだった。

「丞相は、時々童《わらべ》にも似たことをなさるのですね。あの護衛隊は、たっぷりと叱責《しっせき》されることになります」

「そうか、叱《しか》られるか」

「呆《あき》れることはあっても、誰《だれ》も恨んだりはしないと思いますが」

百五十騎の隊列になった。姜維は、孔明に手綱を渡すと、一礼して去っていった。

本営に戻ると、孔明は滞《とどこお》っていた仕事を片付け、陳式《ちんしょく》を呼んだ。

「すべて、準備は整っております、丞相。雲梯《うんてい》（梯子《はしご》に車が付いたもの）、井闌《せいらん》、衝車《しょうしゃ》、それぞれ二組ずつです」

三つとも、攻城兵器である。陳式は、成都《せいと》から連れてきた上級校尉で、つい最近将軍に昇格したばかりだった。重装備の歩兵を率い、攻城兵器の製作もよくした。

一万二千の新兵は、攻城部隊として調練を受けている。攻城兵器とともに、陳倉城の攻撃に投入し、指揮官の陳式も含めて実戦の経験を積ませる。

姜維に言ったように、調練のようなものだが、孔明の視線の先には長安《ちょうあん》があった。

長安奇襲策《きしゅうさく》は、魏《ぎ》に読まれた。今後、長安の守備兵が少なくなることはあるまい。落とすためには、正攻法の攻撃が必要だと思えた。

応尚《おうしょう》の手の者が調べたかぎり、陳倉城《ちんそうじょう》はたやすく落ちるとは思えなかった。必ず落とそうと、孔明《こうめい》も考えているわけではなかった。しかし出兵には、調練《ちょうれん》のためだけではない、それなりの理由があった。

魏《ぎ》の曹休《そうきゅう》が、合肥《がっぴ》の戦線で呉《ご》に大敗した。危うく、曹休の首が取られるところだったという。曹休は洛陽《らくよう》に帰還したが、憤怒《ふんぬ》のあまり死んだ。雍《よう》州への三十万の出兵といい、合肥の敗北といい、魏は国力を磨《す》り減らす戦をしてきた。おまけに、遼《りょう》東《とう》では公孫《こうそん》家の内紛で、かなりの兵を張りつけておかなければならない。北の烏《う》丸《がん》も、相変らず不穏だ。北のことは、応真《おうしん》の働きもあるのかもしれない。

いま陳倉城を攻めても、魏は長安《ちょうあん》の軍を出せはしないだろう。奇襲作戦を、どうしても警戒せざるを得ない。とすると、洛陽郊外の遊軍《ゆうぐん》を持ってくる。合肥の敗戦があり、荊《けい》州の軍も動かしにくいからだ。

およそ、二十万。かなりの長駆《ちょうく》になる。出兵だけでも、魏の国力はまた大きく衰弱するはずだった。

蜀《しょく》軍は、箕谷道《きこくどう》を行くだけでいい。帰還する時は、ついでに桟道《さんどう》の補修などもできる。つまり、次の戦の準備になるのだ。

進発《しんぱつ》の日、孔明はやはり具足《ぐそく》を着けないまま馬に乗った。そうすることで、軍人ではないということを、蜀軍にも示しているつもりだった。常に、国の総力をあげての戦なのである。

兵の耐久力はなかなかのもので、進軍は速《すみ》やかだった。

箕谷道を出ると、すぐに陳倉城である。

「なかなかの城だと思います、あれは」

陳式《ちんしょく》が、感心したように言った。

攻囲すると、雲梯《うんてい》、衝車《しょうしゃ》、井闌《せいらん》の順で試《ため》した。攻めて、攻めあげる。郝昭《かくしょう》は、矢を射かけることを中心に、激しい反撃をしてきた。できるかぎり犠牲を出さないように、兵には大きな楯《たて》を持たせている。

攻囲が十日を過ぎたころ、洛陽郊外の遊軍を中心にした魏軍が、救援のために進発したという報告が入った。孔明の予想した通り、二十万の規模である。

できるかぎり、その二十万を引きつけた。二十万の軍は行軍するだけでも、魏の国力を少しずつ磨り減らす。

攻めても攻めても、郝昭はよく守った。守兵は五千程度だろう。できることなら、城を落として破壊しておきたいところだったが、そのためには三月《みつき》が必要だった。

援軍が三十里（約十二キロ）の地点まで近づいた時、孔明は攻城兵器をすべて焼《しょう》却《きゃく》させ、撤収《てっしゅう》を命じた。

陳式《ちんしょく》が、この戦での損害を報告に来た。

死者はおよそ三百で、ほとんどが陳式が指揮した攻城部隊である。馬岱《ばたい》の軍にも、孔明《こうめい》が自身で率いていた軍にも、ほとんど損害は出ていなかった。

二度目の北進にも失敗した、と取られるだろう。孔明は、それを気にしてはいなかった。箕谷道《きこくどう》を進軍して、二十日間にわたり、陳倉城《ちんそうじょう》を猛攻した。しかし、原野《げんや》戦はやっていない。新兵の調練として、これ以上のものはなかった。次には、勝利の味を覚えさせてやればいいのだ。

それに較《くら》べて魏《ぎ》は、合肥《がっぴ》の戦線での大敗の直後に、また二十万の大軍を長駆させなければならなかったのだ。今後、大軍を常駐《じょうちゅう》させるというのも、難《むずか》しいだろう。結局は、雍州刺史《ようしゅうしし》（長官）の軍が日常の守備にはつかなければならないはずだ。雍州刺史の郭淮《かくわい》は、司馬懿《しばい》や曹真《そうしん》が出動してきた時は、後方の担当である。

「陳式、箕谷道を漢中《かんちゅう》まで撤退《てったい》したら、そのまま陽平関《ようへいかん》で編成を整えよ。まだ戦が終ったわけではない。ほかの将軍にも、私から通達が出してある」

「かしこまりました」

陳式には、王平《おうへい》と似たところがある。根っからの軍人で、命令の遂行《すいこう》を第一と考えているのだ。派手《はで》な功名はあげないが、大きな失敗もない。

　陳式の軍から、撤退をはじめた。

　次が孔明の軍で、殿軍《でんぐん》は馬岱《ばたい》である。

「魏軍は二十万で、王双《おうそう》が先鋒だそうだ。荒武者《あらむしゃ》だが、思慮《しりょ》はない。いまも、本隊から十里も先行し、駈けに駈けているらしい。われらが撤収中であるから、勝ちに乗じた追い撃ちをかけることだけを考えているのだろう」

　孔明が言うと、馬岱はにやりと笑った。

「少し遅れて、山に駈けこみます。王双が進撃を止《や》めないほどの距離で」

　馬岱は、長く白水関《はくすいかん》に駐屯《ちゅうとん》し、山岳戦にたけた武将になっていた。孔明の意図は、すぐに察したようだ。

　孔明の軍も、箕谷道を駈けはじめた。

　陽平関に帰着した時、王双の首を取ったという馬岱からの伝令が追ってきた。馬岱は、すでに箕谷道の半ば以上を撤退してきているようだ。

　陽平関で、孔明はすぐに新しい攻撃部隊を編成し、雍州の様子を窺《うかが》った。陳倉に到着した二十万の援軍は、王双を失っただけで、勝利を喧伝《けんでん》しながら引き返していった。

年が明けていた。雪は少なく、ほとんどないと言っていいほどだった。

「陳式《ちんしょく》、戦の続きだ。武都《ぶと》、陰平《いんぺい》の二郡を奪《と》れ。私が率《ひき》いている一万も加え、二万二千で進攻せよ」

武都、陰平は雍《よう》州の州境である。中原《ちゅうげん》に進むための戦略的価値は低いが、人的な資源はあった。物産も、そこそこにある。そして祁山《きざん》を奪った時のことを考えると、南からの支えにはなる。

陳式の進撃は速かった。今度は攻城兵器など持たず、軽装備である。一度重装備の進軍を経験した兵が、軽装で駈けると速いのだ。五日目には祁山の南まで進み、そこで態勢《たいせい》を整え直すと、陰平にむかって南下した。

軍を追うようにして、孔明《こうめい》は文官を派遣《はけん》した。すぐに蜀《しょく》の民政の中に二郡を組み入れなければ、併合《へいごう》の意味はない。

陳式は、小さな砦《とりで》などを蹴散《けち》らしながら、軽快に進撃を続けていた。

さすがに、雍州刺史《しし》の郭淮《かくわい》は黙視できず、西に三万の軍を動かしはじめた。

孔明は、二万の兵を率いて、祁山の南にむかった。

郭淮の軍が、すぐ東に引き返した。退路を断たれることを恐れたのだ。もともと退路を断たれるような動き方であり、本気で二郡を守ろうとする気が、郭淮にはなかった。
蜀の勝利、ということになった。
小さな勝利である。
いまは、そういう小さな勝利を積み重ねていく以外に、方法はなかった。

老兵の花

1

孫権《そんけん》が、呉《ご》国の帝《みかど》に即位した。

それに伴《ともな》い、皇太子は孫登《そんとう》ということになった。呉都も、武昌《ぶしよう》から建業《けんぎよう》に戻った。

即位について陸遜《りくそん》に不満はなかったが、それほど大きな意味があるとも思えなかった。すでに、曹叡《そうえい》、劉禅《りゆうぜん》と、この国には二人の帝がいる。三人目になったところで、いままでと変るところはないのだ。

しかし、建業では祝賀の宴が続いた。

同盟関係にある蜀《しよく》からは、数百人にのぼる祝賀の列が到着し、夜毎《よごと》の祝宴が催されていた。臣下を招いた宴も開かれる。陸遜も、二度それに出て、白々《しらじら》しい気分になった。

蜀は、呉帝など認めていない。無論、魏《ぎ》帝も認めない。それどころか、蜀の帝である劉禅さえ、ほんとうは認めていないのだ。それゆえ、国名も蜀漢《しょくかん》で、漢《かん》の一部だと称している。

蜀が、いや諸葛亮《しょかつりょう》が真の帝と認めるのは、三人の帝の上に立つ帝だった。大帝と言っていいだろう。その血は、四百年続いた漢王室にしか存在しない。

漢建国の中心は、洛陽《らくよう》であった。

諸葛亮の悲願が、洛陽奪取《だっしゅ》にあることは確かだろう。洛陽は中原《ちゅうげん》の中心で、そこを制した時、漢王室の再興は果されたということになる。

陸遜にとっては、漢王室はどうでもいいものだった。ただ孫権が真の帝になりたいのであれば、魏帝も蜀帝も滅すべきだ。ただひとり立つのが真の帝の姿であり、孫権をそこへ押しあげるためなら、この命など惜《お》しみはしない。

だが孫権は、呉国の安寧《あんねい》だけを願っているようにしか思えなかった。宿願であった合肥《がっぴ》を奪取すると、すぐに帝と言い出したのだ。

合肥を奪取した勢いに乗り、寿春《じゅしゅん》を攻め、徐《じょ》州から予《よ》州の一部まで領土に加える。そういう陸遜の建策《けんさく》は、魏との全面戦争になるという理由で、孫権に却下《きゃっか》された。

魏はその間に寿春に兵力を集中させ、少し南下して合肥新城を築きあげた。寿春に大軍がいるので、築城中をたやすくは攻められなかったが、それでもなにか方法はあったはずだ。

いまは、合肥《がっぴ》新城と合肥が、むかい合うかたちになっている。そして再び膠着《こうちゃく》なのである。合肥新城には、満寵《まんちょう》という将軍が入ったが、これは曹休《そうきゅう》ほど甘くはなかった。

陸遜《りくそん》は、闘いたかった。呉《ご》軍はいま、力を持て余しているほどだ。国内には、相当の余裕《よゆう》がある。そして魏《ぎ》という巨人は、駈《か》け過ぎて息を乱しているのだ。脚《あし》の痛みさえはじまっているかもしれない。

いま、呉と蜀《しょく》が同時に北進する。北の国境にも問題を抱《かか》えた魏が、二国からの攻撃に耐《た》えきれるのか。

洛陽《らくよう》を群雄が目指すことを、かつては中原《ちゅうげん》に鹿《しか》を逐《お》うと言った。陸遜は、中原に鹿を逐いたいのだ。いま鹿を逐っている男は、諸葛亮《しょかつりょう》だけではないのか。

建業《けんぎょう》から武昌《ぶしょう》へ、船で移動した。淩統《りょうとう》、朱桓《しゅかん》も一緒で、伴《ともな》っている麾《き》下《か》の兵は二千、輸送船は三十艘《そう》に達していた。

合肥新城への対応は自らやる、と孫権《そんけん》が宣言したので、陸遜は西部方面を担当することになった。十万の軍を、荆《けい》州各地に配置してある。建業を中心として揚《よう》州にも十万で、闘い方によれば充分に魏と単独でたちむかえる兵力である、と陸遜には思えた。

「諸葛亮は、活発に動いています。陳倉《ちんそう》を撤退したと思ったら、その直後に武都《ぶと》、陰平《いんぺい》の二郡を併《あわ》せました」

艦《かん》の楼台《ろうだい》である。陸遜は、凌統と並んで胡床《こしょう》（折り畳みの椅子《いす》）に腰を降ろしていた。

凌統は、水軍の統轄《とうかつ》をしている。軍船の工夫を重ね、海軍の創設も孫権に上奏していた。海軍があれば、まず遼東《りょうとう》の攻略がたやすくなる。そこから、鄴《ぎょう》へ攻めこむ。それで魏は、東西の一本の線で二分される。同時に陸遜が荊州から北進すれば、諸葛亮より先に陸遜が洛陽を奪《と》れる。つまり中原に鹿を逐い、鹿を射る猟人は陸遜、と凌統は考えているようだ。

凌統も、孫権の国内充実策に不満を抱《いだ》いている。最近では、陸遜や凌統の上奏などを、孫権はうるさがっている気配だが、自分を軍の頂点からははずせない、という絶対の自信が陸遜にはあった。

「ところで、致死《ちし》軍はどうなりました、陸遜殿？」

「調練《ちょうれん》はさせているが、使える場所がない。それに路輔《ろほ》が張昭《ちょうしょう》殿の養子になる道を選んだので、周瑜《しゅうゆ》様と致死《ちし》軍の縁は切れたという恰好《かっこう》だ。いま致死軍を率《ひき》いている路芳《ろほう》には、通常軍でありたいという志向がある」

「周瑜様の遺業が、少しずつ消えていきますね。それは仕方がないとしても、あの壮大な夢までも」

「われらがいるかぎり、夢は消えぬ」

「陛下《へいか》にはもともと外征《がいせい》を望んでおられない、と私はこのごろ感じるようになりました。口では、天下とおっしゃりはしますが」

「外征がなくても、外からの侵攻はある。それを、外にむかうきっかけにすればいいのだ。外にむかわないかぎり、くり返し侵攻を受けると、陛下に理解していただこうと思う」

「侵攻というと、まずは合肥《がっぴ》あたりですか?」

「陛下御自身で、合肥は守ると言い出された。私は、黙って見ていようと思う」

「満寵《まんちょう》は、なかなかの将軍です。張遼《ちょうりょう》将軍の軍略を、最も受け継いでいるのが、満寵と言っていいでしょう」

「陛下は、敵の分析《ぶんせき》があまりお上手《じょうず》ではない。合肥でしか闘ってこられなかったからだ。しかしなにかあると、軍権を臣下に与え、黙って最後まで見ていられるだけの、大きさもお持ちだ。蜀《しょく》に攻めこまれた時が、まさにそうであった」

「なにかが、あればよいのですね」

「ことさら起こした戦《いくさ》は、負けるぞ、淩統《りょうとう》。大義も信念も、戦の大きな武器なのだ」

艦は、皖口《かんこう》にさしかかっていた。やがて柴桑《さいそう》で、そこで西へ進路を変えれば、武昌《ぶしょう》に達する。そのまま南へ下がれば、鄱陽《はよう》であり、呉《ご》水軍の本拠地に到《いた》る。鄱陽には造船所もあり、たえず調練も行われている。

曹操《そうそう》が大軍で荊《けい》州を攻めてきた時、呉水軍は、鄱陽を中心にして、激烈《げきれつ》な調練をやった。櫓《ろ》を握ったまま死ぬ兵が、続出したほどである。

そして周瑜は、その精鋭《せいえい》を赤壁《せきへき》まで進めたのだ。

あの時も、孫権は柴桑にいて、軍権はすべて周瑜に預けた。途方《とほう》もない作戦にも異議ひとつ出さず、どっしりと構えていたものだった。

「周瑜将軍が御存命《ごぞんめい》であれば、すでに天下は統一されていた。そうは思われませんか、陸遜《りくそん》殿」

「どうであろう。仮定のことを考えるのは、むなしいだけだ」

「そうですね」

皖口《かんこう》の城が見えてきた。

そこから石亭《せきてい》まで進撃し、曹休《そうきゅう》の軍を撃《う》ち崩《くず》し、合肥《がっぴ》を奪《と》った。それだけの勝利で充分だ、と孫権《そんけん》は言った。

かつての孫権と変ったのだろうか。近づいてくる皖口の城を眺めながら、陸遜《りくそん》は考えた。わからない。昔から、肚《はら》の底までは読ませないところがあった。いまは、肚の底だけでなく、全体がわかりにくいというところがある。いつも背後に、影のように寄り添っている、張昭《ちょうしょう》の影響なのかもしれない。

陸遜は、何度も張昭に助けられている。しかし、国家というものに対する考えは、文官のそれだ。平和な時は、そうあるべきだった。しかし、乱世なのだ。乱世はまだ終熄《しゅうそく》せず、諸葛亮《しょかつりょう》の存在によって、新しい火が燃えあがりはじめている、とさえ言っていい。

「陸遜殿、皖口城の城塔で、旗が振られています。答礼に、陸遜殿の牙旗《がき》（将軍旗）を掲げます」

凌統《りょうとう》が、若い校尉《こうい》（将校）を二人呼んだ。

陸遜の牙旗があげられた。風にはためいている。その音が、楼台《ろうだい》にまで聞えそうだった。

「やあ、陸遜将軍の牙旗は、いつ見てもいいものだな。呉《ご》軍ここにあり、という気がしてくるではないか」

凌統が、若い校尉に言っていた。

2

生きものが動き出す気配に、爰京《えんきょう》はじっと耳を傾けた。

山深い里である。深いなどというものではない。山中の旅に馴《な》れはじめていた爰京でも、もう戻ることはできないだろう、と諦《あきら》めかけていた。何日歩いても、似たような山中なのだ。高い尾根があり、それを越えると違う風景が拡《ひろ》がっていると思っても、また同じような山だった。密林というほどではない。森はそれほど続かず、岩肌がむき出しになった場所になる。そしてまた森、岩肌という感じで、尽きることがなかった。

食料には、困らなかった。秋の実りが、山には満ちていたのだ。それに、道らしい踏み跡があるし、人の手が加わったような森や小川もあった。だから、諦めずに歩き続けてきたのだ。

何日歩いたか、はっきりわからなくなった。歩きながらも、気になる植物や茸《きのこ》があると採取し、場所を懐《ふところ》の紙の束に書きこんだ。同じ場所を回り続けているわけではないというのは、太陽を見て知った。益《えき》州は太陽が出ている時が少なかったが、山に入ると太陽が見えるようになったのだ。西へ、西へと進んできた。

そして、人に会った。

羌《きょう》族だというのは、すぐにわかった。言葉は通じた。眼《め》には穏《おだ》やかな光があり、危険はまったく感じなかった。もっとも、奪われるものは、命しかない。背負っている治療《ちりょう》の器具など、自分以外の者にとっては、まったく価値のないものだろう。

丸一日歩いて、この里に連れてこられた。

二千から三千戸の家がある。山の中では考えられないことで、夢を見ているのではないかと爰京《えんきょう》は思った。

子供たちがめずらしがって爰京を見物に集まったが、陽《ひ》が落ちるころには、それぞれの家へ帰った。

食事は二つの皿で出され、塩の味が躰《からだ》にしみこむような気がした。山で不自由したものが、塩だったのだ。

そして眠り、いま眼醒《めざ》めたところだった。

寝ていた家を出て、朝の光の中に立った。

もう起き出している人間もいる。犬が吠《ほ》えていた。前の道を通りすぎる大人たちは、爰京にちょっと眼をくれはするが、それほどの関心は示さなかった。

しばらくして、男がひとりやってきた。爰京を、ここへ連れてきた男とは違っていた。中年の、小柄な男だ。眼はいくらか厳しく、短い剣を佩《は》いていた。

「私は、牛志《ぎゅうし》という。漢《かん》民族だが、ここではそんなことはどうでもいい。なぜ、こんな山中をさまよっていたのか、訊《き》きたいのだが」

「爰京と申します。医師です。薬草を捜しに山に入り、迷ってしまったのです。東へ戻れば益州《えき》だとはわかっていたのですが、どこかに人がいるだろうと思って、西へ西へと進んで、何日歩いたかも憶《おぼ》えていません」

「よく、死ななかったものだ」

「昔だったら、死んでいたでしょう。実際、腹が減って死にかかったこともあります。いまでは、どの草の根が食することができるか、見分けがつきます。それに、山の実りが豊かな季節でしたし、兎《うさぎ》や蛇を捕《つか》まえる罠《わな》の作り方も知っています」

「医師と言われたが、どこでやっておられた？」

「いろいろなところで。鄴《ぎょう》や洛陽《らくよう》、それに旅で行き着いた城郭《まち》や村。流浪《るろう》が多いので、その土地その土地で、怪我《けが》人や病人の手当てをして、なんとか食べていた、というところでしょうか」

「医師が、なぜ流浪をされる？」

「各地の医師の療法を学びたいこと。そして、薬草を見つけ出すこと。目的は、この二つです」

牛志《ぎゅうし》は、じっと爰京《えんきょう》に眼を注いでいた。人がこわいと思った経験が、爰京にはなかった。等しく命を持っている。それ以外の眼で、人を見たことがない。高貴な人間も、平凡な人間も、同じ命である。

ただ、魅力のある人間には、ずいぶんと出会った。曹操《そうそう》がそうであったし、劉備《りゅうび》もそうだった。二人の命には、確かに爰京は関《かか》わったのだ。

「この山の中にも、医師はいる。洛陽《らくよう》の医師から見れば、児戯《じぎ》に等しい治療《ちりょう》しかできぬのかもしれぬが」

「より正しい、という治療を医師は目指します。絶対に正しいものなど、ありませんのでね。そして、どんな医師でも、学び合うことはできます」

「どうしたものかな」

牛志は、考えこんでいるようだった。

同じくらいの年齢だろう、と爰京は思った。山中の生活が特に厳しいというわけではないらしく、肌は若々しい。

「朝餉《あさげ》でも、御一緒しようか、爰京殿。もし望まれるのなら、案内をつけて山から出してやることもできる。それも、相談だな」

ついて来いという仕草《しぐさ》をしたので、爰京は牛志についていった。集落は、平地とも言っていいような、緩《ゆる》い斜面に拡《ひろ》がっていて、三方は高い山である。集落は、貧しくないことは、集落を歩いただけでもわかった。貧しさは、人の眼に出ることが多い。

営舎《えいしや》があった。

四棟で、数百人の若者がいるようだ。爰京の知っている営舎と違うのは、誰《だれ》も具《ぐ》足《そく》を着けていないことである。ただ、武器は持っている。

本営らしい建物の、一室に案内された。

牛志が命じると、従者《じゆうしや》らしい若者が、二人分の朝餉を運んできた。粥《かゆ》だが、焼いた魚が付いている。

「穀類《こくるい》もあるのですね、この山中に」

「平地がないわけではなく、水田を作ることも難しくないのだ。もっとも、山の民の口に入る程度の収穫《しゅうかく》しかありませんが」

「きのう振舞《ふるま》われた夕食には、塩の味がありました。旅をしていて困るのが、塩なのです。躰《からだ》が、すっかり喜んでしまいましたよ」

　粥を啜《すす》りはじめた牛志《ぎゅうし》が、おかしそうに笑った。右の肩がよく動かないらしく、箸《はし》の遣《つか》い方がいくらかぎこちなかった。

「私の希望としては、しばらくここで暮させていただきたいのです。もっとも、山の仕事はできません。病人や怪我《けが》人の治療なら、そこそこできます」

「病人や怪我人がいないわけではないのだが」

「牛志殿も、怪我をされていますね、右の肩を」

「これは、怪我というほどのものではない。山の作業をしていて、伐《き》り出した木材と一緒に斜面を落ちた。その時に打ったのだろう。翌日から痛くなり、痛みは去ったが、まだよく動かない」

「動くようにはできる、と思います」

「ほう」

「利《き》き腕《うで》の方ですから、不自由でしょう。それは、すぐに治せます」

「どうやるのだ？」

「鍼《はり》です」

「鍼を打つというのは、聞いたことがあるが。しかし、そうたやすく治るとも思えん。もう、ひと月も続いているのだ」

「治ります。朝餉《あさげ》のお礼に、私に治療をさせていただけませんか？」

牛志は、疑わしそうな表情をしていた。爰京《えんきょう》はそれ以上は勧めず、粥と魚を平らげた。鍼を打つというと、こわがる人間が多い。ひどく痛いもの、と思ってしまうようだ。

「爰京殿、鍼とはどうやって打つものなのだ？」

「鍼の頭を、指の腹で叩《たた》いて打ちこみます。私が見たところ、肩に血の滞《とどこお》りがあります。放《ほう》っておいてもいつかは治るかもしれないし、そのままかたまってしまうかもしれない。二日、鍼を打てば治ります。一度だけでも、ずいぶんと違いますよ」

「よし、やっていただこうか。実は困っているのだ。山中を歩く時は危険でさえある。治らなくてもともと、と思うことにする」

「そうですか。では、煮えたぎった湯をいただきたい。できれば、鍋《なべ》を火にかけたままにして」

「毒消しだな」

「そうです」

従者《じゅうしゃ》に、厨房《ちゅうぼう》に案内された。そこで、懐《ふところ》の布に並べた鍼を、数本煮たてた。

上半身裸になり、牛志《ぎゅうし》は待っていた。興味があるのか、従者も覗《のぞ》きこんでいる。

無造作《むぞうさ》に、爰京《えんきょう》は鍼を牛志の肩に打った。触れてみるまでもなく、血の滞ってい る場所がわかったのだ。鍼に、確かな抵抗があった。少し鍼を動かして、それを突《つ》き崩《くず》した。

ほかに四カ所、鍼を打った。

「終りました。肩を動かしてみてください」

牛志が、不思議そうな表情をした。

「どんな術を使ったのだ。動くようになった。こんなはずはない」

肩を何度も動かしながら、牛志が言った。

「血が滞り、肉がかたまってしまっていたのです。血の流れがよくなった。それで 動くようになったわけで、術などではありません」

「ほかにも、こういう怪我人がいるが、治せるか？」

「すべてを治せるわけではありません。怪我で動かなくなった手足などは、かなり 治せます。病は、やはり難しく、それで私は薬草を捜すのです。鍼と薬草を併用《へいよう》することで、軽快することがありますので」

「ほかの者の治療も、やってみてくれぬか、爰京殿。動くようになっているのに、どうにも私はまだ信じられん」

爰京が頷《うなず》くと、牛志は従者に声をかけた。

しばらくして入ってきたのは、三人の若者だった。

肘《ひじ》と膝《ひざ》と肩。どれも、難しいものではなかった。鍼を打っただけで、かなり緩解《かんかい》したはずだ。牛志は、爰京の手もとをじっと見つめていた。

「驚いた。これほどに効果があるものだとはな。爰京殿には、ぜひにもこの地に留《とど》まっていただきたい」

「誤解《ごかい》しないでください、牛志殿。すべての怪我を治せるわけではありません。首や肩、それに腰、腕や脚。そういうところには、かなりの効果はありますが、必ず治るものでもないのです。まして、病となると」

「この地で暮したい、と言われたのは爰京殿ですぞ。まあそれは別として、こちらからお願いしたい」

「いつか、ふらりと出ていってしまうかもしれません」

「その時は、無理にお止めしないと約束しましょう。それまでは、一軒の家と、世話をする者を付けます」

「ありがたいことです。もっとも、暮しはひとりが馴《な》れています。食するものだけ頂戴《ちょうだい》できれば、怪我をした方たちの治療もいたしましょう」

「そんなことで。とにかく、家は用意します。それに、会っていただきたい方もいるのです。それほど嫌いにはなられないと思う」

それから牛志《ぎゅうし》は、若い従者を四人ほどやって、家を整えさせた。

昼食の前に、家は整い、数枚の衣服まで与えられた。袍《ほう》に似たものだが、頭から被《かぶ》るように縫われていた。

心地のいい場所だった。

三日も暮すと、爰京《えんきょう》はそう思うようになった。怪我人が、何人か遠慮がちに家を訪れてきた。ほとんどが、鍼で治せるものだった。

暇《ひま》を見ては、棚《たな》を作り、集めた薬草の整理をした。薬草も、陽《ひ》に干して毒を抜かなければならないものや、何種類か調合しなければならないものもある。

それをはじめたのは、自分がこの里に腰を据《す》える気になっているからだ、と爰京は思った。周辺の山では、薬草も多く採《と》れそうだ。

牛志が、夕食を誘いに来たのは、この里に来て十日ほど経ったころだった。

　ここがどういうところだか、爰京にもわかりはじめていた。羌《きょう》族の集落である。ただ、五人にひとりは漢《かん》民族なのだ。

　好《この》ましいのは、みんなが平和を望んでいて、しかもそれが現実にある、ということだった。営舎《えいしゃ》にいる数百人の若者は、明らかに兵だが、戦《いくさ》で受けた傷を持っている者はほとんどいなかった。自衛のための兵なのだろう、と爰京は思った。

　牛志が案内したのは、里の高台にある館《やかた》だった。館といっても、少し大きな家という感じで、塀などもない。

　出迎えたのは、これはと思うような、美貌《びぼう》の夫人だった。美人といっても妖《あや》しい感じはなく、清潔な印象が強かった。

「袁《えん》夫人。この方が爰京殿ですよ」

　客間に通された。使用人が数人いるようだが、みんな身綺麗《みぎれい》にしていた。

「お目にかかりたい、と思っておりました。怪我人の治療を鍼でなさるそうですね」

　三十歳にはなっていないだろう。澄んだ声で、爰京はどぎまぎした。三、四歳の男の子がひとり顔を出した。

「駿白《しゅんぱく》、御《ご》挨拶《あいさつ》はどうしました？」

はにかみながら少年が入ってきて、頭を下げた。

「馬騣白《ばしゅんぱく》と申します」

「爰京《えんきょう》です」

凛々《りり》しい顔立ちをしている。澄んだ、好奇心の強そうな眼で、爰京を見あげていた。

「殿は？」

「いま、参りますわ。牛志《ぎゅうし》殿もおかけください」

しばらくして入ってきた男を見て、爰京は胸を衝《つ》かれた。会ったことはない。しかし爰京がよく知っている男たちの持っていた気配が、濃厚に漂《ただよ》っていた。たとえば曹操《そうそう》であり、劉備《りゅうび》であり、夏侯惇《かこうとん》であり、許褚《きょちょ》である。

「やあ、馬休《ばきゅう》と申す。よく怪我人の治療をされるそうですな」

「いまだ、未熟ですが、ある種の怪我や病は治すことができます」

下女が、料理を運んできた。酒も出ている。

「この里の、長《おさ》であられますか、馬休様？」

「長というほどのものではない。もともと羌《きょう》族の集落で、こういう里が山中の広い範囲《はんい》にいくつもある。一族の長のいる里は、もっとずっと西です」

「馬休様は、漢《かん》民族であられますね」

「羌族の血も、入っている。祖母が、羌族の女だったのです」

「そうですか。私は、漢民族の武人であられると思ってしまいました」

馬休と牛志が、ちょっと顔を見合わせた。

「なぜ？」

「私が知る人たちと、同じ気配を漂わせておられましたので」

「ほう、どんな人たちです？」

「それは」

「名を言われれば、わかるかもしれない。私も牛志も、益《えき》州にいたことがある」

「蜀《しょく》ならば、劉備様を」

また、二人が顔を見合わせた。

「ほかには？」

「知っている方がいても、漂わせている気配は似ておりません」

「名だけは、聞きたいな」

「よく存じあげているといえば、あとは諸葛亮《しょかつりょう》様と王平《おうへい》様」

「人たち、と爰京殿は言われたが」

「魏《ぎ》の曹操《そうそう》様、夏侯惇《かこうとん》様、許褚《きょちょ》様。こういう方たちも、同じ気配をお持ちでした」

話題がおかしな方へいって、爰京《えんきょう》は戸惑《とまど》っていた。

「なにゆえに？」

「縁でございましょう。曹操様については、私の師である華佗《かた》と申す者が、治療をいたしておりました。華佗が亡くなってから、私が呼ばれるようになったのです」

「殿、いや劉備《りゅうび》様とは？」

「ここと同じです。永安《えいあん》の北の山で、腹を減らして動けなくなっていたところを、王平《おうへい》様に拾っていただいたのです。それで、お礼に兵士の治療をしていたら、劉備様のもとに呼ばれました」

「そうか。呉《ご》軍に負けられてからだな」

「私が呼ばれた時は、病がひどくなっておりました。それよりも、気力を失われていました。私が鍼を打っている間に、気力だけを取り戻したいとおっしゃられて。病は、激烈な痛みを伴《ともな》うもので、私は痛みをやわらげる鍼を打っていたのですが、どんな痛みにも耐《た》えるとおっしゃられて」

「それで？」

「気力は、取り戻されました。それで、成都《せいと》から来られた諸葛亮《しょかつりょう》様に会われ」

二人が、うつむいていた。

「馬休《ばきゅう》というのは、死んだ弟の名で、ほんとうは、馬超《ばちょう》という。知っておられるか？」

「馬超様と言われると、あの馬超様ですか、蜀《しょく》の将軍であられた」

「そうだ。ゆえあって、世を捨てた。しかし、殿のことは気になった。孔明《こうめい》殿のことも」

「話は、お二人だけでなさいました。勿論《もちろん》、ほかの方がおられるところでも話をされましたが、劉備様がほんとうに伝えたいと思われたことは、諸葛亮様とお二人だけの時の会話だったと思います」

「それから、亡くなられたのだな？」

「はい。生きておられるのが不思議なほどでした。最期《さいご》まで気力を失われず、眼を開いたままで、逝《い》かれました」

「どのような病だったのだろう、爰京殿？」

「不思議な病です。同じ病を、私は数多く見てきましたが、いまだになにとは申しあげられないのです。病は、大抵は滋養《じよう》を摂《と》ることで回復するものです。その病だけは、別なのです。躰《からだ》のどこにもできるものですが、劉備様は腹の中でした。生命力が強くなれば、病も勢いをつける。まるで、自分で自分の躰を食い尽すような病なのです」

「不治《ふじ》か？」

「そうとも言えません。たとえば、食するもので治ったりするのです。茸《きのこ》などです。しかしこれも、効く時と効かない時があります。同じ茸でもです」

「そうか。殿は、そんな病で亡くなられたのか」

「不愉快なことを、申しあげましたか？」

「いや。こんな山中では、亡くなられたということを知るぐらいだ。惨《みじ》めな思いの中で亡くなられたのではない。それがわかっただけでもよかった。気力を取り戻されたと聞いただけでも」

馬超《ばちよう》が、なぜこんな山中にいるか、爰京《えんきよう》はやはり少しは考えた。曹操《そうそう》の口からも、馬超の名はしばしば出ていたのだ。

しかし、爰京はなにも訊《き》かなかった。

「病とは、不思議なものだな、爰京殿」

「不思議と思っているだけでは、人間の負けです。私は、あらゆる茸を集めるために、秋には山中に入ります。こんなに深くまで入ってきたのは、はじめてのことですが。茸の中には、なにかがある。そう思っています」

「食すると、命を落とすものもありますぞ、爰京殿」

牛志《ぎゅうし》が言った。

「それは、もう。その土地の人々に、必ず訊きます。笑いはじめて止まらぬまま、笑い死にする茸もあるという話ですから」

「そういうことについては、羌族《きょう》の医師が詳《くわ》しいかもしれぬ。訊いてみられるとよい。爰京殿が持っておられる鍼の技《わざ》を、誰かに伝授していただくわけにはいかぬかな？」

「見て、身につけるものです。そして、見られることを、私は別にいとはしません」

「そうか。医師になろうとしている、若い者がいる。その者を、爰京殿の従者に付けたい。そういうことは、どうであろうか？」

「従者というのは、私には不相応《ふそうおう》です。ただし、手助けをしてくれるというなら、こちらからお願いしたいぐらいです」

「わかった。人を選んでおこう」

卓の料理が、かなり減っていた。杯《さかずき》も重ねている。

山の恵みを料理にした。そんな感じだった。心が籠《こも》っている。それだけでも、袁《えん》夫人の馬超《ばちょう》に対する愛情が深いことがわかった。かすかに、羨《うらやま》しさに似た感情もある。清楚《せいそ》な美貌《びぼう》というのもあるのだ、と爰京《えんきょう》は思った。

爰京は、四十八歳になっていた。ついに、妻帯することもなかった。女体を抱くというのがどういうことかも、知らないまま来てしまった。

牛志《ぎゅうし》が、蜀《しょく》の将軍の話をはじめた。爰京は、名だけはかなり知っていた。

「これは、申しあげるべきなのかどうかわかりませんが、蜀の帝《みかど》が、医師を集める布告を出しておられました」

「なんのために？」

「趙雲《ちょううん》将軍は御存知《ごぞんじ》でしょう。病だそうです。治せば、報奨《ほうしょう》は思いのままということです。多数の医師が、漢中《かんちゅう》にむかっているようです」

「そうか、趙雲が病か。爰京殿は、なぜ漢中に行かれぬ。曹操《そうそう》も、そして殿も治療した。そして孔明《こうめい》殿とは見知りでもある。治療をさせてくれると思うが」

「私よりすぐれた医師が、いくらでもいるはずです。それに医師は、報奨のために治療をしてはならないのです」

「趙雲は、いまの帝が幼いころに、何度か命を救ったことがあるのだ。その帝の思いが、報奨ということになったのであろう。趙雲にだけは、格別の思い入れをお持ちのはずだ」

「蜀でいま、そういう布告が出ている、ということだけをお話ししたつもりです」

「わかっている。私も、趙雲はよく知っている。気持のいい男だ。しかし誰でも、病で倒れることはあるのだな」

「残酷なほどに」

杯を重ねたが、爰京は酔ってはいなかった。

馬超が、遠くを見るような眼をしている。

誰であろうと、いつかは死ぬ。当たり前のことを口にしかけて、爰京は思い止《とど》まった。医師に力があれば、それをいくらかは先に延ばすことはできる。

自分にはそれができたのか、と爰京は思った。

3

郝昭《かくしょう》がよくやった、というのが宮殿内の評価だった。それに較《くら》べて、雍州刺史《ようしゅうしし》(長官)の郭淮《かくわい》は腑甲斐《ふがい》ない、とも言われ続けていた。

陳倉《ちんそう》に堅城を築かせた司馬懿《しばい》については、なにも言われていない。司馬懿も、極力それを話題にするのは避けた。

昨年の夏、曹休《そうきゅう》が合肥《がっぴ》から皖《かん》にむかって南下し、石亭《せきてい》というところで、陸遜《りくそん》に徹底的に打ち破られた。負け方は実に惨憺《さんたん》たるもので、合肥城に逃げ帰ることもできず、寿春《じゅしゅん》から出動した満寵《まんちょう》の軍が救い出さなければ、曹休は首を奪《と》られていた。

戦死は一万にも達し、洛陽《らくよう》に戻ってきた曹休は憔悴《しょうすい》しきっていて、髪も髭《ひげ》も真白だったという。曹叡《そうえい》も、作戦の失敗を咎《とが》めるどころか、慰めを口にしたらしい。

曹休は、洛陽に戻ってひと月も経《た》たぬうちに、病死した。憤怒《ふんぬ》が頭の血管を切ったとか、背中のできものが上にあがってきて首を締めたとか言われていた。

それからすぐに、諸葛亮《しょかつりょう》が箕谷道《きこくどう》を北進してきて、陳倉城を囲んだのだ。兵力は三万数千で、大軍ではなかった。それでも曹真《そうしん》は曹叡に上奏して、洛陽郊外の遊軍《ゆうぐん》を中心とした二十万の軍を動かした。

その軍が陳倉に到着する前に、蜀《しょく》軍は箕谷道から漢中《かんちゅう》へ撤退《てったい》した。その時、王双《おうそう》が深追いして、逆に討《う》たれている。王双は巨漢で怪力で、精悍《せいかん》な顔をした将軍だった。曹叡のお気に入りの部将だったのだ。しかし、蜀軍は撤退したので、一応の勝利ということになり、あまり問題にはされなかった。

二十万の軍は、すぐに洛陽郊外へ引き返した。曹操《そうそう》以来の伝統で、屯田《とんでん》を行っていたのである。稲のあとに、麦を栽培《さいばい》しなければならない時季に入っていた。

それを見透《みすか》したように、諸葛亮は次には陰平《いんぺい》、武都《ぶと》の二郡に兵を出し、あっという間に併合《へいごう》してしまった。雍州刺史《ようしゅうしし》の郭淮《かくわい》は軍こそ動かしたものの、一戦も交えずに撤退《てったい》したのである。

だから郝昭《かくしょう》がほめられ、郭淮が非難されている。

司馬懿は、曹休の敗戦のことがあったので、呉《ご》の再侵攻に備えて主力を東に移動させていた。

一連の動きを見ると、呉と蜀《しょく》は同盟しているといっても、動きに齟齬《そご》がある。同時に動かないということは、まだ共同作戦を発動するほど、同盟は強固ではないのだろう。

曹真はそういうところには眼《め》をむけず、郭淮を非難し続けていた。

雍州のことであるから、本来ならば担当している自分が非難されるべきだ。しかし、曹真に命令を出して正式な命令を受け、主力を東に移動させたという経緯《けいい》がある。寿春を側面から掩護《えんご》するという必要が、あの時はあった。

郭淮にむけられている非難は、ほんとうは自分にむけられているものかもしれない。

曹休《そうきゅう》が死んで、曹真《そうしん》が司馬懿《しばい》に神経を尖《とが》らせていることは、常に感じるのだ。曹休の勢力を司馬懿が取りこむことになれば、大将軍の曹真は、事実上棚《たな》あげという恰好《かっこう》になる。

司馬懿は、慎重に振舞《ふるま》った。軍を移動させる時は、必ず曹真の命令を受けた。荆《けい》州から雍《よう》州にかけての細かい情報も、逐一《ちくいち》報告し、曹真から曹叡《そうえい》にあげて貰《もら》うようにした。

主力を宛《えん》に戻し、洛陽《らくよう》に出頭してからも、単独で曹叡に拝謁《はいえつ》するのは避けた。

「蜀《しょく》は、ちょっとうるさすぎはしないかな、司馬懿殿。二万、三万の軍をしばしば出してきて攪乱《かくらん》されると、そのうちなにか起きかねん」

「陛下《へいか》も、それを心配しておられるのですか、曹真将軍？」

「いや、陛下はまた宮殿のことを言い出され、陳羣《ちんぐん》殿を困惑させておられる」

「宮殿は二つ、いま建てられているではありませんか」

洛陽の中に、新しい宮殿を二つ建てた。これなど無用のものだ、と陳羣は言ってはばからない。

「蜀にどう対応するかは、曹真将軍が決定されなければならないのですか？」

「そういうことだが、苦慮している。曹休殿も亡くなられたし、張郃《ちょうこう》殿などは、ひたすら戦《いくさ》をやりたがるだけだ。司馬懿殿、貴公と話し合うしかないのだ」

「曹真将軍の御命令があれば、私自身で雍州に行ってもよろしいのですが」

「しかし、寿春《じゅしゅん》の守りが満寵《まんちょう》だ。なにかあれば、荊州守備軍に出動して貰わねばならん。呉《ご》が、荊州で仕掛けてくることも、充分に考えられるからな」

「蜀も、十万に近い軍を出してくれば、こちらも対処のしようがあろうというものですが、二万、三万での攪乱《かくらん》となると」

「やはり、郭淮《かくわい》かな。遊軍の三万を割《さ》いて、郭淮に預けるというのがいいか。それとも、長安《ちょうあん》の軍を半分冀《き》に移すか。陳倉《ちんそう》には郝昭《かくしょう》がいるし、ほぼそれで対応はできるが」

蜀は、どこから侵攻してくるかわからない。要するに、兵力を配置されたところを避《さ》けて、侵攻してくるのだ。そして蜀の目的は、長安を奪《と》ることだろう。昨年の大侵攻の時も、最終的な狙《ねら》いは長安だった。

曹真はそこまで見ていない。せいぜい、一州の指揮官程度が適任の能力だということがはっきりしてきた。

蜀軍は、陳倉の攻囲、武都《ぶと》、陰平《いんぺい》の奪取《だつしゅ》も、周到に考えて、犠牲も戦費も少ない方法でやっているのだ。尹貞《いんてい》が探ったところによると、両方の戦は、新兵の調練《ちょうれん》という意味さえ持っていたようだった。

諸葛亮《しょかつりょう》は、力を溜《た》めこもうとしている。そしていずれ、長安《ちょうあん》、洛陽《らくよう》を目指す。蜀《しょく》という国のありようを考えれば、目的は長安、洛陽なのだ。それは、実にわかりやすい。問題はどういう方法で来るかということで、これは難しい。それこそ諸葛亮との知恵較《ちえくら》べであり、そうなってくると自分も遠く及ばない、と司馬懿《しばい》は思っていた。

洛陽には、尹貞も伴《ともな》ってきていた。もう、副官ではなく、謀臣《ぼうしん》である。尹貞の頭には、司馬《しば》家を魏国《ぎこく》第一の家に押しあげようという思いだけがある。だから、司馬懿が関《かか》わっていないかぎり、魏軍が負けることを、むしろ歓迎しているとさえ感じられてしまうのだ。石亭《せきてい》での戦でも、周魴《しゅうほう》の寝返りが偽りだという情報を、尹貞は持っていたはずだ。しかし、それを出していない。

呉《ご》の陸遜《りくそん》は、軍人としては手強《てごわ》い相手だった。戦のやり方に隙《すき》がなく、しかも果敢《かかん》だった。石亭で勝ったら、追撃につぐ追撃で、下手《へた》をすると寿春《じゅしゅん》まで奪《と》られていた可能性もある。

北進してくるとなると、これは測《はか》り知れない脅威《きょうい》だった。おまけに、強力な水軍までであるのだ。水軍の指揮官の淩統《りょうとう》も、軍人としては卓越《たくえつ》したものを持っている。陸遜《りくそん》とも非常に近い。

しかし、呉の北進はない、と司馬懿は確信していた。孫権《そんけん》は、いまの領土で満足しているのだ。長江《ちょうこう》を生かした国作りだけに、心を砕《くだ》いている。これは、ほとんど間違いないことと言っていい。いわば檻《おり》に入った虎《とら》のようなもので、その虎に檻の外に出ようという意志がないのだ。

ただ、それでも曹叡《そうえい》はいずれ合肥《がっぴ》を奪回《だっかい》しようとするだろうし、そうなれば呉とも闘わなければならない。

「曹真将軍は、いずれ大きな失敗をなさいますな。その時まで、いまのままでいようとされることです」

「なぜ、失敗する？」

「焦《あせ》りがあるのです。昨年の雍《よう》州の戦では、趙雲《ちょううん》の軍に振り回されただけで終りましたし、曹休《そうきゅう》将軍の死去も、無能だと思っていた人間が減ったということですから」

「それは、言い過ぎではないか、尹貞？」

「いえ、殿と較《くら》べると、明らかに二人とも無能です。いつでも、大軍に頼ろうとばかりしています。寡兵《かへい》で敵を討《う》つ。常にその工夫《くふう》をしている者がひとたび大軍を擁《よう》すれば、これは強いのですが」

「尹貞《いんてい》も、軍師のようなことを言うな」

「戦に出ないから、見えるものもあるのです。これで戦に出ていたら、私も大軍を頼ったりするのでしょう。殿は、戦に出ない者の意見として、お聞きになればよいのです。そこから、戦場で思いつかないものを拾いあげられれば」

「そういうことか」

洛陽《らくよう》の司馬懿《しばい》の館《やかた》から、尹貞はあまり外に出ようとしなかった。顔の赤痣《あかあざ》を憚《はばか》ってか、宮殿にも行こうとしなかった。

夜になると、間者《かんじゃ》が報告に来ている気配がある。それは、尹貞に任せていた。必要なものだけ、報告してくればいい。

諸葛亮《しょかつりょう》は、さらに蜀軍《しょくぐん》の増強を続けているようだった。

陰平《いんぺい》、武都《ぶと》の二郡から、五千ほどの兵の徴発《ちょうはつ》をしている。いつの間にか蜀軍は、十六万を超え、外征《がいせい》に十二万をむけられるようになっている。

魏軍《ぎ》七十万と較べると、ものの数ではない。呉軍《ご》は二十万。呉蜀を併《あわ》せても、数の上では圧倒できる。しかし、あくまで数だけの話だった。

魏には、守らなければならないところが多い。ということは、諜略《ちょうりゃく》もかけやすいのだ。諸葛亮が試みているであろう諜略の、その半分が成るだけでも、魏の戦闘能力は激減するに違いない。

「殿に覚悟を決めていただきたいのですが」

めずらしく、尹貞が神妙な表情で言った。

「諸葛亮と陸遜《りくそん》を倒すのは、殿です。曹真《そうしん》将軍には無理です。ですから、そういう覚悟を決めた上で、使えるだけ曹真将軍を使いましょう」

「おまえが言っていることは、よくわかった。尹貞」

「軍権を握られることです、殿。乱世は、まだ続きます。蜀の劉《りゅう》家が滅びることもあれば、呉の孫《そん》家が滅びることもあります」

背中が、ひやりとするのを、司馬懿は感じた。

魏の曹家が滅びることもある。尹貞は、そう言っているのではないのか。その時のためにも、軍を掌握《しょうあく》しておくべきだ、と言っているような気もする。

「魏の元老は、次々に死んでおります。賈詡《かく》が死に、王朗《おうろう》も死にました。いまは華《か》歆《きん》ひとりで、これも高齢です。次に民政で頂点に立つのは、陳羣《ちんぐん》でありましょうから」

「もうよせ、尹貞《いんてい》」

「このようなことは、言葉にしたくはございません。ですから、一度だけです。曹《そう》操《そう》は、稀《き》代《だい》の英傑《えいけつ》でございました。ですが、宦官《かんがん》の家系に生まれた者です。曹丕《そうひ》はその息子、曹叡《そうえい》はその孫。殿は先祖を辿《たど》れば、秦《しん》滅亡後の分封を受けた、項羽《こうう》、劉《りゅう》邦《ほう》と並ぶ十八王のひとり、殷《いん》王司馬卬《しばごう》にまで行き着く、河内《かだい》の名門。曹《そう》家とは較べものにならないのです」

「それならば、蜀《しょく》の劉《りゅう》家も同じであろう」

「だから、蜀という国の頂点に立っているのです。呉《ご》の孫《そん》家は下賤《げせん》。私は、殿の家柄について言っているのではありません。力さえあれば、頂点を目指すのに、なんの恥ずべきことがあろうか、と申しあげているのです。そして魏《ぎ》の軍権を握ることは、魏のみならず、呉も蜀も含めたこの国で、最強の存在となる、ということです」

「いつから、そんなことを考えはじめたのだ。尹貞？」

「殿の御器量《ごきりよう》を見た時からです。幸い、師《し》様、昭《しよう》様と、二人の御子息も英邁《えいまい》。天下平定《へいてい》の地ならしは曹家に任せ、そこに花を咲かせるのは司馬《しば》家とお考えになられませぬか？」

「尹貞、二度と私の前で、そういうことは口にするな」

司馬懿《しばい》は、尹貞を見つめた。顔の赤痣が、別の動物のように、かすかに動いた。

「おまえの肚《はら》の中だけに、収《しま》いこんでおけ」

そう言った。忘れろと言ったわけではなかった。

遠くを見すぎている。これからも、さまざまなことがあるだろう。ただ、もともと望んで曹家に出仕したわけではない。曹操に強制されたようなものなのだ。その曹操は、いつも自分をどこかで警戒していた。そのことを、司馬懿も忘れてはいない。

「蜀との戦《いくさ》で、躓《つまず》かれないことです。諸葛亮《しょかつりょう》という男と、まともにぶつかろうとはされないことです」

「尹貞」

「はい」

「酒でも飲もうか」

司馬懿が言うと、尹貞がにやりと笑った。顔の赤痣に、深い皺《しわ》が走る。それがぱらりと落ちてくるのではないか、と思ったことがこれまでにも何度かある。

尹貞が立ちあがり、従者《じゅうしゃ》を呼んだ。

曹真《そうしん》からの使者が来たのは、その翌日だった。宮殿ではなく、軍の本営への呼び出しである。

三十騎の従者で、司馬懿《しばい》は出頭した。

「相談があったのだ、司馬懿殿」

「どうされました」

「呉《ご》で、孫権《そんけん》が帝位に即《つ》いた。これで、この国は三人の帝ということになった。つまりは、どこがどこに臣従するという話はなくなったのだ」

「わかります」

「ひとつずつ、潰《つぶ》していくしかない。帝を二人にし、ひとりにする。魏《ぎ》が最大、とばかり言ってはいられないという気がするのだ」

「どちらかへ、出兵されようと考えておられますか、曹真将軍？」

「まず蜀《しょく》へ。武都《ぶと》、陰平《いんぺい》の二郡を奪《うば》われたことは、許し難《がた》い。それに、このまま放置すると、蜀はまた雍《よう》州に攻めこんでくる。こちらから出兵して、叩《たた》くべきだ。すぐには潰せなくとも、国力の半分を削《けず》るぐらいの打撃を与えてやれば、しばらくは大人《おとな》しくなる。そして、次に呉を攻める。蜀が大打撃を受けていれば、同盟はなんの意味もない」

「しかし、蜀を攻める時の呉は、大打撃は受けてはいませんぞ、曹真将軍」

「だからこそ、蜀を先に攻める。呉は、本拠を建業《けんぎょう》に戻したではないか。合肥《がっぴ》を奪回《かい》するという構えだけ崩《くず》さなければ、孫権は建業を動くまい」

「なるほど」

曹真は、自分で躓《つまず》きつつあった。

蜀を攻めることについては、大軍を頼みとしている。しかし、そうたやすくはない。曹操《そうそう》が、五十万で漢中《かんちゅう》に攻めこんでも、打ち払われたのだ。

呉が動かないという見通しは多分正しいが、国内からの反撥《はんぱつ》はあるはずだ。陳羣《ちんぐん》あたりは、出兵に強硬《きょうこう》に反対する。

最後は、曹叡《そうえい》がどういう決定を下すかだが、曹真は、軍の頂点に立つ者として、明らかに功を焦っていた。

「陛下《へいか》のお許しが出れば、私も従軍したいと思いますが」

「そうか、出兵に反対ではないのだな？」

「それが、いまかどうかは別として、いずれ蜀への出兵は必要だろうと思います」

「文官を説得するのに手間がかかるであろうが、軍はひとつにまとまっている。そう考えてよいな？」

「当然です、曹真《そうしん》将軍。私は軍人です。武都《ぶと》、陰平《いんぺい》の二郡を奪《と》られたのは、旗の端を犬に咬《か》み切られたようなものではありませんか」

「わかった」

「曹真将軍は陛下を御説得ください。私は、陳羣《ちんぐん》殿と話をします。最後は、陛下の御決断でしょう」

曹真が頷《うなず》いた。曹真にしては、大きな作戦を思いついたものだ。どこかで勝てば、曹真の名はあがる。しかし、いつまでも続くわけはなかった。

4

南鄭《なんてい》郊外の調練《ちょうれん》は、魏延《ぎえん》と馬岱《ばたい》が指揮した。

武都と陰平から徴集《ちょうしゅう》した、新兵の調練である。仕あげは、老練な将軍の眼《め》で見るのが一番いいと思えた。

趙雲《ちょううん》が、病に倒れた。

本来なら、趙雲が仕あげの検分《けんぶん》をするところだ。

趙雲の病は篤《あつ》い。医師たちは、そう言っている。しかし趙雲は、しばしば起きあがっては、馬で営舎《えいしゃ》にやってきたりする。

「ほんとうのところ、趙雲殿の病はどうなのだ、姜維《きょうい》？」

姜維は趙雲のそばにいて、寝食をともにしていると言ってよかった。

「気力です」

「本来ならば、臥《ふせ》っていなければならない、ということか？」

「そんなにたやすいものではない、と思います。夜中、眠っておられる時の息は、鞴《ふいご》のようです。しかし、眼醒《めざ》めると気力を取り戻されます」

「ゆっくりと養生というわけには、いかぬのだろうな？」

「すべてを、伝えようとされております。私には、槍《やり》で教えることはなにもないと、一度は言われたのですが、このところ毎日のように将軍の前で槍を構えさせられます」

「なにを、教えようとされている？」

「極意《ごくい》のようなもの。そうとしか思えません。そしてそれは、教えられるものではないのです。私は槍を構え、胡床《こしょう》に腰を降ろされた将軍にむかうだけです」

「極意か」

「ほかの者に、馬の乗り方を教えておられる時は、言葉はあるのです。私には、ひと言も発しようとなさいません。ただ気力だけを放《はな》たれて」

「それで、おまえはどうなのだ？」

「不思議に、ふだん槍を構えた時の半分も、槍を持っていられません。腕が、石のようになっております」

姜維《きょうい》は、言葉で説明できないなにかを、充分に感じ取っているようだが、孔明《こうめい》にはよくわからなかった。

病に倒れたのはふた月ほど前で、それは成都《せいと》の劉禅《りゅうぜん》の耳にも達した。劉禅は、国内に布告まで出して、医師を集めようとした。劉禅は、幼いころ何度か命を救ってくれた趙雲《ちょううん》に、ほかの者に対する時にはない感情を抱《いだ》いているのかもしれない。一時、成都から次々に医師が送りこまれてきたが、もう必要ないという書簡《しょかん》を、趙雲は劉禅に送ったようだ。いまは、見舞いの品がしばしば届くだけだ。

趙雲の病がなにかは、よくわからなかった。高熱を発して倒れ、二日間眠り続けていた。眼醒めたらすぐに起き出したが、熱は完全に下がらず、呼吸はいつも苦しそうだった。

食べる量が極端に減り、痩《や》せてきた。それでも、眼光の鋭さは衰えていなかった。声もしっかりしている。馬で駈《か》けることもあった。そして時々倒れては意識を失い、丸一日ほどで回復するのだった。

養生しろということを、誰《だれ》も言い出せなかった。その言葉を、趙雲ははっきりと拒絶している。誰にも、それがわかってしまうのだ。

最近になって、倒れる頻度《ひんど》が高くなった。

「このままでは、病は篤《あつ》くなるばかりではないのか、姜維？」

「死なれます」

「しかし、それは」

「趙雲将軍は、そのお積りなのです。天命がわかっておられるのかもしれません。眼を開いている間は、気力は衰えないのです。それは、軍人だという思いがあるからだ、という気がいたします」

麾下《きか》の校尉《こうい》（将校）を館《やかた》に呼んで、話しこむこともあった。陳式《ちんしょく》や張嶷《ちょうぎ》など、若い将軍も呼ばれた。特別に、内容のある話をするわけではない。馬の扱いが悪い。剣が錆《さ》びている。気力が緩《ゆる》んでいるのが、兵にまで伝わっている。

要するに、小言である。しかし抗《あらが》い難《がた》い迫力があり、言われた者はみんなうつむくのだという。

孔明も何度か見舞っていたが、やらなければならない仕事があるだろう、とそのたびに小言を言われた。

丞相《じょうしょう》の執務《しつむ》を、孔明《こうめい》は南鄭《なんてい》でこなしていた。丞相府が、南鄭に移ったようなものである。眠る間もないような、忙しさだった。

北進し、負けて戻った時、孔明は自ら降格《こうかく》を申し出ていた。だから正式には丞相ではなかった期間があるが、武都《ぶと》、陰平《いんぺい》の二郡を奪《と》った功績《こうせき》で、また丞相に戻された。

どうでもいいことだ。ただ、やらなければならない仕事は、変りなくある。成都《せいと》から、蔣琬《しょうえん》か費禕《ひい》が、しばしばやってくる。文官でも輿車《こしぐるま》などには乗らず、馬を駈けさせる。孔明がそうしているので、自然にそうなった。

成都の様子は、変りないようだった。南中《なんちゅう》からの物産が大量に流入してくるので、かえって物は豊富になってきたという。それが国内全域に流れるようにするのも、蔣琬や費禕の仕事だった。物流には、その過程で不正が生じやすい。董允《とういん》という文官を、その監視の任に当てた。

国は活発に動いている。これで戦《いくさ》さえなければ、蜀《しょく》は豊かな天地になるだろう。その豊かさを、いまはすべて戦に注《つ》ぎこまなければならない。

趙雲《ちょううん》からの使いが来たのは、秋の終りで、はじめてのことだった。これまで、孔明が趙雲の館《やかた》を訪《とぶら》うと、すぐに仕事に戻れと言われたものだった。

駈けつけると、姜維《きょうい》が迎えた。趙雲の寝室は館の奥で、そこに通された。趙雲は、寝台で上体だけ起こしていた。案内した姜維は、すぐに寝室から出た。

「丞相をお呼び立てするなど、とんでもないことだとわかってはいますが」

「趙雲殿、なにを言っておられるのです。孔明ですよ、私は」

「そうだな。私にとっては丞相などではなく、いつも孔明殿だった」

また、痩《や》せていた。ほとんど、食物を口にしていないのかもしれない。唇の、剛直な線が際立《きわだ》っている。

「軍のことなので、私に言わせて欲しい」

「なんでしょうか？」

「私の指揮下の兵は、精鋭《せいえい》であると自負している」

「趙雲殿が、御自分で調練《ちょうれん》されたのですから」

「その軍を、五千以下には分けないで欲しい。五千の単位で動けるように、調練してあるのだ。五千ずつの部隊に分け、若い将軍たちに一隊ずつ与えてはくれまいか？」

「機動性はよくなります。私に異存はありませんが、誰が適任であるかも、趙雲殿におっしゃっていただきたい」

趙雲《ちょううん》が、数人の将軍の名をあげていく。最後に、姜維《きょうい》の名も入っていた。

「姜維には、指揮の能力はある。馬謖《ばしょく》ほどではないが、才気もある。そして、なにより強い。槍《やり》を執《と》れば、蜀《しょく》軍第一であろう」

「趙雲殿が、そこまで言われるほどに」

「しかし、なにかが足りない。洞察力とでも言うのだろうか。ほかの将軍並みにはあるが、私は姜維に、蜀軍を背負って立つ将軍に育って貰《もら》いたいのだ。だから、当分の間、姜維の軍は孔明《こうめい》殿直属ということにしてくれ。そして、人を見る眼から、教えてやってくれ。孔明殿が持っておられるものを、伝えるのによい相手だと思う」

遺言を述べている。孔明は、そう思った。いま趙雲が語っているのは、すべて自分が死んだあとのことだ。

「必ず、おっしゃる通りにいたします」

「もうひとつだけ、よいか？」

「はい」

趙雲は、ちょっとほほえんだようだった。それがひどく悲しげに見えて、孔明は一瞬だけ眼を伏せた。

「魏延《ぎえん》を、もっと使われた方がよい。あの男の力は、よく御存知《ごぞんじ》のはずだ。苦しければ苦しいほど、力を出す者がいる。魏延は、そういう男だ」

「心に刻《きざ》みつけておきます」

肌の合わない男だ。それはわかっている。それでも使っているつもりだったが、気づかないところで疎《うと》んじているのかもしれなかった。

「恥じ入っています、趙雲殿」

「これで、言うことは全部終りだ。もうひとつ言うならば、命をいとえよ、孔明殿」

趙雲の姿勢が、崩《くず》れかけた。横たわろうとしているのだと気づいて、孔明は背中を支えてやった。背骨が、悲しいほどに掌《てのひら》に食いこんできた。

「済まぬ」

横たわった趙雲は、眼を閉じていた。眼の光がないと、弱々しい老人にしか見えない。

寝室を出た。

玄関のところに、姜維が立っていた。

「趙雲殿《ちょううんどの》が私を呼ばれたのは、なにか容態《ようだい》に変化があったからか、姜維《きょうい》？」

「私には、いつもの将軍にしか見えませんでした。しかし、御自身ではなにかを感じられたのかもしれません」

「そうか」

孔明《こうめい》は、丞相府《じょうしょうふ》の代りにしている館《やかた》にむかって歩いた。南鄭城内《なんていじょう》でも、二十名ほどの護衛はつく。

成都《せいと》で、城外の営舎《えいしゃ》に侍中《じちゅう》（秘書官）と二人で行き、趙雲に見つかった時のことを、孔明は思い出した。

深夜で、成都にはめずらしい月明りがあった。みんないなくなった。馬の上で、趙雲はしみじみと言っていた。

趙雲が、おびただしい血を吐いた、という知らせが入ったのは、二日後だった。

孔明が駈けつけた時、すでに魏延《ぎえん》をはじめとする将軍たちは来ていた。

寝台に横たわった趙雲の胸板が、大きく上下していた。息を吸うのが、ひどく苦しそうに見える。

「孔明殿か」

喘《あえ》ぐように、趙雲が言った。喋《しゃべ》るなと言いかけて、孔明は言葉を呑《の》みこんだ。いつまでも、趙雲の声は聞いていたい。喘ぎや呻《うめ》きが入り混じっていても、この声が聞くことができなくなるよりはいい。

「済まぬな。みんな死んだ。身を切られるほど淋《さび》しかったが、それでも、私には孔明殿がいた。孔明殿は、ひとりきりということになってしまう」

「趙雲殿は、ずるいと思う。私とともに、生きてくださるべきだった。盛大な葬儀を営み、壮大な墓陵《ぼりょう》を築きますぞ」

「待ってくれ、孔明。この期《ご》に及んで、意地の悪いことはするな」

「趙雲殿、私はひとりでも生きていけますよ。心の中で、殿をはじめ、みんな元気に生きているのですから」

「済まぬな、孔明」

涙は、出てこなかった。趙雲は、土に還《かえ》る。それが、趙雲の安らぎでもある。

「頼みたい」

「言ってください」

「葬儀など、やめてくれ。喪《も》を発することもだ。墓もいらぬ。この漢中《かんちゅう》の土に、埋めてくれるだけでいい」

「そんなことを」

「いや、頼む。名もなき老兵が、ひとり死んで行く。私の死など、いまの蜀《しょく》にとってはそうあるべきなのだ」

「名もなき、老兵がひとり」

趙雲《ちょううん》が、眼を見開いた。躰《からだ》が痙攣《けいれん》している。それを、抱くようにして姜維《きょうい》が押さえた。啜《すす》り泣きを誰《だれ》かが洩《も》らした。

「泣くな」

趙雲は、まだ眼を見開いている。

「男の別れだ。さらば」

趙雲の眼が、静かに閉じられた。

本書は、二〇〇二年五月に小社より時代小説文庫として刊行された
『三国志　十二の巻　霹靂の星』を改訂し、新装版といたしました。

時代小説文庫
き 3-52

三《さん》国《ごく》志《し》 十二《じゅうに》の巻《まき》 霹靂《へきれき》の星《ほし》（新装版）

著者　北方謙三《きたかたけんぞう》

2002年5月18日第一刷発行
2024年10月18日新装版第一刷発行

発行者　角川春樹

発行所　株式会社 角川春樹事務所
〒102-0074 東京都千代田区九段南2-1-30 イタリア文化会館

電話　03(3263)5247［編集］　03(3263)5881［営業］

印刷・製本　中央精版印刷株式会社

フォーマット・デザイン＆シンボルマーク　芦澤泰偉

ISBN978-4-7584-4671-6 C0193
http://www.kadokawaharuki.co.jp/［営業］
fanmail@kadokawaharuki.co.jp［編集］ ご意見・ご感想をお寄せください

三国時代

主な英傑の出身地

登場人

諸葛亮《しょかつりょう》【孔明《こうめい》】……琅邪《ろうや》郡陽都県出身。〝臥竜〟と呼ばれ
の志を受け継ぎ、漢《かん》王室を中心とした三国の統一を目指す。

関羽《かんう》【雲長《うんちょう》】……河東《かとう》郡解《かい》県出身。劉備、張飛と義兄弟になり黄巾討伐を行う。劉備が入蜀した後荊州《けいしゅう》を守るが、樊《はん》城攻めの際、呉の裏切りにより戦死。

張飛《ちょうひ》【翼徳《よくとく》】……涿郡涿県出身。劉備、関羽の義兄弟。関羽とともに劉備軍を代表する部将。関羽の弔い合戦に出陣しようとしていた最中《さなか》、暗殺される。

趙雲《ちょううん》【子龍《しりょう》】……常山《じょうざん》郡真定《しんてい》県出身。関羽、張飛と並び称された蜀の将軍。

劉禅《りゅうぜん》【公嗣《こうし》】……涿郡涿県出身。劉備の息子。劉備の死後、蜀漢の帝《みかど》となる。

馬謖《ばしょく》【幼常《ようじょう》】……襄陽《じょうよう》郡宜城《ぎじょう》県出身。馬良《ばりょう》の弟。孔明もその能力を高く評価している。

曹操《そうそう》【孟徳《もうとく》】……沛国《はいこく》譙《しょう》県出身。黄巾討伐、董卓《とうたく》討伐ののち、官渡《かんと》の戦いにおいて袁紹《えんしょう》軍を破り、国の大半を手中にする。魏《ぎ》公まで昇るが、統一なかばにして死去。

曹丕《そうひ》【子桓《しかん》】……沛国譙県出身。曹操の息子として弟の曹植《そうしょく》と後継を争う。曹操の死後、献《けん》帝から禅譲を受け、魏帝となる。

曹叡《そうえい》【元仲《げんちゅう》】……沛国譙県出身。曹丕の息子。曹操も孫にあたる彼をこよなく愛した。

司馬懿《しばい》【仲達《ちゅうたつ》】……河内《かだい》郡温《おん》県出身。曹操に仕官する。曹丕とは気が合い、彼の側近となる。

許褚《きょちょ》【仲康《ちゅうこう》】……沛国譙県出身。魏の近衛《このえ》軍の指揮官。忠勇無双の武人。

孟達《もうたつ》【子度《しど》】……扶風《ふふう》郡出身。もとは蜀の部将だったが、関羽が樊城を攻める際に裏切り、そのまま魏に寝返る。

陳羣《ちんぐん》【長文《ちょうぶん》】……潁川《えいせん》郡許《きょ》県出身。曹丕が帝に昇ると、司馬懿とともに彼の側近となる。

孫権《そんけん》【仲謀《ちゅうぼう》】……呉郡富春《ふしゅん》県出身。孫堅《そんけん》の次男。暗殺された兄・孫策《そんさく》の志を受け継ぎ、呉の王となる。

張昭《ちょうしょう》【子布《しふ》】……彭城《ほうじょう》郡出身。孫策の時代から仕える孫権配下の重臣。

諸葛瑾《しょかつきん》【子瑜《しゆ》】……琅邪郡陽都県出身。孔明の兄。文官として孫権に仕える。

陸遜《りくそん》【伯言《はくげん》】……呉郡呉県出身。孫権配下の部将。亡き周瑜《しゅうゆ》もその能力を評価した。

凌統《りょうとう》【公績《こうせき》】……呉郡余杭《よこう》県出身。父の代より孫家に仕える部将。陸遜とともに亡き周瑜の夢を受け継ぐ。

王平《おうへい》【子均《しきん》】……巴西《はせい》郡宕渠《こうきょ》県出身。蜀軍の将。実直で堅実な武人。

馬超《ばちょう》【孟起《もうき》】……扶風郡茂陵《もりょう》県出身。西涼《せいりょう》の太守・馬騰《ばとう》の長男。〝錦《きん》馬超《ばちょう》〟と呼ばれる勇猛な武人。関中《かんちゅう》で曹操に敗北し、劉備の配下となるが、簡雍《かんよう》の死後は蜀を離れ、一人の人間として生きることを選ぶ。

馬岱《ばたい》……扶風郡茂陵県出身。馬超の従弟にあたる。武将として蜀に仕える。

孟獲《もうかく》……建寧《けんねい》郡出身。南中《なんちゅう》では最も声望の高い豪族。蜀の南征に立ちはだかる。